——阅读之前 没有真相

午 夜 文 库

阿加莎·克里斯蒂

马普尔小姐系列

阿加莎·克里斯蒂

Agatha Christie（1890—1976）

无可争议的侦探小说女王，侦探文学史上最伟大的作家之一。

阿加莎·克里斯蒂原名为阿加莎·玛丽·克拉丽莎·米勒，一八九〇年九月十五日生于英国德文郡托基的阿什菲尔德宅邸。她几乎没有接受过正规的教育，但酷爱阅读，尤其痴迷于歇洛克·福尔摩斯的故事。

第一次世界大战期间，阿加莎·克里斯蒂成了一名志愿者。战争结束后，她创作了自己的第一部侦探小说《斯泰尔斯庄园奇案》。几经周折，作品于一九二〇年正式出版，由此开启了克里斯蒂辉煌的创作生涯。一九二六年，《罗杰疑案》由哈珀柯林斯出版公司出版。这部作品一举奠定了阿加莎·克里斯蒂在侦探文学领域不可撼动的地位。之后，她又陆续出版了《东方快车谋杀案》、《ABC 谋杀案》、《尼罗河上的惨案》、《无人生还》、《阳光下的罪恶》等脍炙人口的作品。时至今日，这些作品依然是世界侦探文学宝库里最宝贵的财富。根据她的小说改编而成的舞台剧《捕鼠器》，已经成为世界上公演场次最多的剧目；而在影视改编方面，《东方快车谋杀案》为英格丽·褒曼斩获奥斯卡大奖,《尼罗河上的惨案》更是成为几代人心目中的经典。

阿加莎·克里斯蒂的创作生涯持续了五十余年,总共创作了八十余部侦探小说。她的作品畅销全世界一百多个国家和地区,累计销量已经突破二十亿册。她创造的小胡子侦探波洛和老处女侦探马普尔小姐为读者津津乐道。阿加莎·克里斯蒂是柯南·道尔之后最伟大的侦探小说作家,是侦探文学黄金时代的开创者和集大成者。一九七一年,英国女王授予克里斯蒂爵士称号,以表彰其不朽的贡献。

一九七六年一月十二日,阿加莎·克里斯蒂逝世于英国牛津郡沃灵福德家中,被安葬于牛津郡的圣玛丽教堂墓园,享年八十五岁。

波洛系列

1920 The Mysterious Affair at Styles《斯泰尔斯庄园奇案》

1923 Murder on the Links《高尔夫球场命案》

1924 Poirot Investigates《首相绑架案》

1926 The Murder of Roger Ackroyd《罗杰疑案》

1927 The Big Four《四魔头》

1928 The Mystery of the Blue Train《蓝色列车之谜》

1932 Peril at End House《悬崖山庄奇案》

1933 Lord Edgware Dies《人性记录》

1934 Murder on the Orient Express《东方快车谋杀案》

1935 Three—Act Tragedy《三幕悲剧》

1935 Death in the Clouds《云中命案》

1936 The ABC Murders《ABC谋杀案》

1936 Murder in Mesopotamia《古墓之谜》

1936 Cards on the Table《底牌》

1937 Dumb Witness《沉默的证人》

1937 Death on the Nile《尼罗河上的惨案》

1937 Murder in the Mews《幽巷谋杀案》

1938 Appointment with Death《死亡约会》

1938 Hercule Poirot's Christmas《波洛圣诞探案记》

1940 Sad Cypress《H庄园的午餐》

1940 One, Two, Buckle My Shoe《牙医谋杀案》

1941 Evil Under the Sun《阳光下的罪恶》

1943 Five Little Pigs《五只小猪》

1946 The Hollow《空幻之屋》

1947 The Labours of Hercules《赫尔克里·波洛的丰功伟绩》

1948 Taken at the Flood《顺水推舟》

1952 Mrs. McGinty's Dead《清洁女工之死》

1953 After the Funeral《葬礼之后》

1955 Hickory Dickory Dock《山核桃大街谋杀案》

1956 Dead Man's Folly《弄假成真》

1959 Cat Among the Pigeons《鸽群中的猫》

1960 The Adventure of the Christmas Pudding《雪地上的女尸》

1963 The Clocks《怪钟疑案》

1966 Third Girl《第三个女郎》

1969 Hallowe′en Party《万圣节前夜的谋杀》

1972 Elephants Can Remember《大象的证词》

1974 Poirot′s Early Stories《蒙面女人》

1975 Curtain—Poirot′s Last Case《帷幕》

马普尔小姐系列

1930 The Murder at the Vicarage《寓所谜案》

1932 The Thirteen Problems《死亡草》

1942 The Body in the Library《藏书室女尸之谜》

1943 The Moving Finger《魔手》

1950 A Murder Is Announced《谋杀启事》

1952 They Do It with Mirrors《借镜杀人》

1953 A Pocket Full of Rye《黑麦奇案》

1957 4.50 from Paddington《命案目睹记》

1962 The Mirror Crack′d from Side to side《破镜谋杀案》

1964 A Caribbean Mystery《加勒比海之谜》

1965 At Bertram′s Hotel《伯特伦旅馆》

1971 Nemesis《复仇女神》

1976 Sleeping Murder《沉睡谋杀案》

1979 Miss Marple′s Final Cases《马普尔小姐最后的案件》

其他系列及非系列

1922 The Secret Adversary《暗藏杀机》

1924 The Man in the Brown Suit《褐衣男子》

1925 The Secret of Chimneys《烟囱别墅之谜》

1929 Partners in Crime《犯罪团伙》

1929 The Seven Dials Mystery《七面钟之谜》

1930 The Mysterious Mr. Quin《神秘的奎因先生》

1931 The Sittaford Mystery《斯塔福特疑案》

1933 The Witness for the Prosecution and Other Stories《控方证人》

1934 Why Didn′t They Ask Evans?《悬崖上的谋杀》

1934 The Listerdale Mystery《金色的机遇》

1934 Parker Pyne Investigates《惊险的浪漫》

1939 Murder Is Easy《逆我者亡》

1939 And Then There Were None《无人生还》

1941 N or M?《桑苏西来客》

1944 Towards Zero《零点》

1945 Sparkling Cyanide《闪光的氰化物》

1945 Death Comes as the End《死亡终局》

1949 Crooked House《怪屋》

1950 Three Blind Mice and Other Stories《三只瞎老鼠》

1951 They Came to Baghdad《他们来到巴格达》

1954 Destination Unknown《地狱之旅》

1958 Ordeal by Innocence《奉命谋杀》

1961 The Pale Horse《灰马酒店》

1967 Endless Night《长夜》

1968 By the Pricking of My Thumbs《煦阳岭的疑云》

1970 Passenger to Frankfurt《天涯过客》

1973 Postern of Fate《命运之门》

1991 Problem at Pollensa Bay《神秘的第三者》

1997 While the Light Lasts《灯火阑珊》

出版前言

纵观世界侦探文学一百七十余年的历史，如果说有谁已经超脱了这一类型文学的类型化束缚，恐怕我们只能想起两个名字——一个是虚构的人物歇洛克·福尔摩斯，而另一个便是真实的作家阿加莎·克里斯蒂。

阿加莎·克里斯蒂以她个人独特的魅力创造着侦探文学史上无数的传奇：她的创作生涯长达五十余年，一生撰写了八十余部侦探小说；她开创了侦探小说史上最著名的“黄金时代”；她让阅读从贵族走入家庭，渗透到每个人的生活中；她的作品被翻译成一百多种文字，畅销全球一百五十余个国家，作品销量与《圣经》、《莎士比亚戏剧集》同列世界畅销书前三名；她的《罗杰疑案》、《无人生还》、《东方快车谋杀案》、《尼罗河上的惨案》都是侦探小说史上的经典；她是侦探小说女王，因在侦探小说领域的独特贡献而被册封为爵士；她是侦探小说的符号和象征。她本身就是传奇。沏一杯红茶，配一张躺椅，在暖暖的阳光下读阿加莎的小说是一种生活方式，是惬意的享受，也是一种态度。

午夜文库成立之初就试图引进阿加莎的作品，但几次都与版权擦肩而过。随着午夜文库的专业化和影响力日益增强，阿加莎·克里斯蒂的版权继承人和哈珀柯林斯出版公司主动要求将版权独家授予新星出版社，并将阿加莎系列侦探小说并入午夜文库。这是对我们长期以来执着于侦探小说出版的褒奖，是对我们的信任与鼓励，更是一种压力和责任。

新版阿加莎·克里斯蒂作品由专业的侦探小说翻译家以最权威的英文版本为底本，全新翻译，并加入双语作品年表和阿加莎·克里斯蒂家族独家授权的照片、手稿等资料，力求全景展现“侦探女王”的风采与魅力。使读者不仅欣赏到作家的巧妙构思、离奇桥段和睿智语言，而且能体味到浓郁的英伦风情。

阿加莎作品的出版是一项系统工程，规模庞大，我们将努力使之臻于完美。或存在疏漏之处，欢迎方家指正。

新星出版社

午夜文库编辑部

Agatha Christie

Over the next few years, we plan to celebrate two very important Agatha Christie anniversaries. In 2015, it is the 125th anniversary of her birth in Torquay, South Devon, England, and in 2020 it will be 100 years after her first book, THE MYSTERIOUS AFFAIR AT STYLES, featuring her famous detective, Hercule Poirot, was published. This is therefore a very appropriate moment to publish a new edition of her works, and I am delighted that HarperCollins has chosen to work with New Star on these new editions. New Star is China's top crime publisher, and has a strong and dedicated editorial staff and a confirmed passion for Agatha Christie, making them the ideal partner. It is the right time to make these classic books available in modern translations and so to bring Agatha Christie's books anew to her many fans in China, giving them a new reason to re-read these much-loved stories, as well as introducing them to a whole new audience. How delighted Agatha Christie would have been that her stories (as she called them) are still giving so much pleasure to so many people all over the world!

I think there are two very remarkable things about Agatha Christie's stories. The first is that they are so adaptable. It doesn't really matter which language they appear in, the stories and the plots still give the same thrill, still provide the same puzzles, and the characters still have the same attraction. Readers in China will I am sure enjoy Hercule Poirot and Miss Marple just as much as we do in England, and readers in China will still be transfixed by the surprises and horrors of AND THEN THERE WERE NONE, one of the great classics of 20th century detective fiction, as we are here.

Agatha Christie

The second is that the stories give a wonderful picture of England, particularly rural England, at the time Agatha Christie lived. She wrote books from 1920 until 1970 but it is sometimes hard to tell which part of her life each book was written in. Her characters and the life they lived were very much the same. The life we all live is changing very quickly these days but "the Agatha Christie world stays the same." Perhaps the Miss Marple stories provide the best example of this, and in some ways THE BODY IN THE LIBRARY and NEMESIS are quite similar, despite the fact that thirty years elapsed between the time they were written.

Perhaps I might end by mentioning three Agatha Christies (other than the ones mentioned above) which I think demonstrate why she is so popular, even in the twenty-first century. The first is MURDER ON THE ORIENT EXPRESS, one of the most famous with one of the most ingenious and human plots. Read this on one of your long train journeys in China! Next is A MURDER IS ANNOUNCED, a Miss Marple which was her 50th book. It has my favourite murderer in it! And last is ENDLESS NIGHT a story about evil and how it affects three young people, written at the time when I knew her best, and understood how deeply she cared and sympathised with young people and the world they lived in.

Whichever are your favourites I hope you enjoy these stories that New Star are introducing to you again. I think it is a great publishing event.

Mathew Prichard

Grandson of Agatha Christie

Chairman of Agatha Christie Ltd

致中国读者

（午夜文库版阿加莎·克里斯蒂作品集序）

在未来的几年中，我们将要筹备两个非常重要的关于阿加莎·克里斯蒂的纪念日。二〇一五年是她的一百二十五岁生日——她于一八九〇年出生于英国的托基市；二〇二〇年则是她的处女作《斯泰尔斯庄园奇案》问世一百周年，她笔下最著名的侦探赫尔克里·波洛就是在这本书中首次登场。因此新星出版社为中国读者们推出全新版本的克里斯蒂作品正是恰逢其时，而且我很高兴哈珀柯林斯选择了新星来出版这一全新版本。新星出版社是中国最好的侦探小说出版机构，拥有强大而且专业的编辑团队，并且对阿加莎·克里斯蒂的作品极有热情，这使得他们成为我们最理想的合作伙伴。如今正是一个良机，可以将这些经典作品重新翻译为更现代、更权威的版本，带给她的中国书迷，让大家有理由重温这些备受喜爱的故事，同时也可以将它们介绍给新的读者。如果阿加莎·克里斯蒂知道她的小故事们（她这样称呼自己的这些作品）仍然能给世界上这么多人带来如此巨大的阅读享受，该有多么高兴啊！

我认为阿加莎·克里斯蒂的作品有两个非常重要的特征。首先它们是非常易于理解的。无论以哪种语言呈现，故事和情节都同样惊险刺激，呈现给读者的谜团都同样精彩，而书中人物的魅力也丝毫不受影响。我完全可以肯定，中国的读者能够像我们英国人一样充分享受赫尔克里·波洛和马普尔小姐带来的乐趣；中国读者也会和我们一样，读到二十世纪最伟大的侦探经典作品——比如《无人生还》——的时候，被震惊和恐惧牢牢钉在原地。

第二个特征是这些故事给我们展开了一幅英格兰的精彩画卷，特别是阿加莎·克里斯蒂那个年代的英国乡村。她的作品写于上世纪二十年代至七十年代间，不过有时候很难说清楚每一本书是在她人生中的哪一段日子里写下的。她笔下的人物，以及他们的生活，多多少少都有些相似。如今，我们的生活瞬息万变，但“阿加莎·克里斯蒂的世界”依旧永恒。也许马普尔小姐的故事提供了最好的范例：《藏书室女尸之谜》与《复仇女神》看起来颇为相似，但实际上它们的创作年代竟然相差了三十年。

最后，我想提三本书，在我心目中（除了上面提过的几本之外）这几本最能说明克里斯蒂为什么能够一直受到大家的喜爱。首先是《东方快车谋杀案》，最著名，也是最机智巧妙、最有人性的一本。当你在中国乘火车长途旅行时，不妨拿出来读读吧！第二本是《谋杀启事》，一个马普尔小姐系列的故事，也是克里斯蒂的第五十本著作。

这本书里的诡计是我个人最喜欢的。最后是《长夜》，一个关于邪恶如何影响三个年轻人生活的故事。这本书的写作时间正是我最了解她的时候。我能体会到她对年轻人以及他们生活的世界关心至深。

现在新星出版社重新将这些故事奉献给了读者。无论你最爱的是哪一本，我都希望你能感受到这份快乐。我相信这是出版界的一件盛事。

阿加莎·克里斯蒂外孙

阿加莎·克里斯蒂有限责任公司董事长

马修·普理查德

二〇一三年二月二十日

阿加莎·克里斯蒂侦探作品集㉓

谋杀启事

A Murder Is Announced

Agatha Christie®

[英]阿加莎·克里斯蒂 著
周莎 译

新 星 出 版 社 NEW STAR PRESS

目录

目录

献给拉尔夫·纽曼和安妮·纽曼，

在你们家里我第一次品尝到了“美味之死”。

第一章　谋杀启事

1

从星期一到星期六，乔尼·巴特都会在早上七点半到八点半之间，骑着自行车在奇平克莱格霍恩村里绕行一周，一边大声地呼哨着，一边把各家各户在位于高街的文具店老板托特曼先生处订购的晨报扔进每家的信箱。比如说，他给伊斯特布鲁克上校夫妇家送了《泰晤士报》和《每日邮报》；把《泰晤士报》和《工人日报》投递到斯韦特纳姆太太家；在欣奇克利夫小姐与穆加特罗伊德小姐的寓所留下一份《每日电讯报》与一份《新编年史》；而布莱克洛克小姐家收到的则是《电讯报》、《泰晤士报》和《每日邮报》。

每逢星期五，他都要给这些订报纸的住户——实际上，是村里的每一户——投递《北贝纳姆新闻》和《奇平克莱格霍恩消息报》，后者被当地人简称为《消息报》。

所以，星期一到星期五的清晨，日报的头条便充斥着此类消息：

> 国际局势危急！联合国今日开会！金发打字员命丧黄泉，侦探追缉凶手！三处煤矿倒闭。海滨饭店发生食物中毒，二十三人不幸罹难。

在匆匆一瞥上述内容之后，奇平克莱格霍恩的居民大都急不可待地翻开《消息报》，一头扎进本地新闻中。等扫视过充斥着日常生活情仇积怨的通讯栏，十有八九便转向个人简讯栏。那里有良莠不齐的买卖交易广告、求贤若渴的用人招聘，还有无数涉及犬类的插页、关于家禽及园艺器械的启事，以及其他各种五花八门的物件，令奇平克莱格霍恩这个小地方的居民们备感兴趣。

而十月二十九日的这个星期五亦是如此。

2

斯韦特纳姆太太一边把前额上的一小绺漂亮的灰色发卷向后抚平，一边展开了《泰晤士报》。和往常一样，她用暗沉无神的眼睛瞟着左面居中的那一栏，想看看有没有刚刚炮制出炉的劲爆新闻；接下来是出生、婚嫁与讣告栏，尤其是后者；待她查阅完毕，就把《泰晤士报》放到一边，然后迫不及待地抓起了《奇平克莱格霍恩消息报》。

顷刻之后，等儿子埃德蒙走入房间，她早已沉浸在个人简讯栏里不能自拔了。

“早安，亲爱的，”斯韦特纳姆太太开口了，“斯梅德利家要卖掉他们的戴姆勒汽车，一九三五年产的——那可是有些年头儿了，对吧？”

她的儿子咕哝着为自己倒了一杯咖啡，拿了两片熏鱼，然后在餐桌旁落座，打开《工人日报》，并把报纸搭在烤面包架上。

“斗牛獒幼崽，”斯韦特纳姆太太念道，“我可真不明白眼下人们怎么还能养得起大型犬——简直没法想象……哼，塞丽娜·劳伦斯又在登广告招厨子了。我要跟她说，这年头登广告只是白费时间。她没登出地址，只留了个邮箱号码，这可大错特错——我早该提醒她的，仆人都一定要先知道自己做活儿的地方。他们都喜欢好的地段……假牙——我不明白假牙怎么会这么流行。精选灯具……物美价廉。听起来挺掉价的……这儿有个姑娘想找一份‘有趣的工作——愿意出差’。老天啊！谁不愿意？……达克斯狗……我从来没有真正喜爱过德国小猎狗——并不是说因为它们是德国产的，那一页早就翻过去了——我就是单纯不喜欢，没别的意思——什么事，芬奇太太？”

一个戴着顶旧天鹅绒贝雷帽的女人从门缝里探进半个身子来，表情阴沉。

“早安，夫人，”芬奇太太说道，“我能收拾桌子了吗？”

“还不行呢。我们还没吃完，”斯韦特纳姆太太回答，“还差几口。”她用讨好的口吻补了一句。

芬奇太太看了一眼埃德蒙和他的报纸，哼了一声，这才退出去了。

“我才刚开始吃。”埃德蒙说。

而他母亲紧跟着开口了：“我真不希望你看这种可怕的报纸，埃德蒙。芬奇太太一点儿也不喜欢它。”

“我看不出我的政见关芬奇太太什么事。”

“确实没关系，”斯韦特纳姆太太继续说，“好像你自己是个工人似的。你明明什么活儿都不干。”

“这根本不符合事实，”埃德蒙愤愤不平地指出，“我在写书。”

“我指的是真正的工作，”斯韦特纳姆太太说，“而芬奇太太可重要了。要是她讨厌我们，不来做事，我们还能找谁呢？”

“在《消息报》登广告啊。”埃德蒙咧嘴一笑。

“我跟你说过那没用。唉，老天爷，这年头谁家里要是没有个乐意下厨和打理家事的老保姆，就没什么指望了。”

“那咱们家里怎么就没有个老保姆呢？你从来没在我小时候找过保姆，可真是失策啊。那时你是怎么想的？”

“你那时有个奶妈呢，亲爱的。”

“缺乏远见。”埃德蒙嘀咕着。

斯韦特纳姆太太再次扎进个人简讯栏里。

“出售二手电动割草机。让我看看……老天爷，什么价啊！……又是达克斯狗……‘绝望的领巾圈，期盼您来信交流。’这笔名蠢透了……可卡犬……你还记得我们亲爱的苏西吗，埃德蒙？它可真是通人性。他能听得懂你说的每个字……出售谢拉顿式餐柜。正宗家传古董。联系人：达雅斯宅的卢卡斯夫人……那女人可真能扯谎！还说什么谢拉顿式！”

斯韦特纳姆太太嗤笑了一声，又接着往下读。

“全是误会，亲爱的。永远爱你。星期五照常。F……估计是情人间闹别扭了——要不就是窃贼的暗号，你看呢？……又来了，达克斯狗！真是的，我看人们对繁育达克斯狗有点儿着魔了。我的意思是，还有别的品种。你叔叔西蒙过去就养过曼彻斯特猎犬——多优雅的小东西。我确实喜欢能看得出腿的狗……即将出国的女士欲售藏青色两件套装……既没尺寸也没个价钱……结婚启事——不！一桩谋杀案。咦？哎呀，这可稀奇了！埃德蒙，埃德蒙，听听这个……”

一桩谋杀将于十月二十九日星期五晚六点三十分在小围场发生，望周知。诸友请务必应邀，恕不另行通知。

“真不寻常！埃德蒙！”

“怎么了？”埃德蒙从报纸里抬起头。

“十月二十九日星期五……哎呀，不就是今天嘛。”

“让我看看。”儿子从她手里拽过报纸。

“可这是什么意思呢？”斯韦特纳姆太太好奇不已地问道。

埃德蒙怀疑地揉了揉鼻子。

“我猜是某种聚会吧。杀人游戏——那一类的玩意儿。”

“哦，”斯韦特纳姆太太将信将疑，“这种方式似乎太离奇了。就只是登了一则广告，这可不是莱蒂希亚·布莱克洛克的作风，我一向认为她是个通情达理的女人。”

“也许是她家里那些活泼的年轻人登的。”

“通知得太急了。今天。你觉得我们该去吗？”

“启事上说‘诸友请务必应邀，恕不另行通知。’”她儿子指出。

“唔，我觉得这种别出心裁的邀请方式挺无聊的。”斯韦特纳姆太太果断地说。

“好吧，妈妈，你用不着去。”

“没错。”斯韦特纳姆太太赞同道。

她沉默了一会儿。

“你真的想吃最后这片面包吗，埃德蒙？”

“我觉得妥当吸收营养可比让那老巫婆收拾桌子更重要。”

“嘘，亲爱的，她会听见的……埃德蒙，杀人游戏是怎么回事？”

“具体我也不太清楚……他们在你的身上别几张纸什么的……不对，我想是从一顶帽子里抓阄。有人充当被害人，有人担任侦探——接着把灯全部关掉，有人会拍你的肩膀，然后你尖叫一声，躺在地上装死。”

“听上去相当有意思。”

“恐怕乏味透了。我不会去的。”

“胡说，埃德蒙，”斯韦特纳姆太太主意已定，“我要去，你跟我一起去。就这么说定了。”

3

“阿奇，”伊斯特布鲁克太太对丈夫说，“听听这个。”

伊斯特布鲁克上校充耳不闻，他正对《泰晤士报》的某篇文章嗤之以鼻。

“这帮家伙的毛病就在于，”他说道，“他们对印度的真实情况一无所知！一点儿都不了解！”

“对，亲爱的，没错。”

“要是真懂，他们就不会写出这种狗屁不通的玩意儿。”

“没错，你说得对。阿奇，你一定得听听这个。”

一桩谋杀将于十月二十九日星期五晚六点三十分

在小围场发生，望周知。诸友请务必应邀，恕不另行通知。

她得意扬扬地停下来。伊斯特布鲁克上校宠溺地望着她，但并没有表现出多大兴趣。

“杀人游戏。”他评论道。

“嗯。”

“我得告诉你，就是那么回事，”他的态度缓和了一些，“如果组织得好，倒是会很有意思。但得有个行家精心筹划。大家抽签，一个人当凶手，没人知道这人的身份。灯一关，凶手就挑一个人杀掉。被害人要数到二十才能尖叫。然后由扮成侦探的人接手，询问每个人。谋杀发生时他们都在哪儿、在做什么，好把真凶找出来。不错，这个游戏挺有意思的——要是那个侦探，呃，对警察局的工作有一定了解的话。”

“就像你，阿奇。以前你可是在辖区里办过好多有意思的案子。”

伊斯特布鲁克上校微笑了一下，自鸣得意地捋着小胡子。

“是啊，劳拉，”他回答，“我敢说我可以提点他们一下。”

说着，他挺直了双肩。

“布莱克洛克小姐应该请你去帮她布置的。”

上校哼了一声。

“啊，也对，她那里住着个小伙子。估计这就是他的主意。是她的侄子还是什么来着。不过，登报这个想法倒是挺有意思。”

“登在个人简讯栏里，我们很可能看不到。我猜这是个邀请吧，阿奇？”

“这个邀请太可笑了。有一点我可以肯定，他们用不着算上我了。”

“哎呀，阿奇！”伊斯特布鲁克太太提高了嗓音，还带上了一丝哀怨。

“通知得太急了。再说他们也知道我可能很忙。”

“可你并不忙，是不是，亲爱的？”伊斯特布鲁克太太压低了嗓门，苦口婆心地说，“而且我真的觉得，阿奇，你应该去一趟——就算是给可怜的布莱克洛克小姐帮帮忙。我敢肯定她正巴望着你去把事情弄好。我是说，你那么熟悉警察的工作和程序。要是你不去帮忙，那整件事就砸了。再说，我们总得有点儿邻里意识。”

伊斯特布鲁克太太那戴着金色假发的头微微偏向一侧，瞪着圆圆的蓝眼睛。

“如果你这样说的话，劳拉，那好吧……”伊斯特布鲁克上校又煞有介事地捋了捋他灰色的小胡子，满怀溺爱地看向自己小巧可人的太太。伊斯特布鲁克太太至少比他年轻三十岁。

“既然你这样说，劳拉。”他说道。

“我真的认为这是你的职责，阿奇。”伊斯特布鲁克太太庄严地回答。

4

《奇平克莱格霍恩消息报》也被送到了砾石山庄。三间别致的小别墅如今被合建为一栋建筑，由欣奇克利夫小姐和穆加特罗伊德小姐居住。

“欣奇[①]？”

“什么事，穆加特罗伊德？”

“你在哪儿呢？”

“在鸡棚。”

“哦。”

艾米·穆加特罗伊德小姐小心翼翼地穿过长长的湿草地，朝她的朋友走去。后者穿着灯芯绒的裤子和军装风格的短上衣，兢兢业业地在一个热气腾腾的盆子里搅动着，盆里装满了煮过的土豆皮和卷心菜头，她正将一把配料掺进里面。

她向朋友转过头去。她的头发剪得很短，像男士的平头一般，有一张饱经风霜的面容。穆加特罗伊德小姐则身

①欣奇克利夫的简称。

姿丰腴、神色可亲，穿着花格子呢裙和一件走形了的深蓝色套衫。她有点儿上气不接下气，灰色的鬓发蓬乱得像个鸟巢。

“登在《消息报》上的，”她喘息着说，“好好听着——这到底是什么意思？”

> 一桩谋杀将于十月二十九日星期五晚六点三十分在小围场发生，望周知。诸友请务必应邀，恕不另行通知。

念完，她停下，气喘吁吁地等着对方发表一些权威性的意见。

“愚蠢。”欣奇克利夫小姐说。

“没错，可你觉得这是什么意思？”

“反正能有酒喝了。”欣奇克利夫小姐回答。

“你认为这算是某种邀请吗？”

“我们到时候去了就会明白，”欣奇克利夫小姐说，“我估计会是劣质的雪利酒。你最好从草地上走开，穆加特罗伊德。你还穿着卧室拖鞋呢，都已经湿透了。”

“哦，天哪！”穆加特罗伊德小姐悔恨地瞧了瞧自己的脚，“今天有几个蛋？”

“七个。那只该死的母鸡还在孵呢，我一定得把它关进笼子里。”

“这样登启事很可笑，你不觉得吗？”艾米·穆加特罗伊德重新提起《消息报》上的启事，话音里有种轻微的渴望。

但她的朋友不为所动，心无旁骛。她已经打定主意跟难伺候的家禽较劲，无论报纸上的启事有多神秘怪异，都不能对她产生任何影响。

她在泥地里沉重地挪动，然后朝着一只身上有斑点的花母鸡猛扑过去。母鸡顿时愤怒地大叫。

“真想要鸭子啊，”欣奇克利夫小姐说，“那就省事多了……”

5

“啊，太棒了！”哈蒙太太对坐在餐桌另一头的丈夫朱利安·哈蒙牧师说，“布莱克洛克小姐家将发生一桩谋杀案。”

“一桩谋杀案？”她丈夫略微吃惊地问，“什么时候？”

“今天下午……最迟不过今晚。六点三十分，哦，真倒霉，亲爱的，今晚你要准备坚信礼[①]呢。真不凑巧。你那么喜欢谋杀案！”

“我真不明白你在说些什么，圆圆。”

---

①坚信礼：一种基督教仪式。根据基督教教义，孩子在一个月时受洗礼，十三岁时受坚信礼。孩子只有被施坚信礼后，才能成为教会正式教徒。

哈蒙太太的脸型和身材都十分圆润，她受洗时取的名字戴安娜早已被“圆圆”这个绰号取代了。她把《消息报》递过餐桌。

“那里。就登在二手钢琴和假牙之间。”

“这则启事可真是不寻常。”

“可不是吗？”圆圆开心地回答，“你不会认为布莱克洛克小姐会对谋杀啊杀人游戏啊这类事情感兴趣吧？我猜是那对年轻的西蒙斯兄妹怂恿她登的——我还以为朱莉娅·西蒙斯会觉得谋杀相当残忍呢。可不管怎样，它还是白纸黑字登在那儿了。而我真觉得，亲爱的，你不能去太可惜了。不过，我会去的，回来再跟你好好讲讲。虽然我去也是白去，因为我真不喜欢在黑暗中玩游戏。它让我害怕，而我也真希望自己不会第一个被杀掉。要是有人突然把一只手搭到我的肩膀上，然后小声说‘你死了’，我的心脏肯定会怦怦直跳，说不好真会要了我的命！你觉得这可能吗？”

“不，圆圆，我想你会活得很久，直到变成一个很老的老太太——和我一起。”

“然后同日而死，合墓而葬。那多美好啊。”

想到这令人愉快的未来，圆圆眉开眼笑。

“你好像很开心啊，圆圆？”她丈夫微笑着问道。

“要是都像我这样，谁会不开心呢？”圆圆不解地反问，“有你、苏珊和爱德华，你们大家喜欢我，又不嫌我傻……还有明媚的阳光！而且有这么可爱的大房子住！”

朱利安·哈蒙牧师环视着宽大而空旷的餐厅，表示百分百的赞同。

“有人会觉得住在这个又大又乱、四壁透风的地方糟透了。”

“哎呀，我喜欢宽敞的屋子。外面清新的空气可以流通进来。而且，就算你不整理，把东西随便放着，屋子也不会显得乱糟糟的。”

“没有省力的机械装置，也没有集中供热器？这可意味着你要干很多活儿呢，圆圆。”

“哦，朱利安，才不会。我六点半起床，燃起锅炉，然后像个蒸汽发动机似的忙一阵子，到了八点，一切也就干完了。而且我打理得不错，对吧？用蜂蜡、光泽剂和大罐大罐的秋叶装点房间。操持一个大房子并不比小房子难到哪里去。拖地擦桌子也快得多，因为身后没有什么东西磕磕碰碰的，小屋子可就不一样了。再说我喜欢睡在寒冷的大房间里——可以舒舒服服地躺下来，只有鼻尖能感觉到被子外面什么样。何况不管房子有多大，削的土豆皮、洗的盘子都是一样多。再说了，想想爱德华和苏珊在大房间里玩得多开心！他们可以把玩具铁轨和洋娃娃的茶会玩具摆一地，还不用收拾。而且，能有几间让别人来住的客房挺好的。不像吉米·塞姆斯和乔尼·芬奇，他们就只能住在岳父岳母家。而你知道，朱利安，跟你的岳父岳母住并不好。你对妈妈很孝顺，可你不会乐意真的在婚后同爸爸妈妈一起住的，我也不会。那样我就会一直觉得自己像个小姑娘。”

朱利安朝她微笑。

“你仍然很像一个小姑娘，圆圆。”

就一个花甲之年的人而言，朱利安·哈蒙显然是大自然创造的优秀样品，因为他看上去比本来应有的模样要年轻二十五岁。

“我知道自己很傻。”

“你不傻，圆圆，你很聪慧。”

“不，我不聪明，我一点机灵劲儿都没有。尽管我尽力了……你给我讲书，讲历史和别的事时，我很喜欢听。你在晚上给我读吉本[①]的著作，我觉得这可能不太明智。因为如果外面吹着冷风，火炉却又热又舒服的时候，吉本的书里有些东西真使人想打瞌睡。”

朱利安笑了起来。

“可我确实是喜欢听你读书的，朱利安。再给我讲讲那个老牧师宣讲亚哈随鲁的故事。”

“你都能背了，圆圆。”

“再给我讲讲吧，求求你。”

于是，她的丈夫顺从地讲了起来。

---

①爱德华·吉本（Edward Gibbon，1737—1794），英国历史学家。

“这是一个名叫斯克林杰的老牧师。一天，有人去他的教堂，他正靠在讲坛上，对两个年老的打杂妇人热心地布道。他冲着她们晃动着一根指头，说道：‘啊哈！我知道你们在想些什么。你们在想第一段经文[①]的亚哈随鲁大帝就是阿尔塔薛西斯二世。可他不是！’他用胜利的语气宣告，‘他是阿尔塔薛西斯三世。’”

朱利安一向认为这个故事算不上特别好笑，却总能把圆圆逗乐。

她发出了清脆的笑声。

“这可怜的老乖乖。”她叫道，“我想有一天你会变得跟他一模一样，朱利安。”

朱利安的神情相当不自在。

“我知道，”他谦卑地附和道，“我的确强烈地感到，自己有时无法找到简单而恰当的方式。”

“我并不担心，”圆圆说，一面站起来将盛早餐的盘子摞在一个大托盘里，“巴特太太昨天跟我说了，过去从不上教堂，一向以本地无神论者自居的巴特，现在每个星期天都会上教堂，专门来听你布道。”

她惟妙惟肖地模仿着巴特太太那装腔作势的声调，接着说：

“‘而且有一天，夫人，我家巴特还对从小沃斯代尔来

①英国国教会在早祷仪式上诵读的一段经文，选自《旧约》。

的蒂姆金斯先生说，我们奇平克莱格霍恩这儿才真正有文化底蕴。不像小沃斯代尔的格罗斯先生，看看他对教民说话的样子，就好像他们都是些没有受过教育的小孩。真正的文化，巴特说，这就是我们这里的优势。我们的牧师是受过很高教育的绅士。是在牛津，可不是米尔切斯特，而且他把从教育中所受的益处对我们倾囊而授。他了解的什么罗马人，希腊人，巴比伦人，亚述人，都传授给了我们。甚至牧师家的猫，巴特说，也是按亚述的一个国王取的名字！’所以说，这可是你的荣耀。”圆圆得意扬扬地结束了她的话，“老天爷，我得干活儿了，要不就干不完了。来，提格拉特·帕拉沙尔①，给你鲱鱼骨头。”

她推开门，娴熟地用脚抵住门，让它半开着，然后端着装满餐具的托盘，一溜烟走了。她一边走，一边唱着自己用某首体育歌曲改编的歌词，声音响亮却稍微有点走调：

今天是谋杀好时间，
就像温煦的五月天，
村里的警察都不见。

瓷器放入水槽的“哐啷”声淹没了下一句。但在朱利

①提格拉特·帕拉沙尔（Tiglath Pileser），亚述国王。

安·哈蒙离家时，他听见了最后那一句充满胜利意味的唱词：

谋杀上演在今天。

第二章　早餐疑云

1

小围场里，早餐同样在进行中。

布莱克洛克小姐是宅邸的主人，她六十多岁，此刻坐在餐桌的上座。她身穿一套乡村风格的粗花呢装，脖颈上戴着一串硕大的假珍珠制成的短项链，和衣服十分不搭。她正在看《每日邮报》上有关诺科特街活动的那一栏。朱莉娅·西蒙斯在无精打采地浏览着《电讯报》，帕特里克·西蒙斯在检视《泰晤士报》上的拼字游戏，多拉·邦纳小姐则专心致志地埋头于本地的周报。

布莱克洛克小姐在兀自窃笑。与此同时，帕特里克咕哝着道："是'黏着的'而不是'黏着剂'[①]——我就栽在这个字眼儿上了。"

突然，从邦纳小姐那边传来响亮的一声"咯"，听起

---

①前者拼作 adherent，后者为 adhesive。

来活像一只受惊的母鸡。

“莱蒂[1]——莱蒂——你看了这个吗？这究竟是什么意思呀？”

“怎么了，多拉？”

“一则异乎寻常的启事，清楚地说是邀请大家来小围场。可是，这到底是什么意思呢？”

“能让我看看吗，亲爱的多拉——”

邦纳小姐顺从地把报纸递到布莱克洛克小姐伸出的手里，然后用颤抖的食指指着那则消息。

“看这儿，莱蒂。”

布莱克洛克小姐看过去，然后挑起了眉毛。她飞快地审视了一圈餐桌，接着大声读出了那则启事。

> 一桩谋杀将于十月二十九日星期五晚六点三十分在小围场发生，望周知。诸友请务必应邀，恕不另行通知。

“帕特里克，这是你的主意吗？”她厉声问道，目光探询地落在位于餐桌另一端的年轻人那张人见人爱的俊脸上。

帕特里克·西蒙斯当即断然否认。

①莱蒂希亚的昵称。

“不，没有的事，莱蒂姨妈。您怎么会生出这个念头？凭什么我就应该知道这事？”

“因为你就像是会干这种事的人，”布莱克洛克小姐尖刻地说，“想开个玩笑什么的。”

“玩笑？才没这回事呢。”

“你呢，朱莉娅？”

“当然没有。”朱莉娅一脸百无聊赖地回答。

邦纳小姐喃喃道：“你觉得，海默斯太太……”说到这里，她望向某人空出的餐位。

“啊，我认为我们的菲莉帕可不会尝试这种风趣的事儿，”帕特里克插嘴道，“她可是个严肃认真的姑娘，真的。”

“可这究竟有什么企图呢？”朱莉娅打了个哈欠，“到底是什么意思？”

布莱克洛克小姐缓缓开口了：“我猜想——这就是某种愚蠢的骗人把戏。”

“可是为什么？”多拉·邦纳惊呼道，“有什么意义？这怎么看都是一个愚蠢的玩笑，而且非常没品位。”

她松弛的脸颊因愤怒而颤抖，一双近视的眼睛里闪烁着愤怒的光芒。

布莱克洛克小姐冲她微微一笑。

“别为这个劳神，邦妮[1]。”她说，“这只是某个家伙自

①邦纳的昵称。

以为幽默的把戏，不过我想知道到底是谁干的。”

“上面说的是今天，”邦纳小姐指出，“今天晚上六点三十分。你们看会发生什么？”

“死亡！”帕特里克阴沉着脸说道，“美味之死。”

邦纳小姐微微惊叫了一声。“闭嘴，帕特里克。”布莱克洛克小姐说。

“我只是在说米兹做的那种特别的蛋糕，”帕特里克抱歉地说，“您知道我们一向把它叫作美味之死的。”

布莱克洛克小姐心不在焉地微笑了一下。

邦纳小姐依然不依不饶。“可是，莱蒂，你真的认为——”

接下来的话被她的朋友以宽心和安慰的口吻打断了。

“关于六点三十分要发生的事情，有一点我是知道的，”她干巴巴地宣布，“半个村子的人都会拥到这里来，个个都怀着十足的好奇心。我得在家里备上点雪利酒了。”

2

“你很担心，对吧，洛蒂？”

布莱克洛克小姐略微一惊。她一直坐在写字台前，心不在焉地在吸墨纸上画着小鱼。眼下她抬起头来，望向老友焦虑的面容。

她拿不准该对多拉·邦纳说些什么，因为她清楚，邦妮无法承受更多的焦虑或忧愁。布莱克洛克小姐沉默半晌，陷入了自己的思绪。

她和多拉·邦纳早年同在一个学校念书。那时，多拉还是个金发碧眼的美人，头脑不算聪慧。不过这无伤大雅，因为姣好的容颜和那活泼开朗的性格就足以令她受人欢迎了。她一定——布莱克洛克小姐暗忖——嫁过一位不错的军官，要不就是乡村律师。她身上有那么多的闪光点：友爱、奉献、忠诚，然而生活对多拉·邦纳却十分严酷，逼得她不得不自力谋生。尽管她一直拼命努力，却总也无法做到得心应手。

这两位朋友很久没有谋面。不过六个月前，布莱克洛克小姐忽然收到多拉的一封信，行文思绪零乱、语气哀婉动人。多拉的身体每况愈下，独自住在一个小屋里，靠着养老金勉强度日。她努力做一些针线活儿，但手指因患风湿而变得僵硬。她在信中谈到了她们同窗的岁月——在生活迫使她们各奔东西之前——然而，老朋友是否能对她伸出援手呢？

布莱克洛克小姐一时冲动，给她写了回信。可怜的多拉，可怜、漂亮、愚蠢而肤浅的多拉。她如同鹰抓小鸡般朝多拉扑了过去，将她带了回来，安顿在小围场，还编造出了安慰她的理由：“家务太多，我自己干不了，所以需要找个人来帮我管家。”然而没过多久——医生也曾提醒过她——她就会不时觉得，接可怜的老多拉来是个糟糕的尝试。多拉把什么都弄得一团乱，令那位性格诡异的外国“帮手”心烦意乱；她会数错送洗的衣服，弄丢账单和信件，有时会把能干的布莱克洛克小姐惹得恼羞成怒、颇感痛苦。然而，可怜而糊涂的老多拉又是那么忠诚，那么急于助人，对自己能为别人干一些事觉得那么开心和自豪——可惜，却完全地靠不住。

布莱克洛克小姐尖锐地说道：

“别这样，多拉。你知道我曾叫你——”

“哦，”邦纳小姐面带愧色，“我知道。我忘了，可——可你在担心，对吧？”

“担心？没有，”她真诚地补充道，“至少，不是很担心。你是说《消息报》上那则愚蠢的启事吗？”

“对。就算是个玩笑，在我看来也——也是恶毒的那种。”

“恶毒？”

“是的。我就是觉得什么地方有些恶毒。我的意思是——那不是一个善意的玩笑。”

布莱克洛克小姐看向她的朋友，注视着那柔和的眼神、长而顽固的嘴巴、微微翘起的鼻子。可怜的多拉，如此钻牛角尖，如此糊里糊涂，又如此投入，如此令人困扰。一个可爱而又大惊小怪的老白痴，但奇怪的是，又这么具有直觉。

“我想你是对的，多拉，”布莱克洛克小姐说道，“这不是个善意的玩笑。”

“我一点儿也不喜欢它，”多拉·邦纳小姐以不同平常的强硬语气说道，“它使我害怕。”然后她突然又说，“也使你害怕，莱蒂希亚。”

“胡说。”布莱克洛克小姐强势地反驳道。

“这很危险，我就是这么觉得的，就像有人把炸弹装进包裹寄给你一样。”

“亲爱的，这不过是某个愚蠢的白痴企图搞个恶作剧罢了。”

“可这不好笑。”

的确如此……布莱克洛克小姐的表情暴露了她的想法，于是多拉占了上风似的叫起来：“看吧，你自己也这么想！”

“可是多拉，我亲爱的——”

她的话被突然打断。一个年轻的女人气势汹汹地从门口冲了进来。她澎湃丰满的胸部包裹在一件紧身针织衫里，下身穿了一条亮丽的紧腰宽裙，油腻腻的深色发辫盘绕在头顶，深色的眼眸熠熠发光。

“我能跟您说话吗，可以吗，请问，不行？”她机关枪似的发问。

布莱克洛克小姐叹了一口气。

“当然可以，米兹，出了什么事？”

有时候她会想，与其应付这位难民“女帮手”没完没了的喜怒无常，自己还不如把所有家务连带烹调都亲自干了。

“我这就告诉您——词序没错吧，我希望？我这就通知您，我走——马上就走！”

“因为什么呢？有谁惊扰到你了吗？”

“是的，我很惊慌，”米兹声情并茂地说，“我可不想死！已经从欧洲大陆逃出来了，我。我的家人都死了——全被杀害了——我母亲、小弟弟，还有可爱的小侄女——全都，全部被杀害了。可我逃了——我藏了起来。我来到英格兰。我干活儿。我干那些绝不——我在自己的国家里绝对不会干的活儿——我——”

“这些我都明白。”布莱克洛克小姐斩钉截铁地说。这些话时常挂在米兹的嘴边。“可是你为什么要现在就离开呢？”

“因为他们又来杀我了！”

“谁要来杀你？”

“我的敌人。纳粹！也许这次是布尔什维克。他们发现我在这儿，他们来要我的命。我看到消息了——是的——就在报纸上！”

“哦，你是指登在《消息报》上的？”

“在这儿，都写在这儿呢。”米兹把藏在身后的《消息报》拿出来，“瞧——这里说是一桩谋杀，就在小围场。那就是这儿，对吧？今天晚上六点三十分。啊！我可不想等着被杀——不想啊！”

“可这为什么一定就是指你呢？这是——我们认为这是一个玩笑。”

“玩笑？杀人可不是什么玩笑？”

“不是，当然不是。可是，我亲爱的孩子，要是有人想谋杀你，他们可不会在报纸上广而告之，对吧？”

“您认为他们不会？”米兹似乎都有些哆嗦了，“您认为，也许，他们根本不打算谋杀什么人？也许他们要杀的是您，布莱克洛克小姐。”

“我当然不相信有人要谋害我。”布莱克洛克小姐轻描淡写地回答，“而且说实话，米兹，我也看不出为什么有人要谋害你。不管怎么说，他们有什么理由呢？”

“因为他们都是坏人……极坏极坏的人。我告诉您，我母亲、我的小弟弟、我那么可爱的小侄女……”

“是的，没错，”布莱克洛克小姐机敏地堵住了她的话头，“可我的确无法相信有人会谋害你，米兹。当然，如果你想这样说一声就走人，我也拦不住你。可我觉得你要是真的离开就太不明智了。”

就在米兹迟疑不决之际，她又果断地补充道：“咱们把肉铺老板送来的牛肉炖了当午餐吧，那块肉看起来很硬。”

“我给你做道红烩牛肉，独门秘方的烩牛肉。”

“如果你愿意那么叫那道菜的话，当然可以。另外你或许该把那块硬邦邦的奶酪全用掉，做些芝士酥条。我想今儿晚上可能有人要来蹭些酒水喝。”

“今天晚上？您是什么意思，今天晚上？”

“六点半。”

“可那就是报纸上说的那个时间？干吗那个时候来？他们为什么要来？”

“他们来参加葬礼，”布莱克洛克小姐的眼睛闪闪发光，“就这样吧，米兹，我很忙。出去时把门带上。”她坚定地说。

“她应该能消停一会儿了。”在米兹满脸狐疑地关上门之后，她这样总结。

“你真是行事利落，莱蒂。”邦纳小姐满怀敬佩地说道。

第三章　六时过半

1

“行了，一切就绪。”布莱克洛克小姐说。她用品评的目光环视着客厅：靠墙的桌上铺着玫瑰花图案的印花棉台布，上面是两钵青铜色的菊花、装在小花瓶里的紫罗兰与银质烟盒，中央的桌子上则摆着盛放饮品的托盘。

小围场是一座具有早期维多利亚式风格的宅邸，规模中等，有一条长长的遮阴游廊和几扇绿色的百叶窗。狭长的客厅被游廊的屋顶拦截了不少光线。客厅的一端本来有两道门，直通向一间有凸窗的小屋。之前的居住者拆掉了那两道门，代之以天鹅绒的门帷。布莱克洛克小姐则把门帷撤去，让两个房间合二为一。客厅的两端各有一个壁炉，但都没有生火，不过屋子里还是洋溢着一股暖意。

“您打开了中央取暖器？”帕特里克问道。

布莱克洛克小姐点了点头。

“近来雾多又潮湿，感觉整个房子都湿乎乎的。我让伊万斯走之前打开的。”

“用了非常、非常宝贵的煤渣？”帕特里克讽刺地问。

“正如你所言，是的，宝贵的煤渣，要不然就得用更宝贵的煤了。你知道，燃料办公室甚至连我们每周理应获得的那一点儿都不给——除非我们能确切说清楚自己没有其他烹饪的途径。”

“我猜，原来每人都有一大堆煤炭吧？”朱莉娅颇有兴致地问，仿佛是听到天方夜谭一般。

“是的，而且也很便宜。”

“什么人都可以去买，而且想买多少就买多少，用不着填写什么单子？另外那时候也不存在物资短缺吧？有很多煤？”

“种类和质量也很齐全——不像现在的煤，都是矸石。”

“那一定是个奇妙的世界。”朱莉娅带着敬畏的口吻说。

布莱克洛克小姐微笑起来。“回想过去，我的确如此认为。但话说回来，我年纪大了，会偏爱自己那个年代也是很自然的。可你们年轻人就不应该这样想。”

“如果在过去，我都不需要工作，我可能就只需要待在家里，侍弄花草，写点儿便条什么的……可以前的人为什么要写便条？都写给谁啊？”

“写给如今你会打电话的那些人。”布莱克洛克小姐的眼睛里闪烁着光芒，“我觉得你甚至都不知道怎么写，朱莉娅。”

“不会是用那天我发现的那本有趣的《书信大全》的方式写吧？老天爷！它居然教你怎么用正确的方式去拒绝一个鳏夫的求婚。”

“我怀疑你不会像自己想象中的那样享受待在家里。”布莱克洛克小姐说，“过去的女人是要承担家庭责任的，你知道。”她的声音变得平板起来，“不过，我对这些知之甚少。我和邦妮，”她怀着爱意朝多拉·邦纳微笑，“很早就走向社会了。”

“啊，没错，我们的确是这样。”邦纳小姐赞同地说，“那些调皮捣蛋的孩子，我可忘不了他们。当然，莱蒂很聪明，她以前是名职业女性，是一个大金融家的秘书。”

门开了，菲莉帕·海默斯走进来。她身材修长，相貌标致，只是神色憔悴。她吃惊地环视着房间。

“大家好，”她开口了，“有聚会吗？没人告诉我。”

“当然了，”帕特里克高声说，“我们的菲莉帕不知道。我敢打赌，她是奇平克莱格霍恩唯一毫不知情的人。”

菲莉帕面带疑问地望着他。

“看啊，各位，”帕特里克挥着手，戏剧性地宣告，“谋杀现场！”

菲莉帕·海默斯看上去彻底迷茫了。

“这儿，”帕特里克指着那两大钵菊花，“是花圈，这几盘芝士酥条和橄榄即为葬礼上的烤肉。”

菲莉帕困惑地看向布莱克洛克小姐。

“这是个玩笑？”她问，“我在理解玩笑方面一向都很迟钝。”

“这是个非常没品的玩笑，”多拉·邦纳强调，“我一点儿也不喜欢。”

“把启事拿给她看，”布莱克洛克小姐发话了，“我必须去把鸭子关起来。天黑了，这会儿人们也该到了。”

“我来吧。”菲莉帕说。

“当然不行，亲爱的，你都忙了一天了。”

“我去，莱蒂姨妈。”帕特里克毛遂自荐。

“不，你可别去，”布莱克洛克小姐断然否定，“上次你就没有把门闩闩好。”

“那我去吧，莱蒂，亲爱的，”邦纳小姐叫道，“真的，我愿意去。我这就去穿上高筒套鞋——咦，我把羊毛背心放在哪儿了？”

但在此时，布莱克洛克小姐已经微笑着走出房间了。

“算了，邦妮，”帕特里克说。“莱蒂姨妈做事那么讲效率，绝不容忍别人为她代劳。她真的喜欢什么事情都亲力亲为。”

“她确实喜欢这样。”朱莉娅说。

“我可没见过你自告奋勇帮什么忙。”她哥哥说。

朱莉娅懒洋洋地笑了笑。

“你自己才说了，莱蒂姨妈喜欢靠自己，”她指出，“再说，”她伸出一条裹着透明长袜的腿，“我可穿着自己最好的袜子呢。”

“穿着丝袜死去！”帕特里克咏叹般地说道。

“不是丝的——是尼龙，你这白痴。”

“尼龙的话听起来不够档次。”

“就没人能行行好，”菲莉帕哀怨地大声发话，“告诉我为什么大家都一个劲儿地谈论死吗？”

一时间大家都想告诉她——却都找不到《消息报》来指给她看，因为米兹把报纸拿进了厨房。

几分钟后，布莱克洛克小姐回来了。

“行啦，办妥了。”她轻快地说着，瞥了一眼钟，“六点二十。很快就要有人来了——除非我对邻居们的估计完全错误。”

“我看不出为什么一定会有人来。”菲莉帕看上去依旧摸不着头脑。

“看不出吧，亲爱的？……我敢说你是看不出的。然而大多数人都比你好事多了。”

“菲莉帕对于生活的态度就是事不关己，一律漠不关心。”朱莉娅相当尖刻地评价道。

对此，菲莉帕没有回应。

布莱克洛克小姐环视着客厅。米兹在屋子中央的桌子上摆放了雪利酒和三个碟子，里面有橄榄、芝士酥条和一些奇特的小点心。

“帕特里克，要是你不介意的话，把托盘——连同桌子一起也可以——从墙角搬到另一间屋子的凸窗那儿吧。毕竟，我可不是在举办聚会！我谁也没邀请过，也不打算让别人一望而知我是在期待人们露面。”

“莱蒂姨妈，您是希望掩饰自己的先见之明吗？”

“说得不错，帕特里克。谢谢你，我亲爱的孩子。”

“现在我们大家就可以好好装成在家里度过宁静夜晚的样子，”朱莉娅说，“然后被上门的人弄得猝不及防。”

布莱克洛克小姐拿起了那瓶雪利酒，犹豫不决地握住瓶身站在那里。

“有大半瓶呢，应该够了。”帕特里克宽慰她。

“啊，是的，没错……”她迟疑地说。接着，她的脸上泛起淡淡的红晕。

“帕特里克，能不能请你……餐具室的碗柜里有一瓶没开过的……把它拿来，再带上开瓶器。我——我们——最好还是喝新的吧。这——这瓶已经开过一段时间了。”

帕特里克二话没说，动身执行。回来时，他拿了那瓶新酒和开瓶器。在把酒放进托盘时，他好奇地抬头看向布莱克洛克小姐。

“您对这事还挺重视，亲爱的？”他小声问道。

“哎呀，”多拉·邦纳震惊地叫起来，“说真的，莱蒂，你不会是想——”

“嘘，”布莱克洛克小姐飞快地说，“门铃响了。你们瞧，我的先见之明现在应验了。”

2

米兹打开客厅的门，让伊斯特布鲁克上校及其夫人进来。在通报来客这件事上，她的方式与众不同。

“伊斯特布鲁克上校和太太来看您了。”她随口通报。

伊斯特布鲁克上校为人豪爽随意，将些许尴尬轻松带过。

“我们顺道来看看，希望列位不要介意。”他如此开口，朱莉娅忍不住咯咯笑起来。“碰巧经过这条路——呃，什么？多柔和的夜色啊。我注意到你们开了中央取暖器，我们的还没有开呢。”

“你们的菊花可真是漂亮，”伊斯特布鲁克太太讨好地寒暄，“多么赏心悦目！”

“就是些枯枝瘦叶，真的。”朱莉娅接话道。

伊斯特布鲁克太太又问候了菲莉帕·海默斯，带着一点不必要的亲切，以此表明她相当清楚菲莉帕并非真是一名农工。

“卢卡斯太太的花园还好吗？”她问道，“你觉得那个园子能重新恢复吗？战时可是完全荒芜了——后来又只请了一个园丁，那个可怕的老头阿什简直什么也不干，就是扫几片树叶，种几棵卷心菜什么的。”

“还是值得打理的，”菲莉帕回答，“只是需要花上些时间。”

米兹又打开门，宣布："砾石山庄的女士们到了。"

"晚上好，"欣奇克利夫小姐大步流星地走过来，抓住布莱克洛克小姐的手用力握了握，"我跟穆加特罗伊德说：'咱们去小围场串串门！'我想问问您的鸭子下蛋的情况。"

"现在天黑得可真早，对不对？"穆加特罗伊德小姐有些惶惶地对帕特里克说，"这菊花可真漂亮！"

"叶瘦花残！"朱莉娅说。

"你怎么就不能配合一下？"帕特里克小声责问她。

"你们开着中央取暖器啊，"欣奇克利夫小姐带着指责的意味说，"也太早了。"

"每年一到这个时候，这房子就变得非常潮湿。"布莱克洛克小姐回答。

帕特里克挑起眉毛，不出声地暗示着："上雪利酒？"但布莱克洛克小姐回复的信号是："还早。"

她对伊斯特布鲁克上校发话了：

"您今年从荷兰进口灯泡了吗？"

门再次开启，斯韦特纳姆太太面带愧色地走进来，后面跟着个愁眉苦脸、垂头丧气的埃德蒙。

"我们到了！"斯韦特纳姆太太一面愉快地说，一面怀着赤裸裸的好奇心仔细打量周围。然后她突然感到不自在起来，于是接着说道："我只是想顺路进来问问您是否碰巧要只小猫，布莱克洛克小姐？我们的猫就要——"

“就要被送到一只精力旺盛的公猫的窝里去繁衍后代，”埃德蒙说道，“结果嘛，我想，会很可怕。可别说我没警告过你！”

“它可是抓老鼠的能手，”斯韦特纳姆太太急忙说道，然后又补上一句：“这菊花的长势真是喜人！”

“你们开着中央取暖器，是吧？”埃德蒙用发现新大陆般的口气说道。

“大家怎么都跟留声机似的？”朱莉娅喃喃自语道。

“我不喜欢那则新闻，”伊斯特布鲁克上校逮着帕特里克，对他一股脑儿地说道，“我一点儿都不喜欢。你要是问我的意见，我会说战争不可避免，绝对不可避免。”

“我从不注意新闻。”帕特里克回应他。

门再次打开，哈蒙太太走了进来。

她把那顶饱经沧桑的帽子别在脑后，似乎在试图营造某种时尚效果。此外，她还换下了常穿的那件套衫，穿了一件皱巴巴的折边罩衫。

“您好，布莱克洛克小姐，”她容光焕发地高声说道，“我来得不算太晚吧？谋杀什么时候开始？”

3

抽气声此起彼伏、清晰可闻。朱莉娅赞许地咯咯笑了一声，帕特里克苦着脸，而布莱克洛克小姐则冲着最后一位客人露出微笑。

“朱利安因为不能来简直气疯了，”哈蒙太太说，“他热爱谋杀。就是因为这点，他上个星期天的布道才那么精彩——当然我不该这样说，因为他是我丈夫——但的确如此，对不对？比他平时的布道可好多了。不过正像我说的，这全都是因为《死神的帽子戏法》这本书。您读过吗？布茨书店的姑娘特地为我留的。故事扑朔迷离。你一直认为自己知道谁是凶手，可是忽然间，整个情节急转直下，凶手原来还不少，能有四五个吧。嗯，我有一天把这本书忘在书房里了，朱利安把自己关在那里准备布道的时候，随手一拿起来，然后就入了迷了！结果他只好匆匆忙忙写了布道稿，简单直白地记下自己想说的话，没有掉书袋——自然，结果要好得多。哦，亲爱的，我也太絮叨了。不过你一定得告诉我，谋杀几点开始？”

布莱克洛克小姐看了看壁炉台上的钟。

“如果要开始的话，”她愉快地说道，“应该很快了。距离六点半只有一分钟，趁现在来一杯雪利酒吧。”

帕特里克轻捷地穿过了游廊。

布莱克洛克小姐走向游廊边的桌旁，烟盒就放在这张桌上。

“我很乐意来点儿雪利酒，”哈蒙太太说，“不过您说‘如果’，是什么意思？”

“唔，”布莱克洛克小姐答道，“我和您一样也蒙在鼓里。我不知道什么——”

突然，壁炉台上的钟开始敲响，于是她闭口不言。钟声如同银铃般悦耳，大家都安静下来，无人移动。

所有人都盯着钟表。

钟声从秒针指在一刻钟的位置开始，一直响到它指向三十分。而就在最后一声刚刚消失的瞬间，所有的灯都熄灭了。

4

黑暗中只听见兴奋的喘息声和女人们赞许的啧啧声。

“开始了，”哈蒙太太欣喜若狂地叫道。多拉·邦纳则悲叹起来：“哦，真讨厌！”另外还有些人在说着：“吓死人了！吓死人了！”“这让我起鸡皮疙瘩。”“阿奇，你在哪儿呢？”“我都需要干点儿什么？”“哎呀，天啊——我踩到您的脚了？真对不起。”

突然，吱嘎一声，门开了。一束强烈的手电光飞快地在屋里扫动。一个男人的声音响了起来，嘶哑且带着浓重的鼻音，立刻令所有人想起那些在电影院度过的惬意午后：

“举起手来！我说了，举起手来！”男人狂叫着。

一只只手高兴且自愿地举过了头顶。

“这难道不精彩吗？”一个女人低声说，“我激动极了。”

而就在这时，出人预料地，一把左轮手枪开火了。它射击了两次。两颗子弹的呼啸顿时将屋里喜气洋洋的氛围一扫而光。突然间，这不再是游戏了，有人尖叫起来……

门口的影子猛地转过身去，似乎犹豫了一下。紧接着，第三颗子弹射了出来，黑影一个踉跄，随后扑通倒地。手电随之坠地，亮光消失了。

黑暗再次降临。然后，伴随着一声维多利亚式工艺特有的吱呀声，客厅的门就像平日里没被顶住时那样，轻轻地滑回去，最后咔嚓一声锁上了。

5

客厅里简直翻了天，所有人都一起开口了。

“灯。”

“你能找到开关吗？”

“谁有打火机？”

“哦，我真讨厌这样，真讨厌！”

“可那些枪声是真的！”

“他拿的是真正的左轮手枪。”

“那是个窃贼吗？”

“哎，阿奇，我想离开这儿。”

“谁有打火机啊？拜托了！”

接着，几乎在同一时刻，两只打火机啪啪响起，燃起了微弱而稳定的火焰。

每个人都眨着眼，面面相觑，看向彼此惊恐万状的脸。布莱克洛克小姐靠着拱廊的墙，手捂着脸。光线太弱，只能隐约看见什么深色的东西从她手指间涓涓滴出。

伊斯特布鲁克上校清了清喉咙，自发站了出来。

“试一试开关，斯韦特纳姆。”他命令道。

靠近门的埃德蒙依言上下拨动了开关。

“总开关跳闸了，要不就是保险丝。”上校说，“是谁在大嚷大叫？”

一个女人的尖叫不断从关着的门外某处传来，眼下声音变得更尖了，还伴随着拳头捶门的声音。

多拉·邦纳一直在静静啜泣，此时她冲口而出：“是米兹。有人在谋害米兹……”

“才不会有这种好事呢。”帕特里克咕哝着。

布莱克洛克小姐说：“得取蜡烛来。帕特里克，请你——”

上校已经在开门了。他和埃德蒙手里拿着火苗闪烁的打火机，踏进走廊，然后差点被横卧在地上的人绊倒。

“好像把他撂倒了。”上校说，“那个鬼哭狼嚎的女人在哪儿？”

“在餐厅。”埃德蒙说。

餐厅就在走廊的另一边。有人在捶打着木板，号叫不已。

“她被锁在里面了。”埃德蒙说着，一边弯下腰。他转动钥匙，紧接着，米兹像一只腾空而起的老虎一般扑了出来。

餐厅的灯依然亮着。光线隐约照在米兹身上，她一副吓得失魂落魄的样子，还在一直尖叫。令人忍俊不禁的是，她之前在清洗银器，所以现在手里还拿着块虎皮和一个大大的煎鱼锅铲。

“安静，米兹。”布莱克洛克小姐发话了。

“别喊了，”埃德蒙说，但米兹并没有停止尖叫的意思，于是他凑上前，给了她一记清脆的耳光。米兹抽了口冷气，又噎了一下，终于安静下来。

“去拿些蜡烛来，”布莱克洛克小姐说道，“在厨房的碗柜里。帕特里克，你知道保险盒在哪儿吗？”

“碗碟洗涤室后面的过道里，是吧？好吧，我去看看能做点什么。”

布莱克洛克小姐这时已经走到了餐厅的灯光能照得到的地方。多拉·邦纳哽噎着抽了一口冷气，而米兹则又发出了一声刺耳的尖叫。

“血，血！”她号叫道，“你中弹了——布莱克洛克小姐，你要失血死了。”

“别犯傻了，”布莱克洛克小姐厉声道，“我没怎么伤着，子弹只擦到了耳朵。”

"可是莱蒂姨妈，"朱莉娅说道，"这么多血。"

的确，布莱克洛克小姐的罩衫、珍珠项链和双手都鲜血淋漓的，看上去颇为可怖。

"耳朵总是要流血的，"布莱克洛克小姐说，"记得小时候我在理发店里就晕过。理发师刚刚割破我的耳朵，血好像紧接着就流了一盆。但不管怎样，我们必须得有光亮。"

"我去拿蜡烛。"米兹说。

朱莉娅同她一道去，拿来了几根插在碟子里的蜡烛。

"现在我们来瞧瞧这位罪魁祸首。"上校说，"把蜡烛拿低一点，好吗，斯韦特纳姆？尽量多拿些蜡烛。"

"我到另一边去照亮。"菲莉帕说。

她稳稳拿住两个茶碟。上校跪下身去。

横卧的人身穿一件做工粗糙的连帽黑色披风，脸上罩了一个黑色的面具，手上戴着黑色的棉手套；帽子向后滑落，露出一头乱糟糟的金发。

伊斯特布鲁克上校将他翻过身来，摸摸脉搏、心脏……然后极度厌恶地抓起他的手指，细细打量。手指黏糊糊的，很红。

"他朝自己开了枪。"他说道。

"他伤得重吗？"布莱克洛克小姐问。

"嗯哼，恐怕他已经死了……可能是自杀——也可能他被那披风一样的玩意儿绊了一下，结果摔倒的时候左轮手枪走了火。如果我能看得更清楚一些——"

恰好在这时，仿佛是魔术一般，所有的电灯同时亮了。

怀着一种奇异的虚幻感，这些奇平克莱格霍恩村居民们站在小围场的走廊里，意识到他们正身处于暴力与死亡的现场。伊斯特布鲁克上校的手被染红了，血依然顺着布莱克洛克小姐的脖颈流到她的罩衫和外衣上，而闯入者那怪异的身体就躺在他们的脚边……

帕特里克从餐厅走来，然后说："似乎只有一根保险丝不见了……"他截住话头。伊斯特布鲁克上校把手伸向那张小小的黑面具。

"最好看看这家伙是谁，"他说，"但我估计不是我们认识的人……"

他取下了面具。许多人都伸长脖子一探究竟。米兹发出一声窒息般的声响，抽了口气，但其他人都很安静。

"他很年轻。"哈蒙太太不无怜悯地说道。

突然，多拉·邦纳激动地惊呼道：

"莱蒂，莱蒂，是梅登厄姆游乐饭店的年轻人，就是来这儿向你要钱回瑞士、但被你拒绝的那个。我估计他上次来只是个托词——是来窥视这房子的……哦，天哪，他可以轻而易举地杀了你……"

此时，布莱克洛克小姐却十分冷静。她敏锐地发号施令道："菲莉帕，把邦妮带到餐厅，给她倒半杯白兰地。

朱莉娅，亲爱的，去洗手间的柜子里拿一点医用胶布来，动作快一些，这里到处都血，像杀了猪似的。帕特里克，你能马上打电话报警吗？”

第四章　饭店觅踪

1

米德尔郡警察局局长乔治·赖德斯代尔是个沉默寡言的人，中等身材，浓眉下长着一双精明犀利的眼睛。他惯于倾听而非倾诉，紧接着，便会用毫无情感的声调下达一个简洁的命令——而这个命令总是会被属下执行。

此刻，他正在听警督德尔蒙·科拉多克做汇报。科拉多克已正式负责小围场的案子，他本来被派往利物浦调查另一桩案子，赖德斯代尔昨夜把他召了回来。赖德斯代尔对科拉多克评价颇高，认为此人善用头脑、富于想象。而更令赖德斯代尔欣赏的，是他严于律己，办事稳健，每一个事实都要反复核查，在案子接近尾声之前，总是保持着开放的思维。

“莱格警长接的电话，局长，”科拉多克说，“他似乎处理得很得体，既果断又明智。当时的情景一定很难应对，十几个人都争着同时说话，其中还包括一个来自中欧的人。她认定了自己会被关起来，都快用尖叫把那地方震塌了。”

“死者的身份已经确定了？”

“是的，局长。鲁迪·谢尔兹，瑞士国籍。在梅登厄姆的皇家温泉水疗饭店做接待员。如果您同意的话，局长，我先去皇家温泉水疗饭店，然后再去奇平克莱格霍恩。弗莱彻警长现在已经到场了，他会先见见公共汽车上的人，然后再去那座宅邸。”

赖德斯代尔赞同地点着头。

门开了，局长抬起头来。

“进来，亨利，”他说，“我们这里遇到了一点儿异乎寻常的事。”

亨利·克莱瑟林爵士——也是苏格兰场前警察厅长——微微皱着眉头迈进屋来。他身量高挑，是个仪表堂堂的老人。

“这可能会使你那腻了的口味感兴趣。”赖德斯代尔接着说道。

“我可从来没觉得腻过。”亨利爵士愤怒地说道。

“最新的招数，”赖德斯代尔说，“是在谋杀某人前先昭告天下。给亨利爵士看看那则启事，科拉多克。”

“《贝纳姆新闻及奇平克莱格霍恩消息报》，”亨利爵士说，“妙极了。”他看了科拉多克指出的那半英寸见方的印刷段落。

“嗯哼，没错，是有点异乎寻常。”

“谁登的这则启事，有没有线索？”赖德斯代尔问。

“根据描述，局长，是鲁迪·谢尔兹本人送去的——在星期三。”

“就没人提出疑问？接受的人不觉得奇怪吗？”

“接受启事的金发女郎有腺样体肥大症，我得说，局长，她没什么头脑。她查了一下字数，就把钱收了。”

“这是演的哪一出？”亨利爵士问道。

“让许多当地人产生好奇心，”赖德斯代尔揣测道，“好让他们在特定的时间聚到特定的地点，然后把他们扣押起来，搜光现金和细软。作为一种想法，倒不是毫无创意。”

“奇平克莱格霍恩是个什么样的地方？”亨利爵士问。

“一个风景如画的村庄，扩展得杂乱无章。有肉铺、面包房、杂货店，还有家相当不错的古董店，再就是两家茶馆。是个自成一体的风景胜地，既适合驾车观光，也适合居住。原先由农业工人居住的木屋改装而成，现在住着上了年纪的老处女和退休夫妇。此外，还有些维多利亚时代的建筑。”

“与人为善的老姑娘和退休的上校们，”亨利爵士说道，“我明白了。没错，要是看到那则启事，他们都会在六点三十分赶到那儿四处打听，看看要发生什么事。老天，要是我那位特别的老姑娘在这里就好了，她一定会掺和进去的，正符合她的口味。”

“您那位特别的老姑娘是谁，亨利，一个姑姑？”

“不是，”亨利爵士叹了口气，“不是亲戚。”他怀着敬意说道，“她只不过是上帝创造出来的最优秀的侦探。一位在恰当的土壤里自我成长的天才。”

他转向科拉多克。

“可别瞧不起这个乡村里的老姑娘，我的孩子，”他说道，“说不定这会是件扑朔迷离的案子。我倒不是说一定就是这样。不过记住，那位织毛衣、种花草的未婚老妇人可比任何一个警长都高明得多。她能告诉你可能发生了什么、应该发生什么、甚至实际发生了什么！除了这些，她还能告诉你为什么会发生！”

“我会谨记于心的，长官。”科拉多克警督非常严肃地回答，但没有人会猜想到德尔蒙·埃里克·科拉多克实际上是亨利爵士的教子，与教父的关系融洽而亲密。

赖德斯代尔简洁地给他的友人大致讲了一下案情。

“他们全都在六点三十分露了面，这一点可以保证。”他说道，“可这个瑞士人知道他们会到场吗？还有一点，他们有可能带着很多现金和细软让人抢吗？”

“一两枚老式的胸针、几串小粒的珍珠——一些零钱，也许再有一两张纸钞——不会更多了。”亨利爵士若有所思地说，“这位布莱克洛克小姐家里放着很多钱吗？”

“她说没有，长官。据我所知只有五镑零钞。”

“只有鸡饲料。”赖德斯代尔说。

“你的意思是，”亨利爵士说，“这家伙喜欢做戏——根本不是打劫，而是开个玩笑，假装打劫。像电影里那种？唔，相当可能。他是怎么开枪射自己的？”

赖德斯代尔推给他一张纸。

“根据法医的初步报告，左轮手枪是近距离射的——皮肤烧焦了……他……无法证明是事故还是自杀。可能是蓄意的，也可能是他被绊了一下，摔到地上，然后他拿在手中的左轮手枪就走火了……应该是后者。”他望着科拉多克，“你得非常仔细地询问证人，让他们把看到的情况确切地说出来。”

“他们看到的都不一样。”科拉多克警督沮丧地说。

“这一点一直都让我觉得很有意思，”亨利爵士说道，“人们在极度兴奋和神经极度紧张的时刻真正看到的东西。他们到底看到了什么，以及更耐人寻味的是，他们没有看到什么。”

“有关左轮手枪的报告在哪儿？”

“外国制造——这在欧洲大陆上十分普通——谢尔兹没有持枪许可证，进入英国时也没有报关。”

“坏小子。”亨利爵士评论道。

“到处都是令人不满的人。好了，科拉多克，去皇家温泉水疗饭店看看能了解到他的什么情况。”

2

到达皇家温泉水疗饭店后，科拉多克警督被直接带到经理办公室。

经理罗兰森身材颀长，脸色红润，态度热诚。他极为亲切地接待了科拉多克警督。

“我很高兴能尽力协助您，”他说，“真是极其令人震惊的事。我绝不赞成这样的事——绝不。谢尔兹似乎是个非常招人喜欢的普通小伙子——我从没想过他会干打家劫舍的勾当。”

“他跟了您多久，罗兰森先生？”

“您来之前我正在查记录。三个月多一点。他有相当不错的推荐信和通常必备的许可证，等等。”

“您对他满意吗？”

在罗兰森回答之前，科拉多克捕捉到他微小但绝非有意的停顿。

“相当满意。”

科拉多克使出了他一直见效的手段。

“不，不，罗兰森先生，”他说，一面缓缓摇了摇头，“情况并非如此，不是吗？”

“呃——”经理略微有些吃惊。

“说吧，有什么地方不对劲。是些什么呢？”

“是有些不对劲。可我又不知道具体是什么。”

“但您觉得有些事不对劲？”

“呃——是的——我想过……可又没什么真凭实据。我不愿让我的猜想被记录下来，然后被引用来指控我。”

科拉多克和颜悦色地微微一笑。

“我明白您的意思。您不用担心。可我们得了解一下谢尔兹是个什么样的人。您怀疑过他什么呢？”

罗兰森很不情愿地开口了：

“唔，是有一两次风波，关于账单的。账单上出现了不应该收的项目。”

“您是说您怀疑他收取某些费用，而饭店的记录里并不存在，然后等客人付了账后他把差额揣进了自己腰包？”

“差不多吧……往好说的话，他非常粗心大意。有一两回牵涉的数目还挺大。实不相瞒，我让会计查了他的账本，怀疑他——呃——作了假。可尽管有各种错误，不少账目报得马马虎虎，但实际现金数目是对的。所以我断定是我自己弄错了。”

“假定您没弄错呢？如果谢尔兹四处都稍微揩点油水的话，他会不会是用自己的钱又把缺口补上了呢？”

“如果他有这么些钱的话，那没错。但像您说得那样‘揩点油水’的人通常都很拮据，钱一到手就没了。”

“因此，如果他需要钱来补上缺口，就不得不去弄钱——要么靠抢劫，要么通过别的方式？”

“对。我在想，他是不是初犯……”

“可能，手法着实蹩脚。他还能从别的什么人那里弄到钱吗？他的生活中有没有女人？”

“烤肉厅的一个女招待，名叫莫娜·哈里斯。”

“我最好跟她谈谈。”

3

莫娜·哈里斯是位漂亮的姑娘，有着一头亮丽的红发，鼻梁高挺。

她很警惕，也很谨慎，生怕被警察问话会损害自己的名誉。

“我对这事什么都不知道，长官。一点儿也不知情。”她抗议道，“我要是知道鲁迪是这样的人，我是绝不会跟他约会的。当然了，见他在这儿的前台工作，我以为他人不错。我当然会这样想。我是说，饭店雇人——尤其是外国人——的时候，应该更谨慎一些。因为和外国人打交道，你根本摸不清底细。我猜想他是你们公布的某个黑帮的成员？”

“我们认为，”科拉多克说，“他是单干的。”

“奇怪——他是那么沉静，又那么体面。谁能想得到啊。尽管我也丢过东西——现在我想起来了，一枚钻石胸针，还有一个金质的小盒式吊坠。我想是这样没错。可我做梦也不会想到是鲁迪拿的。”

“我相信您确实想不到，”科拉多克说，“人都会上当受骗。您跟他很熟吗？”

“我不知道能不能算熟。”

“可你们相处得很融洽？”

“哦，我们相处得还算融洽——仅此而已。根本没有认真，毕竟，对外国人我一向是很警惕的。他们总有自己的道道儿。可你根本就摸不清底细，不是吗？有些人是战时逃过来的波兰人！有些甚至是美国人！根本就不提他们是已婚的，等到非说不可的时候，已经来不及了。鲁迪净说大话——可我听的时候总是打些折扣。”

科拉多克抓住这个字眼。

“他说大话，是吗？这倒非常有意思，哈里斯小姐。我能看得出您会对我们有很大帮助。他都在哪些方面夸夸其谈了？”

“比如他家在瑞士有多富有——有多显赫。可他自己又没钱。他总是说，由于金融方面的规定，他没法把钱从瑞士弄到这儿来。我想，那倒也有可能。可他用的东西并不昂贵。我是指他的穿着，根本不上档次。我又想起来了，他常跟我说的很多故事可牛得很，什么爬阿尔卑斯山啦，在冰川悬崖边救人的性命啦。结果呢，光是走过布尔特山的山脊就弄得他头昏眼花的。哼，还阿尔卑斯山呢！”

“您和他出去的时间多吗？”

“是的——呃——没错。他很有风度，而且他懂得怎么——如何照料女孩子。看电影总是选最好的座位，甚至有时候还给我买花。而且他的舞跳得很好——真的很好。”

“他跟您提到过布莱克洛克小姐吗？”

“她有时候也来这儿吃午饭，不是吗？她来这儿住过一次。不，我想鲁迪从来没有提到过她。我也不知道他认识她。”

“那他提到过奇平克莱格霍恩吗？”

科拉多克认为莫娜·哈里斯的眼睛里流露出轻微的焦虑，但他不能确信。

“我想没有……我想他确实问过一次公共汽车的事儿——关于班次——可我不记得到底是去奇平克莱格霍恩还是别的什么地方。那有些日子了。”

他从她这儿打听不出更多信息了。鲁迪·谢尔兹似乎平平常常。前天晚上她没有见过他。她不知道——根本不知道——她强调了这一点——鲁迪·谢尔兹是个骗子。

也许，科拉多克想，这是实话。

第五章　两位小姐

1

小围场与科拉多克警督想象得极为相似。他注意到鸭子、鸡和一个直到不久前依然迷人的花坛，几株紫色的残菊展现着回光返照的风姿。草坪与小道看上去疏于打理。

“总的看来，”科拉多克警督暗想，“这户人家大概没有多少钱雇用园丁，但又喜爱花草，也有布置花坛的眼光。宅邸需要粉刷，时下大多数宅子都需要另人愉悦的财产。”

科拉多克的车刚停在前门，弗莱彻警长就从宅邸一侧走出来。他好像一个守卫，腰板挺直，颇具军人风范，擅长用一个单音词表达出好几种不同的意思。

“长官。”

“你在这儿啊，弗莱彻。”

“长官。”弗莱彻警长回应道。

“有什么要报告的？”

“我们检查了整座房子，长官。谢尔兹似乎在任何地方都没有留下指纹。当然了，他戴着手套。门和窗户都没有强行闯入的迹象。他似乎是乘公共汽车从梅登厄姆来的，六点钟到达这里。我了解到，侧门是五点三十分锁上的。看起来他好像必须经过前门。布莱克洛克小姐陈述说，那道门通常要等全家都睡觉后才锁。另一方面，女仆则声称前门整个下午都是锁上的——不过她说话没个准儿。您会发现她真是喜怒无常。这些中欧难民。”

“她很难缠，对不对？”

“长官！”弗莱彻警长激动地发言道。

科拉多克微笑起来。

警长接着汇报：“各处的照明系统一切正常，我们还没发现他是如何操纵照明的。当时只是一条电路坏了，客厅和走廊的。当然，如今的壁灯和大灯不会都依赖同一根保险丝，但是这里的布线和安装方法都是老式的。我们也不知道他是怎么对保险盒动的手脚，因为保险盒远在餐具储藏室那边，他得经过厨房才行，那样女仆就能看见了。”

“除非当时她跟他都在里面？”

“这很有可能。他们都是外国人，而我一点儿也不相信她——一丁点儿也不。”

科拉多克注意到前门的窗前有两只惊恐而硕大的眼睛正在向外窥视。那张脸因为压在窗格玻璃上，变得扁平，所以几乎看不清楚。

“那就是她？”

“没错，长官。”

那张脸消失了。

科拉多克按响了前门的门铃。

等了很长时间之后，门被一个相貌姣好的年轻女人打开了，她有着一头栗色的秀发，一脸百无聊赖。

“科拉多克警督。”科拉多克说。

年轻的女人用她那妩媚的淡褐色眼睛冷冷地看了他一眼，然后说：

“进来。布莱克洛克小姐正在等您。”

科拉多克注意到，走廊很狭长，似乎到处都是门。

年轻女子推开左边的门，说：“科拉多克警督来了，莱蒂姨妈。米兹不愿去开门，她把自己关在房里，发出特别奇怪的呻吟声。我看咱们别想吃什么午饭了。”

“她不喜欢警察。”她又用解释的口吻对科拉多克补充道。然后她退了出去，随手关上了房门。

科拉多克走上前去，同小围场的主人会面。

他看到一个年约六旬、精神矍铄的高挑女人。她灰色的头发自然微卷，发型高贵，更衬出一张聪慧坚毅的面容。她灰色的眼眸目光犀利，下巴的线条方正刚毅，左耳上裹着医用纱布。她未施粉黛，只穿着剪裁得体的粗呢外套、裙子和套衫。而她在套衫的领部出人意料地戴着一串老式的浮雕玉石——一种含蓄的维多利亚式情结。

在她身侧的是一位年纪与她相仿的女人，圆脸，神色焦急，头发乱糟糟地从发网里滑出来。科拉多克毫不费力地认出，这就是莱格警长在报告中提到的“多拉·邦纳——陪伴人”。关于这个人，莱格还在报告里添了一句不怎么官方的评语：“低能！”

布莱克洛克小姐说话时声调悦耳、富有教养。

“早安，科拉多克警督。这位是我的朋友邦纳小姐，她帮助我管理家务。您请坐，我猜您不抽烟吧？”

“恐怕当班时不抽，布莱克洛克小姐。”

“真是遗憾！”

科拉多克迅速而仔细地扫视这间屋子。典型的维多利亚式双间客厅。这一间有两扇长长的窗户，另一间有一扇凸窗……椅子……沙发……中间放着一张摆着一大钵菊花的桌子——另一钵放在窗台上——都很新鲜漂亮，但没有多少新意。唯一与整个景象不协调的是一个银质小花瓶，里面插着凋零的紫罗兰。花瓶放在通向里屋的拱廊边的一张桌子上。很难想象布莱克洛克小姐会忍受屋里有枯死的花，在科拉多克看来，如果在这座打理得当的宅邸里，发生过足以打破常规的异常之事，这是唯一的迹象。

他开口了：“我想，布莱克洛克小姐，事故就发生在这间屋子里？”

“的确。”

“昨晚您该来看看，”邦纳小姐激动地大声说道，“简直是一团糟。两张小桌子被弄翻了，桌子的一条腿断了——大家互相冲撞——而且还有人扔下一根点着的香烟，烧坏了一件最好的家具。那些人——尤其是年轻人——对这些东西一点儿都不爱惜……幸好没打坏任何瓷器——”

布莱克洛克小姐和蔼但果断地打断了她。

“多拉，尽管所有这一切很恼人，但只是些鸡毛蒜皮的事。我认为最好只回答科拉多克警督的提问。”

“谢谢，布莱克洛克小姐。我马上就会问昨晚发生的事。首先，我想请您告诉我，您最后一次见到死者——鲁迪·谢尔兹是在什么时候？”

“鲁迪·谢尔兹？”布莱克洛克小姐露出略微吃惊的神色，“这是他的姓名？我隐约想起……哦，算了，无关紧要。我第一次碰到他是我去梅登厄姆的水疗馆购物，那是大约在——让我想想，三周前。我们——我和邦纳小姐——在皇家温泉水疗饭店吃午饭。饭后我们正要离开的时候，我听见有人叫我的名字，就是这个年轻人。当时他说：‘您是布莱克洛克小姐，对吗？’然后他又说我大概不记得他了，他是蒙特勒的阿尔卑斯饭店老板的儿子，战时我和我妹妹在那里住了将近一年。”

“蒙特罗的阿尔卑斯饭店，”科拉多克重复道，“那您记得他吗，布莱克洛克小姐？”

“不，我不记得。事实上，我不记得以前曾经见过他。

这些饭店前台的服务员长得都差不多。我和我妹妹在蒙特勒过得非常愉快，饭店老板也相当乐于助人，所以我当时也尽可能客气地对待他，并说希望他在英国过得愉快。他说，对，他父亲送他来这儿待六个月，学习酒店管理。这一切似乎都相当自然。”

“接下来的一次相遇呢？”

“大约在——对了，肯定是十天前，他突然出现在这里。我见到他时感到非常诧异。他因为打扰我而向我道歉，他说我是他在英格兰唯一认识的人。他告诉我他母亲病危，所以急需回瑞士的路费。”

“可莱蒂没有给他。”邦纳小姐气喘吁吁地插话道。

“那是个完全不可信的故事。”布莱克洛克小姐强势地说，“我认定了他是个坏家伙，这个急需钱回瑞士的故事纯属一派胡言。他父亲可以轻而易举地打电报让英国这边安排妥当。旅店老板们都是相互照应的。我当时怀疑他挪用了钱或者干了这一类勾当。”她顿了顿，接着干巴巴地说道，“假如您觉得我是个铁石心肠的人，那我得告诉您，我为一个大金融家当了许多年的秘书，因此对上门要钱这种事非常慎重。我对这种所谓时运不济的故事可是很了解的。

“只有一件事让我感到诧异，”她若有所思地补充道，“他那么轻易就放弃了。他没有再提出什么别的理由，马上就走了，仿佛他压根儿就没有指望能从我这里拿到钱。”

“回想当时的情形，您现在是否认为他来的真正目的是为了探查情况，只不过编了一个借口？”

布莱克洛克小姐用力点头。

“现在我就是这么想的。我送他出门，他说了一些话——是有关这座房子的。他说：‘您的餐厅很漂亮。’但其实当然不是——那是间又暗又破的小屋，他只是想找个借口看看里面。然后他又蹿到我的前面，拉开前门的门闩，嘴里说着：‘让我来。’现在回想起来，他是打算看看门闩。实际上，跟周围的人家一样，不到天黑我们是不锁门的，任何人都进得来。”

“那么侧门呢？我了解到有一道侧门通向花园？”

“是的。昨晚在客人到达之前不久，我还从那道门出去关鸭子呢。”

“您出去的时候，门锁上了吗？”

布莱克洛克小姐皱起了眉头。

“我记不起来了……我想是吧。进来的时候我肯定是锁了。”

“那会儿是六点过一刻吗？”

“差不多。”

“前门呢？”

“通常要再晚一些才锁。”

“那么谢尔兹可能轻而易举地从那儿进来，或者他可以在您关鸭子时溜进来。他已经探查过地形，可能也留意过各处的隐蔽所——柜子之类的。是的，一切似乎很清楚了。”

“请恕我冒昧，还有没弄清的地方。”布莱克洛克小姐说，“为什么有人要费那么大的劲儿闯进来上演这么一出愚蠢的打劫闹剧呢？”

“您在家里存着很多钱吗，布莱克洛克小姐？”

“那个抽屉里大约有五镑，然后我的钱包里大概还有一两镑。”

“珠宝呢？”

“一两枚戒指和胸针，再就是我身上戴的浮雕玉石。您一定同意我的看法，警督，整件事情很荒唐。”

“这可根本不是破门而入、打家劫舍，”邦纳小姐喊道，“我一直就这样跟你说，莱蒂。这是报复！因为你没有给他钱！他故意向你开枪——还开了两枪。”

“啊，”科拉多克接话道，“我们这就谈谈昨晚的事。到底发生了什么，布莱克洛克小姐？请用您自己的话，尽量按您的回忆给我说说。”

布莱克洛克小姐回想了片刻。

“钟响了，”她说道，“就是壁炉台上的那一座。我记得当时我说，如果要发生什么的话，那马上就要开始了。然后钟就敲响了。我们大家都一声不吭地听着。它敲响了，您知道。它敲到六点半，突然，所有的灯全熄灭了。”

“哪些灯原来是亮着的？”

“这儿和里屋的壁灯。标准灯和两个阅读灯没亮。”

“灯灭时是先看到手电筒的光还是先听到什么声响？”

“我不是很清楚。”

“我确信是手电筒的光，”多拉·邦纳说，“然后是吱呀一声。真险哪！”

“然后呢，布莱克洛克小姐？”

“门开了——”

“哪一道？这间屋里有两道门。”

“哦，是这一道。那边的门打不开，是装饰用的。门开了，他出现了——是个手握左轮手枪、头戴面具的男人。当时我觉得简直奇怪得无法形容，当然我只当那是个愚蠢的玩笑。他说了些什么——我忘记——”

“‘举起手来，要不我就开枪了！’”邦纳小姐绘声绘色地说。

“和这句话差不多。”布莱克洛克小姐将信将疑地说。

“然后你们都举起了手？”

“啊，是的，”邦纳小姐说，“我们都举起了手。我的意思是，这是游戏的一部分。”

“我没有，”布莱克洛克小姐断然道，“当时这显得愚蠢至极。而且我被整件事弄得很恼火。”

“然后呢？”

“手电筒的光直射我的眼睛，弄得我头晕目眩。后来，简直令人不敢相信，我听见一颗子弹在我的耳边呼啸而过，打在后面的墙上。有人尖叫起来，接着我只觉得耳朵一阵灼热的疼痛，跟着就听到了第二声枪响。”

“真是吓死人了。”邦纳小姐插话。

“接下来又发生了什么，布莱克洛克小姐？？”

“很难说——我因为疼痛和震惊而跌跌撞撞。那个影子转过身，似乎绊了一下，接着又响起了一声枪声，他的手电筒熄灭了，然后大家开始相互推搡喊叫，都挤撞到一处。”

“当时您站在哪儿，布莱克洛克小姐？”

“她在桌旁。她的手里还拿着那瓶紫罗兰。”邦纳小姐气喘吁吁地说道。

“我就在这儿，”布莱克洛克小姐走到拱廊边的那张小桌子前，“手里还拿着烟盒。”

科拉多克警督察看她身后的那面墙，两个弹孔显而易见。子弹已被取出，送去与左轮手枪比较。

“您险些送命，布莱克洛克小姐。”他平静地说。

“他就是朝她开的枪，”邦纳小姐说，“有意冲着她来的！我看见他了。那支手电冲着大家挨个儿照，直到找到她，跟着就向她瞄准，射击。他想杀的是你，莱蒂。”

“多拉，亲爱的，你又开始瞎想了。”

“他朝你开枪呢，”多拉执拗地重复道，“他想杀了你，可没打着，他就朝自己开了枪。我肯定就是这么一回事！”

“我绝不认为他是打算开枪射自己的，”布莱克洛克小姐说，“他不是那种会开枪自杀的人。”

“请您告诉我，布莱克洛克小姐，直到开枪之前，您一直认为这一切只是个玩笑？”

“那是自然，我还能往什么别的地方想？”

“您认为是谁策划了这个玩笑？”

“你开始认为是帕特里克干的。”多拉·邦纳提醒她。

“帕特里克？”警督尖锐地问道。

“帕特里克·西蒙斯。”布莱克洛克小姐被自己的朋友惹恼了，接着厉声说道，“我看到那则启事时的确想过，这可能是他企图玩点儿幽默，但他断然否认。”

“可你很担心，莱蒂，”邦纳小姐说，“你是很担心，尽管你假装不是那么回事。而且你的担心也是对的。报纸上说谋杀启事——实际上是宣布了……对你的谋杀！要是那人没有失手的话，你就被杀了。那我们该怎么办？”

多拉说话时全身一直在颤抖。她皱着脸，仿佛就要失声痛哭一般。

布莱克洛克小姐拍拍她的肩膀。

“没事了，多拉亲爱的——别激动，这对你很不好。一切都好好的。我们是有过糟糕的经历，可它过去了。”她又接着说，“就是看在我的分儿上，多拉，你也得振作起来。维持这个家，你知道的，我就靠你了。洗衣房的人是不是该今天来？”

“哦，我的天，莱蒂，多亏你提醒我！我想知道他们是不是会归还那个丢失的枕头套。我必须在本子上把这个记下来。我这就去处理。”

“把这些紫罗兰也拿走，”布莱克洛克小姐说，“我最恨的就是枯死的花。”

“真可惜。我昨天才摘的。它们没挺多久——哎呀，真是的，我一定是忘了往瓶里加水。真不敢想象！我总是忘这忘那的。现在我必须去洗衣房看看，他们随时都可能到。”

她又露出了一副高兴的神情，慌忙走了出去。

“她的意志不是很坚强，”布莱克洛克小姐说道，“激动对她不好。您还有什么需要了解的吗，警督？”

“我只是想准确了解您家里一共有多少人，还有他们的一些情况。”

“好的，除了我和多拉，现在这里还住着年轻的表弟和表妹两人，帕特里克和朱莉娅·西蒙斯。”

“表弟表妹？不是外甥和外甥女？”

“不是。虽然他们叫我姨妈，但实际上是远房表亲。他们的母亲是我的表二姨。”

“他们一直住在您这里？”

“哦，不是的，只是最近两个月。战前他们住在法国南部。帕特里克之前在海军服役，而朱莉娅在兰迪德诺，是在一个政府部门工作。战争结束后，她母亲写信来问我，他们是否可以作为付费的客人到我这里来——朱莉娅在米尔切斯特总医院接受药剂师培训，帕特里克正在米尔切斯特大学攻读一个工程学位。米尔切斯特，您知道，乘公共汽车到这里只有五十英里，所以我很高兴让他们来这里。这幢房子对我来说太大了。他们付一小笔食宿费，一切都很好。”她微笑着加了一句，“我喜欢身边有年轻人。”

“然后，据我所知，还有一位海默斯太太？”

“是的。她在达雅斯宅邸——就是卢卡斯太太家——做园丁的帮手。那里的小木屋被一对老园丁夫妇占了，于是卢卡斯太太问我是否能给她安排个住处。她是个很不错的姑娘，丈夫在意大利阵亡了。她有个八岁的男孩，在预备学校上学，假期我也安排他来这里住住。”

“她也帮着做家务？”

“临时园丁，周二和周五来。村里的一个哈金斯太太每周来五个上午。另外有一个姓名难以发音的外国难民在我这儿做厨娘之类的工作。恐怕您会发现米兹相当难相处，她有种被害妄想症。”

科拉多克点点头。他的脑子里想到了莱格警长的另一句无关紧要的评价。在将多拉·邦纳评为“低能”，将莱蒂希亚·布莱克洛克评为“正常”之后，此人又给米兹的评语加上了一个词：“骗子。”

布莱克洛克小姐仿佛看穿了他的心思一样说道：“请别因为那可怜的人儿说谎就对她抱有太大的偏见。我的确相信在她的谎言背后，正如许多骗子一样，也有一部分真话。我的意思是，比方说，尽管她讲的暴行的故事愈发骇人听闻，以至于印刷品中出现的每一个不愉快的报道都发生在了她家人的身上，但是，她原来确实受过很大的刺激，确实也至少看到一个亲人被杀害。我认为不少这样背井离乡的人都感到——也许这是理所当然的——他们有权赢得我们的注意和同情。他们都遭受过暴行，所以才会夸大其词、凭空捏造。

“但坦率地说，米兹是个疯疯癫癫的人。”她又补充道，“她惹我们大家生气，疑心重，成天绷着脸，永远‘百感交集’，认为自己受到了侮辱。然而尽管如此，我还是衷心为她感到难过。”她微笑起来。“再说，只要她愿意，就能烧一手好菜。”

“我将尽量不惹她生气。”科拉多克圆滑地回答，“为我开门的就是朱莉娅·西蒙斯小姐？”

“是的。您想现在就见她吗？帕特里克外出了。您会在达雅斯宅邸找到正在干活儿的菲莉帕·海默斯。”

“谢谢您，布莱克洛克小姐。如果可以的话，我想见见西蒙斯小姐。”

第六章　三份证词

1

朱莉娅走进屋，在莱蒂希亚·布莱克洛克刚才坐的椅子上坐下。整个过程中，她泰然自若，这不知怎么让科拉多克有些恼火。她用平静的目光注视着他，等待他提问。

布莱克洛克小姐很贴心地离开了客厅。

“请跟我谈谈昨晚，西蒙斯小姐。”

“昨晚？”朱莉娅明显地一怔，喃喃道，“哦，我们都睡得很熟。我想是应激反应吧。”

“我是指从晚上六点开始。”

“啊，我明白了。唔，来了不少无聊的人——”

“他们是？”

她朝他投去平静的一瞥。“这一切你不是都知道了吗？”

“我在提问题，西蒙斯小姐。”科拉多克和颜悦色地说。

“抱歉。我一向觉得待人接物很乏味。显然，您不……唔，有伊斯特布鲁克上校和太太、欣奇克利夫小姐和穆加特罗伊德小姐、斯韦特纳姆太太和埃德蒙·斯韦特纳姆，还有哈蒙太太——牧师的妻子。他们是按先后顺序到的。如果您想知道他们都说了些什么——他们全都轮流说：‘我看你们开着中央取暖器’和‘多可爱的菊花啊！’”

科拉多克咬住嘴唇。她模仿得倒是挺像。

“只有哈蒙太太例外，她有些没心没肺。她进来时帽子歪到一边，鞋带也没系，直接就问谋杀几时开始。这话把所有人都弄得很尴尬，因为他们都假装是偶然顺道来的。莱蒂姨妈用不冷不热的口气说应该很快就开始。后来那个钟敲响了，就在钟声结束之际，灯灭了，门被猛地推开，一个戴着面具的影子说‘所有人，举起手来’之类的话。跟烂片里的情节一模一样，真的相当荒唐。再后来他朝莱蒂姨妈开了两枪，突然一切就不再荒谬了。”

“这一切发生时每个人都在哪儿？”

“灯灭的时候？这个嘛，只是到处站着或坐着，您能想象得出。哈蒙太太坐在沙发上——欣奇，就是欣奇克利夫小姐，像个男人似的站在壁炉前。”

“你们都在这间屋子里吗？还是远一点儿的那间？”

“我认为大多数是在这一间。帕特里克到另一间屋去取雪利酒了。我想伊斯特布鲁克上校是跟他一起去的，但不是很肯定。我们大家，呃——就像我说的，只是四处站着。”

“您在哪儿？”

“我想是靠窗站着。莱蒂姨妈去取香烟了。”

“从拱廊边的那张桌上？”

“对——然后灯灭了，烂片开始上映。”

“那个男人拿着带强光的手电筒，他用手电筒干了什么？”

“他照着我们。真是令人头晕目眩，简直让你的眼睛眨个不停。”

“我要您非常仔细地回答这个问题，西蒙斯小姐，他手里的电筒是不动的呢，还是晃动的？”

朱莉娅考虑起来，她的举止明显不如刚才那么令人讨厌了。

“是晃动着的，”她缓缓说道，“就像舞厅的聚光灯那样。它直照着我的眼睛，然后在屋里移动，后来枪响了。两枪。”

“再后来呢？”

“他转了个身——接着，米兹在什么地方开始像拉响的警报似的尖叫起来。他的手电熄灭了，跟着响起第三枪。然后门慢慢地关上了，您知道，还发出哀怨的声音，听上去怪可怕的。我们大家都陷入了黑暗，不知道该怎么办，可怜的邦妮叫得像只兔子似的，米兹则在走廊的那一头拼命号叫。”

“您觉得那个男人是故意朝自己开枪，还是被绊了一跤，左轮手枪意外走火了？”

“我一点儿也不知道。一切都那样戏剧化。实际上，当时我一直以为是开玩笑——直到我看见莱蒂耳朵上的血。可即便是为了弄得逼真一点而开枪，也得小心往离头上远一点的地方打，是不是？”

“的确如此。您认为他能看清自己是朝谁开枪吗，我的意思是，布莱克洛克小姐是否被手电光照得很清楚？”

“不知道。我当时没看她。我在看那个男人。”

“我想说的是，您认为那个男人是故意向她射击——我的意思是，专门朝她的方向？”

这个想法令朱莉娅似乎有些诧异。“您是说，有意挑莱蒂姨妈？哦，我不这么想……毕竟，他要是想暗地里伤害莱蒂姨妈，合适的机会有的是。也没有理由把所有的朋友和邻居都召集到一处来增加下手的难度啊！他可以在一周之中的任何一天，按照爱尔兰古老而有效的方式躲在篱笆后面朝她背后开枪，然后逃之夭夭。”

而这——科拉多克想，对多拉·邦纳关于凶手是故意袭击莱蒂希亚·布莱克洛克的暗示做出了针锋相对的回答。

他叹了口气，说道：“谢谢您，西蒙斯小姐。我最好现在去见米兹。”

“当心她的指甲，”朱莉娅警告说，“她是个鞑靼人！”

2

在弗莱彻的陪同下，科拉多克在厨房找到了米兹。她正在擀面，见他走进屋，便抬起头来，怀疑地看着他。

她乌黑的头发悬在眼睛上方，神色阴郁，身上穿的紫套衫和翠绿的裙子与其苍白的面容形成鲜明对比。

“你们来我的厨房干什么，警察先生？你们是警察，对吧？总是，总是有迫害——啊！对这个我现在应该习以为常了。他们说在英格兰这里是不一样的，但是错啦，都一个样。你们是来折磨我的，对，来逼我开口的，可我什么也不会说。你们会拔掉我的指甲，用火柴烧我的皮肤——哦，对，比这个更糟。可我不会说，你们听见了吗？我不会说——什么也不会说。你们会把我送到集中营，可我不会在乎的。”

科拉多克一面沉思着看着她，一面想该采取哪一种方式出击最好。

最后，他叹息道：“好吧，那么，拿上你的帽子和外衣。”

“你说什么？”米兹面露惊骇之色。

“拿上帽子和外衣跟我走。我没带拔指甲的工具和其他整人的玩意儿，都放在局里了。手铐带了吗，弗莱彻？”

“长官！”弗莱彻警长钦佩地应和道。

“可我不想去！”米兹尖声号叫，边叫边往后闪。

“那你就得像个文明人一样回答我们客气的问话。如果你愿意的话，可以叫一个律师在场。”

“律师？我不喜欢律师。我不要律师。”

她放下擀面杖，用一块布擦了擦手，坐了下来。

“你想知道什么？”她绷着脸问道。

“我要你叙述一下昨晚在这里发生的事。”

“你很清楚发生了什么。”

“我要听听你的说法。”

“我原本打算离开。她跟你说了吗？我在报纸上看到关于谋杀的那个启事时，我想走掉。她不让我走。她可真狠心——一点儿没有同情心。她让我留下。可我知道——我知道会出事。我知道我肯定要被杀掉。”

“唔，不过你并没有被谋杀，对吧？”

“算是吧。”米兹勉强承认。

“说吧，告诉我发生了什么。”

“我很紧张。啊，我很紧张，整晚都很紧张。我听见有响动，有人走动的声音。我曾觉得厅里有人在悄悄走动——但那只是海默斯太太从侧门穿过走廊。这样就不会弄脏前门的台阶，这是她说的。她可小心着呢！她本人就是个纳粹分子，那副金发碧眼的模样，那么不可一世，看她瞧我的那副神气，准认为我——我只是一堆垃圾——”

“别管海默斯太太。”

“她以为她是谁？她跟我一样受过昂贵的大学教育吗？

她得过经济学学位吗？没有，她只是靠体力吃饭的。她挖土割草，每周六还领那么多工钱。她以为她是谁，居然管自己叫淑女？”

“我说过了，别管海默斯太太。接着说。”

“我把雪利酒、酒杯和精心制作的小点心送到客厅。然后门铃响了，我就去应门。我开了一次又一次，这是有失身份的事，可我做了。然后我到餐具室去擦银器，我觉得这样方便，因为要是有人来杀我，我手边就有一把大砍刀，可锋利着呢。”

“你真有远见。”

“后来，突然——我听到枪声。我想：‘终于来了——开始了。’我跑过餐厅。另一道门打不开。我停下来听了一会儿，又响了一枪，什么东西重重摔在地上，发出“砰”的一声，就在走廊那边。我转动门把，可门从外面锁住了。我被锁在里面，就跟掉进陷阱的老鼠似的。我害怕得发疯，我大喊大叫，我捶打房门。终于——终于——他们转动钥匙，放我出来。然后我去拿蜡烛——很多蜡烛——再后来灯亮了，我看见了血——血！啊，上帝啊，人血！这可不是我头一回看见血。我以前见过。我的小弟弟——我亲眼看见他在我面前被杀害——我见过街上的血——人们中弹身亡——我——”

“是的，”科拉多克警督道，“非常感谢你。”

“现在，”米兹悲壮凄绝地发话了，“你可以把我抓起来送进牢房了！”

“来日方长。”科拉多克警督说。

3

科拉多克和弗莱彻穿过走廊，走到前门时，前门被推开，一个英俊的小伙子差一点与他们撞了个满怀。

“看着点儿。”年轻人叫道。

“帕特里克·西蒙斯先生？”

“正是鄙人，警督。您是警督，对吧，而另一位是警长？”

“完全正确，西蒙斯先生。我能跟您谈谈吗？”

“我是无辜的，警督。我发誓我是无辜的。”

“得了吧，西蒙斯先生，别装傻。我还要见很多人，而且我不想浪费时间。这个房间是干什么的？我们能进去吗？”

“这是所谓的书房——可没人看书。”

“据说您在上学？”科拉多克道。

“我发现自己没法集中精神研习数学，所以我就回来了。”

科拉多克公事公办地问了全名、年龄及对方在战时服役的细节。

“现在，西蒙斯先生，您能描述一下昨晚发生的事情吗？”

“我们设宴款待大家。就是说，米兹动手做了美味可口的糕点，莱蒂姨妈新开了一瓶雪利酒——”

科拉多克打断了他：

“一瓶新酒？另外还有一瓶喝过的？”

“对，半满的。可莱蒂姨妈好像不喜欢。”

“当时她紧张吗？”

“啊，不算是，她相当洞察先机啊。我觉得，倒是老邦妮弄得她很紧张——成天都在预言灾难。”

“这么说，邦纳小姐忧心忡忡？”

“啊，是的，她煞有介事的。”

“她把那则启事当真了吗？”

“简直吓得她魂不附体。”

“布莱克洛克小姐第一次看到启事时，似乎认为这跟你有关。这是怎么回事？”

“当然了，这里发生什么都能怪到我头上！”

“您确实与此事无关吧，西蒙斯先生？”

“我？没有的事。”

“您是否见过鲁迪·谢尔兹，或和他说过话？”

“我这辈子从未与他谋面。”

“但这是您会开的那种玩笑？”

“谁跟您这样说的？就因为有一次我把苹果馅饼弄到邦妮的床上，又有一次给米兹寄了一张明信片说盖世太保正在抓捕她的路上——"

"别扯其他事，就跟我说说您对昨天那件事的看法。"

"我刚走进小客厅拿酒，说时迟那时快，灯就全灭了。我转过身去，门口站着一个家伙，说'举起手来'，然后大家开始喘息、惊叫。我正在想——我能朝他突然袭击吗？他就开了枪，然后他跌倒在地上，手电也熄灭了，我们又陷入了黑暗。紧接着，伊斯特布鲁克上校用他在军营说话的嗓门儿下命令。'来点儿光亮。'他说。您问我的打火机能点燃吗？不，打不着，那些该死的新发明都这个样子。"

"您觉得这个闯入者肯定是向布莱克洛克小姐瞄准的？"

"哎，我怎么知道？我应该说他拿出左轮手枪只是为了好玩——然后，也许玩过了头。"

"然后就朝自己开枪了？"

"可能吧。看见他那张脸时，我发现他看上去脸色苍白，像是那种容易惊慌失措的小偷。"

"您确信以前从未见过他？"

"从没见过。"

"谢谢您，西蒙斯先生。我要与昨晚在场的其他人都面谈一下。从谁开始最好？"

"这个嘛，我们的菲莉帕——海默斯太太在达雅斯宅邸干活儿。那座宅邸的大门与我家的几乎正对着。除此之外，斯韦特纳姆一家最近。谁都会给您指路的。"

第七章 到场诸君

1

达雅斯宅邸在战争的岁月里想必饱经风霜。麦斜草在曾经栽种芦笋的园圃呈现出里欣欣向荣的景象，仅剩几株芦笋在风中摇曳，权作往日遗证。千里光、田旋花和其他对园艺有害的作物则生机盎然，茁壮成长。

一看便知，一部分菜园子曾被变为军训用地。在这里，科拉多克发现一位愁眉不展的老头儿正心事重重地倚着一把铲子。

“你想找海默斯太太？我说不准你能在哪儿找到她。她对自己要做的事可有主意了，谁的意见都不听。我可以手把手教她——只要她愿意——可有什么用呢？这些年轻的女士就是不听！她们以为自己穿上了裤子、坐上拖拉机在田里兜一圈，就无所不知啦！可这里需要的是侍弄园子。这可不是一天就能学会的。园艺，这才是这里需要的。”

“看来好像的确如此。”科拉多克说。

老头儿把这话当成了一种诋毁。

“好好瞧瞧，先生，你以为我对这么大块地能有什么办法？三个大男人加一个小子，那是以前。现在也需要这个数。可没有多少男人能像我这么干活儿。有时候我得干到晚上八点。八点呢。”

“晚上干活儿你靠什么照亮？一盏油灯？”

“我指的自然不是一年当中的这个时候。当然啦，我说的是夏天的晚上。”

“哦，”科拉多克应声道，“我还是去找海默斯太太吧。”

这个乡下人表现出了某种兴趣。

“你找她干啥？你是警察，对吧？她有麻烦啦？要不是就跟小围场有关系？蒙面人闯进去，挥着左轮手枪扣下了一屋子人。这种事战前可没发生过。逃兵，错不了的。亡命徒在乡下游来荡去。军队干啥不把他们都抓起来啊？”

“我不知道，”科拉多克说，“这次打劫引出不少议论吧？”

“那当然。到底为啥会出这档子事啊？奈德·巴克是这么说的：因为大家电影看得太多了。可汤姆·利莱说是因为咱们让那帮外国佬四处乱窜。绝对错不了，他说，给布莱克洛克小姐烧饭的那姑娘脾气糟透啦——这事肯定有她的份儿，他说。她是共产党，要不就是更糟的什么玩意儿，他说，可我们这儿不喜欢这种玩意儿。还有玛丽安，就是酒馆的那位，你知道的，她的说法是，布莱克洛克小姐家肯定有贵重的玩意儿。‘你可想不到呢，’她说，‘因为我肯定布莱克洛克小姐走到哪儿都打眼着呢，只可惜她戴的那大串珍珠是假的。’可后来她又说了——也没准是真家伙呢。不过弗洛莉，就是老贝拉米的闺女说：‘胡扯，没有的事——那是装饰珠宝。’装饰珠宝——弄一串假珍珠来套上，那倒是个好法子。乡里的老爷们原来管这叫罗马珍珠，又叫巴黎钻石——我老婆当过一个夫人的侍女，这个我晓得。可那有什么意思？都是些玻璃！我估摸那个年轻的西蒙斯小姐戴的是‘装饰珠宝’——金的常青藤叶，还有狗什么的。眼下你见不到多少真金——现如今，连结婚戒指他们也用灰不溜秋的铅打的玩意儿。我管它叫破烂货，只值泥巴的钱。”

老阿什停下来喘口气，又接着说道：

“‘布莱克洛克小姐家里没放几个钱，这我知道。’吉姆·哈金斯说。说到这个，就数他清楚，因为他老婆常去小围场干活儿，那个女人最清楚那里的事。你要再问我其他的，就没什么说的了。”

“他说没说哈金斯太太怎么看这件事？”

“说米兹在这事里掺了一脚，这是她说的。米兹的脾气挺吓人，还有她那神气劲儿！有一天早上还当她面管她叫女工。”

科拉多克站了片刻，在脑内反复核查，把老园丁说的这一席话理出个头绪，抓住其实质。他对奇平克莱格霍恩村民的看法有了清晰的总体认识，但也觉得对案情没有什么帮助。他转身走开，老人在他身后很不情愿地喊道："你可能会在苹果园里找到她。她那么年轻，比我更适合干摘果子的活儿。"

而科拉多克也正是在果园里找到了菲莉帕·海默斯。警督一眼看到一双漂亮的腿沿着树干上轻巧地攀下，紧接着是臀部。然后，菲莉帕就顶着一头被树枝缭乱的秀发，脸颊红扑扑地站在那里，朝他投来惊讶的目光。

"好一个罗斯兰[①]。"科拉多克自然而然地想到。他是个莎士比亚迷，曾在为警察孤儿院演出的《皆大欢喜》一剧中极其成功地扮演了忧郁的贾奎斯。

片刻之后，他便修正了自己的看法。菲莉帕·海默斯过于木讷，其天生丽质和被动的性格具有强烈的英国风格，不过是二十世纪的英国，而非十六世纪的。她教养颇佳、感情内敛、缺少俏皮的火花。

"早上好，海默斯太太。很抱歉惊吓到您。我是米德尔郡警察局的科拉多克警督。我想同您谈谈。"

"谈昨晚的事？"

"是的。"

"要谈很久吗？能不能——"

她心怀疑虑地四处张望。

①莎士比亚戏剧《皆大欢喜》中的女主角。

科拉多克指了指一棵倒下的树干。

“不用很正式，”他和颜悦色地说道，“但我将尽量不占用您太多时间。”

“谢谢。”

“只是录个口供。昨晚您干完活儿之后是什么时候进屋的？”

“大概是下午五点半。我为了给温室浇水，比平时多待了二十分钟。”

“您是从哪扇门进去的？”

“侧门，与车道之间隔着鸡窝和鸭棚。这省得我绕圈子，也不会把正面的游廊弄上尘土。有时候我会一身脏兮兮的。”

“您一直是那样进屋的？”

“没错。”

“门是开着的？”

“是的。夏天里它总是敞开着，现在这个时节就关上了，不过没有上锁。我们总是这么进进出出的，我进屋之后，就把门锁上了。”

“您一直都是这么做的？”

“上周整整一星期我都是这么干的。您知道，六点天就黑了。布莱克洛克小姐有时会出去把鸡鸭都赶进窝关上，但她经常走厨房的门。”

“您确定自己昨晚那次是把侧门锁上了吗？”

"我很确定。"

"很好，海默斯太太。那进屋之后您都做了些什么？"

"我蹬掉沾满泥巴的鞋子，上楼洗澡换衣服。然后我又下了楼，发现似乎要有个聚会。到了那时候，我才知道了那则奇怪的启事。"

"接下来，请您准确地描述一下打劫的时候发生了什么。"

"唔，灯突然都熄了。"

"您那时候在哪儿呢？"

"我在壁炉台边上。当时我在找自己的打火机，我记得应该是放在那儿了。灯熄之后每个人都开始咯咯地笑。然后门被猛地一推，一个男人朝我们照着手电筒，挥着左轮手枪叫我们都举起手来。"

"而您就这么做了？"

"哎，我其实没有。我觉得这就是个玩笑，我当时很累了，觉得自己没必要真的举起手来。"

"其实您觉得整件事都挺无聊的吧？"

"没错，我觉得太没意思了。但之后手枪就开火了。那声音震耳欲聋，我可着实被吓坏了。手电光四处乱晃，然后掉到地上熄灭了。紧接着，米兹开始尖叫，听起来像杀猪似的。"

"您觉得那支手电筒的光很晃眼吗？"

"不，也不算是，虽然光线很强。它先是照了邦纳小姐一会儿，她看上去活像个芜菁灯[①]。你知道，一脸煞白，张大了嘴巴，眼珠都快瞪出眼眶了。”

“那个人把手电移开了？”

“哦，是的，他满屋子乱照。”

“就好像他是在找什么人似的？”

“我觉得倒也不像。”

“然后呢，海默斯太太？”

菲莉帕·海默斯蹙着眉。

“哦，乱哄哄的一团糟。埃德蒙·斯韦特纳姆和帕特里克·西蒙斯点着了打火机，两个人走到走廊里去，我们跟在后面。有人打开了餐厅的门——那里的保险丝没断，灯还亮着——埃德蒙·斯韦特纳姆狠狠打了米兹一耳光，止住她的尖叫。之后，情势就没那么糟了。”

“您看见尸体了？”

“是的。”

“认识吗？以前见过他没有？”

“从来没有。”

“您认为他的死是偶然的呢还是故意自杀？”

“这我就一点儿也不知道了。”

“他以前来宅邸时您没见过他？”

“没有。我相信他一定是上午来的，那时候我应该不

①即万圣节南瓜灯的前身，用芜菁雕刻而成，用以代表被诅咒的游魂。

在。白天我都不在家。”

“谢谢，海默斯太太。还有一件事，您有没有贵重的珠宝？戒指、手镯之类的？”

菲莉帕摇摇头。

“我的订婚戒指——一两个别针。”

“另外，据您所知，宅邸里有没有什么特别贵重的东西？”

“没有。我的意思是有一些相当不错的银器，但并没有什么特别不一般的。”

“谢谢您，海默斯太太。”

2

科拉多克沿原路返回，在菜园里，他与一位身材修长、脸颊红润、穿着紧身胸衣的女士撞了个面对面。

“早啊，”她气势汹汹地发话了，“你来这儿干吗？”

“卢卡斯太太？我是科拉多克警督。”

“哦，原来是这样。请您原谅。我不喜欢陌生人闯到园子里来浪费园丁的时间。但我很清楚您这是在执行公务。”

“的确如此。”

“我能否问问，昨晚发生在布莱克洛克小姐家的那种暴行还会再次上演吗？是黑帮干的吗？”

“令我们感到庆幸的是，卢卡斯太太，那并非黑帮所为。”

“如今抢劫的事这么多，警察们松懈了。”科拉多克没有搭腔。“我猜想您刚才是在跟菲莉帕·海默斯谈话？”

“我需要她作为目击者的陈述。”

“我想您没法等到下午一点再来问话吧？不管怎么说，占用她自己的时间而不是我的时间来询问她，这样更公平一点儿……”

“我急着要赶回总部。”

“现在这世道，没人能奢望别人的体谅，或者能本本分分地干一天活儿。上班迟到，等来了又磨蹭了半小时。十一点钟有茶点休息，十点就撂挑子了。只要下雨，就什么事都不干。想要叫她除草的时候，割草机老是出问题。离收工时间还差五到十分钟，人就没影了。”

“我听海默斯太太说，她昨天不是准点离开的，而是一直工作到五点二十。”

“哦，她肯定这么说啦。只要拿到应得的报酬，海默斯太太对工作还是挺热心的，虽然有几天我出来时哪儿都找不着她。她生来是个大家闺秀，这是当然的，谁都觉得有责任为这些可怜的人们尽点儿力。因为战争，她们年纪轻轻就守了寡。并不是说这样做就不麻烦。学校放的那些长假以及为此所做的安排，就意味着她能得到额外的工休。我跟她讲过，现如今的夏令营可真是棒得很，可以把孩子送去，让他们痛痛快快玩一玩，他们会觉得这可比跟着父母闲晃好玩多了。暑假里他们实际上用不着跑回家来。”

“可海默斯太太对这个建议并不领情？”

“那姑娘跟驴一样倔。就一年前的事，我让人把网球场的草割了，然后每天把场地的线画清楚。可老阿什把线画得歪歪扭扭的。就没有人考虑考虑我是否方便！”

“我猜想海默斯太太的工钱比一般人要低？”

“那自然。除此之外，她还指望什么？”

“我确信她别无所求，”科拉多克道，“祝您有个愉快的早晨，卢卡斯太太。”

3

“太可怕了。”斯韦特纳姆太太喜形于色地说道。

“相当——相当——可怕。我的意思是说，《消息报》编辑部在接受广告的时候应该更加小心才是。看见那则启事的时候我就觉得非常蹊跷。当时我就是这样说的，对吧，埃德蒙？”

“您还记得灯灭的时候自己在做什么吗，斯韦特纳姆太太？”警督问道。

“这可真容易让我回想起自己的老奶妈啊！光明失去的时候摩西在哪里？答案当然是‘在黑暗里’。昨天晚上我们就是那样，所有的人都站在那儿，想知道会发生什么。然后，您知道，当一切陷入一片漆黑时的那种令人毛骨悚然的感觉。接着，门打开了——门口只有一个朦胧的人影站在那儿，一把左轮手枪，一束照得你什么也看不见的光线，还有一个威胁的声音说：'要钱还是要命！'

"啊，我可从来没那么开心过。然后，大约一分钟之后，那感觉可怕极了，货真价实的子弹，就那样从我们的耳边呼啸而过！那一定就像战时的突击队冲锋一样。"

"当时您站或坐在什么地方，斯韦特纳姆太太？"

"让我想想，我在——我当时在跟谁说话来着，埃德蒙？"

"我一点儿也不知道，妈妈。"

"我是在问欣奇克利夫小姐冷天里给鸡喂鱼肝油的事吧？还是跟哈蒙太太——不，她那会儿才到。我想我是在跟伊斯特布鲁克上校讲，我认为在英格兰建原子弹研究站实在是非常危险的。应该把它建在某个荒岛上，以免辐射泄漏。"

"您不记得是站着还是坐着了？"

"这很重要吗，警督？我在窗边，要不就在壁炉附近，因为钟声敲响的时候我就在钟的附近。那么令人激动的时刻！等着看会不会有什么事情发生。"

"您描述说手电光刺得您什么也看不见。那手电光是完全冲着您照射的吗？"

"就直直射着我的眼睛。我什么都看不见。"

“那个男人是握着手电不动呢，还是挨个儿地照人？”

“哦，我不是太清楚。他是怎么干的，埃德蒙？”

“手电光慢慢地挨个儿照我们，似乎是想看看我们都在干什么，我猜想，是怕我们企图朝他冲过去吧。”

“那您当时的确切位置又在哪儿，斯韦特纳姆先生？”

“我一直在同朱莉娅·西蒙斯说话。我们俩都站在屋子中央——是狭长的那一间。”

“每个人都在那间屋子里吗？客厅尽头的那间有没有人？”

“菲莉帕·海默斯是从那儿进来的。她在远处的那座壁炉边。我想她是在找什么东西。”

“您认为第三次开枪是自杀还是一个意外事故？”

“这我就毫无头绪了。那人似乎突然转过身子，然后绊了一下摔倒在地上——但一切都很混乱。您得知道实际上什么也不可能看见。然后那个难民姑娘开始在远处叫唤。”

“我知道是您打开饭厅的门锁放她出来的？”

“没错。”

“门肯定是从外面锁上的吗？”

埃德蒙好奇地望着他。

“当然是的。怎么啦，您不会设想——”

“我只是想把事实弄清楚。谢谢您，斯韦特纳姆先生。”

4

科拉多克警督被迫在伊斯特布鲁克上校及夫人这里耗了很久。他不得不耐着性子对关于本案心理学方面的长篇大论洗耳恭听。

“心理学手段——这是当今唯一重要的事。”上校告诉他，“您得了解罪犯。对于一个经验远比我丰富的人来讲，这里的整个陷阱昭然若揭。这家伙为什么要登启事？心理原因。他想宣传自己——让所有人都注意到他。他一直都被忽视，可能饭店里的雇员因为他是外国人而看不起他，可能曾有个姑娘拒绝了他。现如今电影里的偶像都是什么人——黑帮——硬汉？好极了，那他就做个硬汉。暴力抢劫。面具？左轮手枪？可他还需要观众——必须得有观众。于是他就安排观众。然后，高潮到来的时刻，他扮演的角色失控了——他不仅是个窃贼，还成了个杀人犯。他开枪——毫无目的——”

科拉多克抓紧截住这个字眼。“您说‘毫无目的’，伊斯特布鲁克上校。这么说，您认为他不是蓄意朝某个特定对象——比如说朝布莱克洛克小姐开枪的了？”

“不，不是。他只是手滑了，像我说的那样，毫无目的。就是这一点让他走上了绝路。子弹打中人了——其实只是擦过去的，但他当时不知道啊。他一下子如梦初醒。所有这些——这些他沉醉的把戏——都成了真。他开枪打了人——可能还杀了某个人……这些把他逼到了崩溃的边缘。于是，在盲目的惊慌之中，他将左轮手枪枪口转向了自己。”

伊斯特布鲁克上校顿了顿，沾沾自喜地清清喉咙，接着得意扬扬地说：“一清二楚，就这么回事，一清二楚。”

“真是精彩极了，”伊斯特布鲁克太太说道，“事情发生的前前后后你都了如指掌，阿奇。”

她的话音因为钦佩之情而饱含暖意。

科拉多克警督也认为这番解释很精彩，不过他并没有热情地赞许。

“开枪的时候，伊斯特布鲁克上校，您在屋子的什么位置？”

“我同我太太站在中间那张摆放着花的桌旁。”

“开枪的时候，我抓住了你的胳膊，不是吗，阿奇？我简直被吓死了，我只得抓住你。”

“可怜的小猫。”上校如此打趣道。

5

警督费了好大劲才在猪圈里找到欣奇克利夫小姐。

“猪是不错的畜生，”欣奇克利夫小姐说，一面搔着粉红起皱的猪背，“它长得不错吧？到圣诞节就会变成上好的培根啦。对了，您来找我干吗？我跟您的人说了，我压根儿就不知道昨晚那人是谁。从来没看见他在这附近闲逛或溜达。我们的莫普太太说他是从梅登厄姆的一家大饭店来的。他要是愿意，干吗不在那里拦路抢劫？还能捞得更多。”

这倒是不容否认的——科拉多克开始了询问。

“事故发生时您确切在哪儿？”

“事故！这可让我想起空袭的日子了。我可以告诉您，那时候我倒是见过不少事故。开枪的时候我在哪儿？您就想知道这个？”

“对。”

“正靠着壁炉台，向上帝祈祷谁马上给我一杯酒喝。”欣奇克利夫小姐不假思索地回答。

“您认为子弹是胡乱射的，还是有意朝什么人射的？”

“您是说朝莱蒂·布莱克洛克射？见鬼，我怎么知道？这一切发生以后实在很难理出当时的印象，或者明白真正发生了什么。我只知道所有的灯都灭了，手电冲着我们晃来晃去，弄得我们花了眼。后来有人开了枪，那会儿我就在想：‘要是那个可恶的毛头小子帕特里克·西蒙斯用装了子弹的左轮手枪开玩笑的话，肯定有人要受伤的。’”

“您当时认为是帕特里克·西蒙斯干的？”

“呃，似乎有这可能。埃德蒙·斯韦特纳姆有理智，又写书，不屑于玩恶作剧。老伊斯特布鲁克上校不会觉得这种事好玩儿。可帕特里克是个野孩子。不过，我得为这个想法向他道歉。”

“您的朋友也认为可能是帕特里克吗？”

“穆加特罗伊德？您最好自己问她吧。并不是说您能从她那儿问清楚什么事。她就在果园里。您要是愿意，我这就叫她过来。”

欣奇克利夫小姐扯起洪亮的嗓子，奋力吆喝道：“哎——叫你呢，穆加特罗伊德……”

“来啦……”一声细小的回应飘了过来。

“快来——是警察。”欣奇克利夫小姐大声催促。

穆加特罗伊德小姐气喘吁吁地疾步跑来了。她原先提起的裙子此刻放下来，头发从过小的发网里滑出来。那张和善的圆脸容光焕发。

“是苏格兰场的人吗？”她上气不接下气地问道，“我不知道呀，不然我就不会离开家啦。”

“我们还没有通知苏格兰场，穆加特罗伊德小姐。我是从米德尔郡来的警督。”

“哦，我相信这样很好，”穆加特罗伊德小姐含糊地说，“您找到什么线索了吗？”

“案发的时候你在哪儿，这才是他想知道的，穆加特罗伊德。”欣奇克利夫小姐说，并朝科拉多克眨眨眼。

“哦，我的天哪，”穆加特罗伊德小姐气喘吁吁地说，“当然，我本该有所准备的。不在场证据，当然啦。现在让我想想……我就跟大伙儿在一起。”

"你没跟我在一块儿。"欣奇克利夫小姐说。

"哦，我的天，欣奇，是吗？对，当然没有，我一直在赏菊花。非常可怜的物种，真的。然后一切发生了——只是我当时不是很清楚它发生了——我的意思是，我不知道会发生那样的事儿呀。我压根儿也没想到那把左轮手枪会是真的——黑暗中一切都那么别扭，还有那恐怖的尖叫。当时我错得离谱，您知道。我以为她正遭人毒手——我是指那个难民姑娘。我以为她在走廊那边被割了喉。我不知道那是他——我的意思是，我甚至不知道还有个男人。当时只听到一个声音，您知道的，说'请把手举起来'。"

"'举起手来！'"欣奇克利夫小姐纠正道，"根本就没有'请'的意思。"

"在那姑娘开始尖叫之前，我实际上一直自得其乐，现在想起这个我就觉得可怕。光是陷入黑暗就够让人难受了，而且我觉得受了伤害，极度痛苦。您还想知道什么，警督？"

"没有了，"科拉多克警督若有所思地望了一眼穆加特罗伊德小姐，"我确实认为没有了。"

她的朋友短促而响亮地笑了一声。

"他可把你摸了个底儿透啊，穆加特罗伊德。"

"我相信，欣奇，"穆加特罗伊德小姐说，"知道的话，我是什么都愿意说的。"

“那可不是他想听的。”欣奇克利夫小姐道。

她看了看警督。“如果您是按住家位置找人询问的话，我想您接下来会去找牧师。您能从那儿了解到一些情况。哈蒙太太虽然看起来有些迷迷糊糊——可我偶尔也觉得她是很有头脑的。反正，她了解一些情况。”

她们望着警督和弗莱彻警长大步离开，艾米·穆加特罗伊德突然喘着气开口了：“哦，欣奇，我做得很糟吗？我真的慌了神！”

“完全没有，”欣奇克利夫小姐微笑道，“总体而言，我得说你表现得很不错。”

6

科拉多克警督带着些许惬意，环视着这间破旧的大屋。这屋子隐约使他想起自己在坎伯兰的家。褪了色的印花棉布、破旧的大椅子、到处堆放的鲜花和书籍，篮子里的一只长毛垂耳狗。而哈蒙太太异常激动的神情、不修边幅的样子和急不可待的面容，使他产生了同情，亦感到似曾相识。

但是她立刻开门见山地说道：“我对您没什么帮助。因为当时我闭上了眼睛。我讨厌被弄得头晕目眩。后来枪声响了，我把眼睛闭得更紧了。我当时真希望，哦，真希望那场谋杀是静悄悄的。我可不喜欢枪响。”

“所以您什么也没看见。”警督朝她微微一笑，“可您听见了吧？”

“啊，我的老天爷，是的，有不少可听的呢。开门和关门声，人们说着傻话、不停抽气，还有，老米兹尖叫得像个汽笛似的——而可怜的邦妮叫唤得像只掉进陷阱的野兔。大家你推我搡，摔成一团。不过等不再有砰砰的枪声的时候，我睁开了眼睛。那时别人都拿着蜡烛到了走廊。后来灯亮了，忽然一切又跟往常一样——我不是说真的就跟往常一模一样，可大伙儿又恢复了正常，不再是——被困在黑暗里的人了。处在黑暗中的人们大不一样，不是吗？”

“我想我明白您的意思，哈蒙太太。”

哈蒙太太冲他露出了微笑。

“他就在那儿，”她说，“一个贼头鼠脑的外国人——粉红的脸，模样很惊讶——躺在地上，死了——身边有一把左轮手枪。简直——哦，反正似乎没什么道理。”

警督也弄不明白其中的道理。整个事件令他感到了忧虑。

第八章　名探登场

1

科拉多克把用打字机打出来的所有询问记录摆到局长面前。后者刚看完瑞士警方发来的电报。

“原来他有前科，”赖德斯代尔说道，“嗯——不出所料。”

“是的，局长。”

“珠宝……嗯，不错……伪造证件入境……对啦……支票……地地道道的骗子。”

“是的，局长——在小事上。”

“确实。小恶最终酿成大祸。”

“我对此不敢苟同，局长。”

局长抬起头来。

“你在担忧吗，科拉多克？”

“是的，局长。”

“怎么啦？这是个十分清楚的案子，不是吗？咱们来看看你询问过的这些人都说了些什么。”

他将报告挪到自己眼前，飞快地看了一遍。

“常见的事——多处不一致和相互矛盾。不同的人对紧张时刻的叙述肯定不同。但总体画面看上去很清楚。”

“我知道，局长——可这画面不能令人满意。如果您明白我的意思——这不对劲。”

“唔，那咱们用事实说话。鲁迪·谢尔兹乘坐五点二十分的公共汽车离开梅登厄姆前往奇平克莱格霍恩，六点到达。有售票员和两位乘客作证。离开公共汽车站后，他往小围场的方向走。他没费什么劲——可能是从前门——就进入了那栋房子。他用左轮手枪扣下了里面的人，开了两枪，其中一枪使布莱克洛克小姐受了轻伤，然后第三枪打死了自己。到底是意外事故还是畏罪自杀，还没有足够的证据。他这样做的理由实在不能令人信服，这一点我同意。但这个‘为什么’根本不是我们应该回答的问题。验尸官的结论是：可能是自杀——也可能是死于意外事故。无论结果如何，对我们来讲都是一个样。我们可以写结案报告了。”

“您的意思是，我们始终可以转而依靠伊斯特布鲁克上校的心理学论。”科拉多克沮丧地说。

赖德斯代尔笑了。

“毕竟，伊斯特布鲁克上校也许经验丰富。”他说，“我很讨厌如今人们无论谈什么，嘴边都挂着心理学术语——不过我们也实在不能排除这一因素。”

“我仍然觉得整个事件完全不对，局长。”

“有理由相信在奇平克莱格霍恩村上演的这场戏里，有谁对你说谎了吗？”

科拉多克迟疑起来。

“我认为那个外国姑娘知道的比说出来的多。但这也可能是我的偏见。”

“你认为她可能与这家伙共谋？放他进去？怂恿他作案？”

“差不多是这个意思。我觉得她很有可能。可这肯定意味着那幢房子里真有贵重的物品，钱或者是珠宝什么的。但似乎又不是这么回事。布莱克洛克小姐断然否认有贵重物品，其他人也一样。这只能让我们假定房子里有贵重东西，但别人都不知道——”

“很像畅销书里的情节。”

“我同意这听起来很荒唐，局长。还有一点是，邦纳小姐确信谢尔兹企图谋杀布莱克洛克小姐。”

“那么，从你讲的——从她的证词来看，这位邦纳小姐——”

“啊，我同意，局长，”科拉多克很快插话道，“她是个绝对不可靠的目击者，很容易接受别人的暗示。什么人都可以往她脑子里塞东西——但有趣的是，这个想法完全是她自己的理论——没有人对她做过什么暗示。别人也都否认这一点。她终于头一回没有随大流。她所说的完全是她得到的印象。”

“那鲁迪·谢尔兹为什么要杀死布莱克洛克小姐呢？”

“这就是问题所在，局长。我不知道。布莱克洛克小姐也不知道——除非她说谎的水平比我想象的高得多。谁都不知道。所以这大概不是真的。”

他叹了口气。

“振作起来，科拉多克，”局长说道，“我带你出去，咱们同亨利爵士共进午餐，尝尝梅登厄姆皇家温泉水疗饭店最好的菜肴。”

“谢谢您，局长。”科拉多克略微有些诧异。

“你瞧，我们接到了一封信——”局长在亨利·克莱瑟林爵士进屋时突然截住话头，“啊，你来了，亨利。”

“早安，德尔蒙。”亨利爵士这次很随意。

“我有些东西给你，亨利。”局长说。

“是什么？”

“来自一位老姑娘的一封亲笔信。她就住在皇家温泉水疗饭店。是一些她认为与奇平克莱格霍恩村案子有关而我们又想了解的情况。”

“一个老姑娘，”亨利爵士得意扬扬地说道，“我跟你们怎么说的来着？他们什么都听到了，什么都看见了。可并不像人们通常说的那样，他们胡说八道。这位特殊人才都掌握了什么？”

赖德斯代尔看了看信。

“就像我祖母写的一样，”他抱怨道，“尖刻着呢。好像墨水瓶里的蜘蛛，全都在下面画了线。开始写了不少话，说希望不会占我们太多宝贵的时间，但可能对我们有些许帮助，等等，等等。她叫什么名字来着？简——什么——默普尔——不对，马普尔，简·马普尔。”

“我的上帝啊！”亨利爵士说，“有这么巧？乔治，这正是我那位特殊人才，独一无二、四星级的老姑娘。老姑娘中的超级老姑娘。她还是设法到了梅登厄姆，而不是安安稳稳地坐在圣玛丽米德的家里，正好在恰当的时机搅和到一桩谋杀案里来。又一桩谋杀被广而告之——就为了能让马普尔小姐聊以自娱。”

“好吧，亨利，”赖德斯代尔讥讽地说道，“我很高兴见见你的这位十全十美的小姐。来！我们去游乐饭店会会这位女士。瞧，科拉多克看上去很怀疑呢。”

“没有的事，局长。”科拉多克彬彬有礼地回答。但他却在暗自揣测，有时候，自己这位教父或许过于夸张了。

2

简·马普尔小姐即使与科拉多克想象的不算极为接近，也相差不远。她远比他想象的要慈祥得多，也要老得多。她看上去确实是饱经风霜了。头发雪白，粉红的脸上布满皱纹，一对蓝色的眸子柔和且天真无邪，全身裹在厚厚的羊毛衣里。她披着一条羊毛花边披肩，手上忙着织一件婴儿斗篷。

一见到亨利爵士，她高兴得完全语无伦次了，而在被介绍给局长和科拉多克警督时，更是激动不已。

“说实在的，亨利爵士，真是有幸……真是何等有幸。自从上次见到您，都过了这么久……是的，我的风湿病最近很糟。当然，我本来是付不起这个饭店的房钱的，如今他们的要价可真是疯狂。可雷蒙德——我的外甥雷蒙德·韦斯特，您可能还记得他——”

“谁都知道他的大名。”

“是的。这可爱的孩子写的那些充满智慧的书一直都很成功——他从不写愉快的事情，还为此感到自豪。这可爱的孩子坚持要支付我的一切花销。而他可爱的太太作为艺术家也赢得了名声。主要是用窗台上一钵钵凋谢的花儿和折断的梳子。我从没敢告诉她，但我还是更钦佩布莱尔·莱顿[①]和阿尔玛·塔德玛[②]。哦，瞧我又在唠叨了。还有警察局局长本人——我实在没有料到——我那么怕占用他的时间——”

“地地道道的老糊涂。”感到厌烦的科拉多克警督在心

①布莱尔·莱顿(Edmund Blair Leighton，1852—1922)，英国画家，擅长中世纪和摄政时代题材。

②阿尔玛·塔德玛（Alma Tadema，1836—1912)，英国皇家学院派画家，拉斐尔前派代表人物。

里嘀咕道。

“到经理的私人办公室去，”赖德斯代尔说，“我们可以在那儿好好谈谈。”

于是，马普尔小姐脱下羊毛披肩，收拾好了备用的毛线针，然后她便同他们一道走进罗兰森先生舒适的客厅，一路上颤颤巍巍，抱怨连天。

“好啦，马普尔小姐，让我们来听听您有什么要说的。”局长开口了。

马普尔小姐以出人意料的简洁方式切入正题。

“是一张支票，”她说，“他涂改了支票。”

“他？”

“在这儿的服务台干活儿的那个年轻人，就是据称导演那场打家劫舍的戏并开枪打了自己的那个人。”

“您是说他涂改了一张支票？”

马普尔小姐点点头。

“是的。我带来了。”她从包里抽出支票，放在桌上，“这是连同我的其他东西今早从银行寄来的。您瞧，原来是七镑，他改成了十七。数字七前面加了一笔，七字后面又添了个十[1]，还很巧妙地用一个小墨点把整个字弄模糊了。干得真精妙。我看是经过一定练习的。用的墨水是同一种，因为我实际上是在服务台写的支票。我认为他应该

①七：seven；十七：seventeen。

是惯犯了，您看呢？”

“这次他可挑错了人。”亨利爵士说。

马普尔小姐点头表示同意。

“没错，恐怕他不该在犯罪的道路上走得太远。他对我下手是个失误。忙得不亦乐乎的年轻新婚妇女，或者坠入情网的女孩子——这种人管它数目是多少，都会在支票上签字，而且不会仔细看存取款的记录。可对一个已经习惯精打细算的老太太下手——这就找错了对象。十七镑这样一笔数字我是绝不会签的。二十镑这样一个整数，是每月的固定费用。至于我的个人花销，我通常兑换七镑的现金——过去是五镑，可如今什么都涨了。”

“也许他使您想起了什么人？”亨利爵士提示性地问道，目光里带着狡黠的神色。

马普尔小姐朝他微笑着摇了摇头。

“你真调皮，亨利爵士。事实上的确是的。鱼店的弗雷德·泰勒。他总是在先令那一栏额外加上一。现在大家鱼都吃得不少，结果账单就变长了，很多人从不把数字自己加一遍。每次都会有额外十先令进入他的口袋，钱虽不多，可足够他买几条领带，并带杰西·斯普拉格——布店的那个女孩子——去看电影。揩点油，这就是这些年轻小伙子们想干的。对啦，我到这里的头一周，我的账单上就出了差错。我给那小伙子指出来，他非常诚恳地道了歉，而且样子很内疚。可我当时心里就对自己说：‘你可有一双极具欺骗性的眼睛，年轻人。’而我指的，”马普尔小姐接着说道，“就是那种直视着你，一动不动的目光。”

科拉多克突然感到一阵钦佩。“活生生的吉姆·凯利。”他这样想着，记起不久前自己协助缉拿的一个臭名昭著的诈骗犯。

“鲁迪·谢尔兹是个贪得无厌的角色，”赖德斯代尔说，“我们发现他在瑞士有前科。”

“我猜他在那儿待不下去了，然后就用伪造的证件到这里来了？”马普尔小姐问道。

“一点儿不错。”赖德斯代尔回答道。

“他常跟餐饮部的红头发女招待出去玩，”马普尔小姐说道，“幸运的是我看她并没动心。她只不过喜欢有点‘与众不同’的人，他常给她买花和巧克力，而英国的小伙子不常这样做。她是否把知道的都告诉您了？”她突然转而向科拉多克发问，“还是并没有和盘托出？”

“我没有绝对把握。”科拉多克谨慎地说道。

“我想她还隐瞒着什么，”马普尔小姐说，“她看起来很担忧。今早给我错送了腌鱼而不是我要的鲱鱼，还忘了拿牛奶罐。通常她是个优秀的女招待。是的，她很担忧，怕自己必须得作证什么的。但我希望——”她直率的蓝眼睛，以一种纯粹女性的、维多利亚式的赞赏，打量着相貌英俊而富有男子气概的科拉多克警督，“您能说服她把知道的全说出来。”

科拉多克警督的脸红了，亨利爵士暗自发笑。

“这可能很重要，”马普尔小姐说，“他可能对她说了是谁。”

赖德斯代尔目瞪口呆地望着她。

“什么谁？”

“我没表达清楚，我的意思是谁让他干的。”

“这么说您认为是别人让他干的？”

马普尔小姐惊讶地瞪大了眼睛。

“哦，可这是理所当然的——我的意思是……一个仪表堂堂的年轻小伙子——他东捞一点儿，西捞一点儿——涂改小额支票，也许将别人遗下的一小串珠宝顺手牵羊，或者还从收银台里拿点儿钱——但都是些小偷小摸。目的是为了随时有现钱，这样便可以穿着体面，带女孩子出去，如此等等。然而突然之间，他疯了，拿着左轮手枪，扣下了满屋子人，还冲人开枪。他绝对不可能干出这种事——任何时候都不可能！他不是这种人。这样讲不通。”

科拉多克猛吸了一口冷气。莱蒂希亚·布莱克洛克就是这么说的。牧师的妻子也这么讲。而他自己的这种感觉也越来越强烈。这样说不通。现在亨利爵士的老姑娘又这么说，还用老太太的那种慢悠悠的语调，完全肯定地断言。

“也许您可以告诉我们，马普尔小姐，”他说道，口气突然变得咄咄逼人，“当时发生了什么？”

她吃惊地转向他。

“可我怎么知道发生了什么呢？报告上有记录——但内容太少。当然，我可以做一些猜测，可我又缺乏确切的证据。”

“乔治，”亨利爵士说，“如果允许马普尔小姐看看科拉多克同奇平克莱格霍恩村的那些人的谈话记录，这会不会违反规定？”

“可能会，”赖德斯代尔回答说，“但我能坐到这个位子，可不是靠循规蹈矩的。她可以看。我很想听听她的看法。”

马普尔小姐感到十分尴尬。

“恐怕您对亨利爵士从来都言听计从。亨利爵士一向都很善良。他对我过去做过的任何细小的观察都过分看重。实际上，我并没有什么天赋——一点儿也没有——只不过对人性略知一二。我发现人们都过于轻信别人了。而我则恐怕总是相信最坏的一面。这不是什么好的品质，但经常被接二连三的事件证明是对的。”

“看吧，”赖德斯代尔说，把一沓打字纸递给她，“不会占用您太长时间。毕竟，这些人跟您属于同一类——您一定见过很多这样的人。您可能会发现我们没有发现的东西。这桩案子正要了结，在封档之前，让我们来听听业余侦探的意见吧。我可以毫不介意地告诉您，科拉多克并不满意。跟您一样，他说这样讲不通。”

马普尔小姐看报告时，谁也没有作声。最终，她放下了打字纸。

“非常有趣，”她叹了一口气，“众说纷纭——看法不一。他们看见的——或者认为自己看见的事。一切都那么复杂，差不多全是些琐碎的小事，如果说有什么要紧的线索，还真难看出来——就像大海捞针。”

科拉多克感到一阵失望。有那么一阵，他还认为亨利爵士对这个可笑的老太太的看法可能是对的。她可能会触及什么——老年人的感觉常常非常敏锐。比如说，他就没法在艾玛姑姑面前隐瞒任何事。后来她终于告诉他，每当打算说谎的时候，他的鼻子都会抽动。

然而，亨利爵士推荐的这位大名鼎鼎的马普尔小姐也只能拿出一些愚蠢的笼统看法。他对她感到恼火，因此唐突地说道：“问题的实质是，事实毋庸辩驳。无论这些人所提供的细节如何相互矛盾，他们都看见了同一件事。他们看见了一个蒙面男人，他拿着左轮手枪和手电筒，把他们扣起来。且不管他们认为他说的是‘举起手来’，或是‘要钱还是要命’，还是与他们头脑里有关打家劫舍的词句相关的什么黑话，他们确实看见了他。”

“但是，可以肯定，”马普尔小姐温和地说道，“他们不可能——实际上——根本不可能看见什么……”

科拉多克屏住呼吸。她抓住了实质！毕竟，她很敏锐。他打算用这番话来试探她，但她没上钩。这对于事实或是发生了什么实际上没有什么改变，但和他一样，她也已经认识到，那些人声称看见一个把他们扣起来的蒙面男子，实际上却根本不可能看见他。

“如果我理解正确的话，”马普尔小姐双颊泛起红晕，眼睛熠熠生辉，饱含着孩童般的愉悦，“外面的走廊里根本就没有光线——楼梯上也没有？”

“不错。”科拉多克说。

“这样一来，如果门口站着一个男人，手上又拿着强光电筒朝屋里照射，里面的人除了手电光什么也看不见，对吧？”

“对，什么也看不见。我试过。”

“因此，有人说看见了蒙面人之类的话，他们实际上是在再现后来灯亮时看见的情形，尽管他们自己并没有意识到这一点。这样一切便非常吻合了，难道不是吗？如果假设鲁迪·谢尔兹就是——我想合适的说法应该是‘垫背的’？”

赖德斯代尔注视她的目光是如此惊讶，弄得马普尔小姐的脸更红了。

“我可能用错了词，”她低声说道，“我对美式英语不是很灵光——美国人的用词变得很快。我是从达希尔·哈米特写的一个故事里学到这个词的。我从我外甥雷蒙德那里了解到此人是‘硬汉派’文学三巨头之一。如果我没理解错的话，‘垫背的’是指代人受过的人。在我看来，这位鲁迪·谢尔兹似乎恰好正是这种人。他实际上相当愚蠢，但又贪财成性，可能还极为轻信。”

赖德斯代尔克制地微笑道：“您是在暗示有人说服他拿着枪朝满屋子人胡乱开枪？这太离谱了。”

“我认为别人跟他说的是开个玩笑，”马普尔小姐说，“当然他是拿钱干事。就是说，他受雇去报纸上登启事，去探查宅邸，然后在事发的当晚到达那里，罩上面具，披上斗篷，推开门，晃动着手电，大叫‘举起手来！’”

“然后开枪杀人？”

“不，不，”马普尔小姐说道，“他根本没有左轮手枪。”

“可人人都说——”赖德斯代尔刚开口又停下。

“完全正确，”马普尔小姐说，“即便他真有一把枪，也不会有人看见。而我认为他没有。我认为在他喊了‘举起手来’之后，有人悄悄在黑暗中来到他背后，把枪举过他的肩头开了那两枪。这可把他吓了个半死，所以他突然转身，就在此时，那个人朝他开了枪，随后把枪扔在他的身边……”

三位男人看着她。亨利爵士轻声开口了：“这种推论可能成立。”

“可这位暗中突然出现的X先生是谁呢？”局长问道。

马普尔小姐清了清嗓子。

“您得从布莱克洛克小姐那儿了解一下谁想杀她。”

好个老多拉·邦纳，科拉多克暗忖道。每次都是用直觉对上理智。

“这么说，您认为是有人蓄意谋害布莱克洛克小姐？”赖德斯代尔问。

“表面看来当然是这样，”马普尔小姐说，“尽管还有一两个疑点。但我真正想知道的是，是否可能会有捷径。无论是谁同鲁迪·谢尔兹做的安排，都花了很大的工夫让他闭紧嘴；但如果他真给什么人讲的话，大概会是那个女孩子，莫娜·哈里斯。关于是什么样的人提出的整个计划，他可能——仅仅是可能——会留下过一些暗示。”

“我这就去见她。”科拉多克说着便站起身。

马普尔小姐点点头。“对，去吧，科拉多克警督，等您找到线索，我才会感到更高兴。因为一旦她跟您讲了她知道的一切，她才会安全得多。”

“安全得多？……是的，我明白了。”

他离开了房间。

局长虽仍有疑虑，语气却不失委婉：“好吧，马普尔小姐，您确实为我们提供了一些值得揣摩的东西。”

3

“我对此很抱歉，真的。”莫娜·哈里斯说道，“您真是个大好人，竟然没生气。可您瞧，我妈妈却是那种大惊小怪的人。确实我看起来好像——怎么说来着？——是个‘事前从犯’。”这个术语她讲得很流利。“我的意思是，如果我说我认为那只是开个玩笑，恐怕您绝不会相信。”

科拉多克警督又重复了一遍他用以消除莫娜·哈里斯的顾虑时所做的保证。

“我这就说，把一切都告诉您。不过如果可能的话，看在我妈妈的分儿上，请不要把我卷进去，行吗？这一切都是因为鲁迪·谢尔兹跟我约会引起的。那天晚上我们约好去看电影，后来他说不能来，于是我对他变得有些冷淡，因为去看电影本来是他的主意，我可并不喜欢身边站着个外国人。他说这不是他的错，我说这种借口他大可以随便编，然后他说那天晚上他要去搞点恶作剧，还说不用自己掏腰包，又问我想不想要只手表。于是我问他恶作剧指的是什么？他说别告诉任何人，在什么地方要举行个聚会，他要去上演一次打劫的把戏。后来他把他登的启事拿给我看，我没法儿不笑。他对整件事也有些看不上，说这真是小孩的玩意儿——可英国人就是这个样子，根本长不大——当然啦，我问他这样说咱们是什么意思——紧接着我们争吵起来，可最后又和好了。后来我从报上看到消息，了解到根本不是开玩笑，而且鲁迪·谢尔兹开枪打了人，又朝自己开枪。当时我的心情，长官，只有您能理解我，不是吗？——老天，我不知道该怎么办。我当时想，要是我说事先了解，那会让别人觉得我参与了整件事。可他跟我谈起的时候，确实像是开个玩笑。我可以起誓他就是那个意思。我甚至还不知道他有一把左轮手枪。他根本没有说要带枪去。”

科拉多克安慰了她几句，然后提出了最重要的问题。

“他有没有说过是谁安排的这次聚会？”

但他一无所获。

“他根本没有说是谁叫他去做的。我想其实没有谁，全是他自己干的。”

“他有没有提到过谁的姓名？他说过是他还是她？”

“他什么也没有说，只说会有人尖叫。‘我会笑着看他们的脸。’这是他的原话。”

他没能笑多久，科拉多克心想。

4

“这只是一种推理，”他们驱车回到梅登厄姆时，赖德斯代尔说，“理论的依据却没有，根本没有。就当是老姑娘的夸夸其谈，别当真，嗯？”

“我不这么认为，局长。”

“那种可能性微乎其微。一个神秘的 X 先生突然在黑暗里出现在我们的瑞士朋友身后。他从何处来？是何许人？那之前他又在哪儿？”

“他可能从侧门进来，”科拉多克说。“就像谢尔兹那样，或许，”他缓缓说道，“他可能从厨房进来。”

“你是说她可能从厨房进来？”

“是的，局长，这是一种可能性。对那个外国姑娘我一直感到不可信。她给我的印象是个下流货色。那些尖叫和歇斯底里——可能是在演戏。她可能一直在算计这个小伙子，在恰当的时刻放他进来，操纵了整个过程，枪杀了他，然后把自己反锁在饭厅里，捡起一件银器和鹿皮，开始上演尖叫的那一幕。”

“对此我们有反驳的证据——哎——他叫什么名字来着？哦，对了，埃德蒙·斯韦特纳姆肯定地说过，门外的锁上插着钥匙，他是转动钥匙打开门才把她放出来的。还有没有别的门通向宅邸的那一部分？”

“有的，楼梯下有一道门通向后屋的楼梯和厨房，可门把手好像三周前掉了，还没有人把它装上。在这期间，门打不开。我得说这似乎讲得通。门锁的转轴和两个把手都摆在门外走廊里的一个架子上，生了厚厚的铁锈，不过当然内行还是有办法把门打开的。”

“最好查查那姑娘的档案，看看她的证件是否齐全。不过在我看来，整个推论还只是纸上谈兵。”

局长又带着询问的目光看着下属，而科拉多克平静地答道：“我知道，局长，当然如果您认为必须结案的话，那就结吧。不过如果能让我再努力一下，我会非常感激您的。”

使他感到相当惊讶的是，局长带着赞赏的语气静静说了一句：“好伙计。”

“得查查左轮手枪。如果这个理论成立，那么枪不是谢尔兹的。当然到目前为止，没有一个人说谢尔兹有过一把左轮手枪。”

“是把德国货。”

“我知道，局长，但这个国家多的是欧洲大陆造的枪。美国人都把枪带回家，我们的同胞也一样。您不能照此推论。”

“有道理。还有别的询问线索吗？”

“得有个动机。如果说这个推论有什么独特之处的话，它意味着上个星期五的勾当绝不仅仅是个玩笑，也不是普普通通的打家劫舍，而是一桩冷血的蓄意谋杀。有人企图谋杀布莱克洛克小姐。可为什么呢？在我看来，如果说有什么人知道答案的话，这个人就是布莱克洛克小姐自己。”

“我了解到她对此想法持彻底否定的态度？”

“她对鲁迪·谢尔兹想害死她这个想法持彻底否定的态度。这倒是没错。还有一件事，局长。”

“嗯？”

“有人可能还会下手。”

“那当然就能证明这个推论是正确的了。”局长冷冷地说道，“顺便说一下，照看一下马普尔小姐，行吗？”

“马普尔小姐？为什么？”

“我估摸她会住在奇平克莱格霍恩的牧师家，然后每周会去两次梅登厄姆接受治疗。好像有个姓什么的太太是马普尔小姐一位老朋友的女儿。那个老姑娘的直觉可好着呢。哦，对了，我估计她的生活中没有多少激动人心的事，因此四处嗅来嗅去，寻找疑犯，才能给她点儿刺激。”

“我希望她别来。”科拉多克严肃地说道。

“别来给你添乱？”

“不是这个意思，局长，可她是个不错的老太太。我可不希望她出什么事……我总是在揣测，我的意思是，揣测这个推论里是否别有玄机。”

第九章　门之奥秘

1

“我很抱歉又来打扰您，布莱克洛克小姐——”

“啊，没关系。考虑到调查中止了一周，我猜您希望得到更多的证据？”

科拉多克警督点点头。

“首先，布莱克洛克小姐，鲁迪·谢尔兹并不是蒙特勒的阿尔卑斯饭店店主的儿子。他的犯罪行为从在伯尔尼的一家医院做勤杂工时就已经开始了。那里的不少病人丢失了小件的珠宝。他用另一个名字在一个冬季运动基地当招待。在那里，他擅长在餐厅里复制两份账单，一份没有的项目，却在另一份里出现。差额自然都进了他的腰包。在这之后，他进了苏黎世的一家百货商店。他在那里工作期间，商店因商品被盗所造成的损失超过了平均水平。看来很可能商品遭窃并非全是顾客所为。”

“这么说，实际上，他过去喜欢对无伤大雅的东西顺手牵羊？”布莱克洛克小姐冷淡地说道，“那么，我认为自己以前没见过他是没错的？”

“您说得很不错——毫无疑问，您在皇家温泉水疗饭店被别人指给了他，于是他假装认出了您。瑞士警方逼得他在自己的国家里待不下去，所以他用一套伪造得很逼真的证件来到了这里，并在皇家温泉水疗饭店找到了一份工作。”

“相当不错的猎场，”布莱克洛克小姐淡淡地评价，“那里的消费极为昂贵，只有十分富裕的人才会住在那里。我料想，其中一些人对账单是不在乎的。”

“对，”科拉多克说，“在那儿很有希望捞一大笔。”

布莱克洛克小姐皱起眉头。

“我全明白了。”她说道，“可他为什么跑到奇平克莱格霍恩这儿来呢？他凭什么认为我们这儿的东西会比有钱的皇家温泉水疗饭店的好？”

“您仍然坚持原来的证词，说家里没有什么特别贵重的东西吗？”

“当然没有。如果有，我应该清楚。我可以向您保证，警督，我们可没有未被发现的伦勃朗画作之类的东西。”

“这样的话，看来您的朋友邦纳小姐说得对，不是吗？他是来攻击您的。”

“可不是吗，莱蒂，我是怎么跟你说的？”

“哦，简直荒唐，邦妮。”

“不过，这真的荒唐吗？”科拉多克问道，“我想您心里明白这话没错。”

布莱克洛克小姐用力瞪着他。

“咱们可要把这个说清楚。您真的相信那个年轻人来这儿现身——而且事先还通过登启事的方式，好让半个村子的人在特定的时间同时露面——”

“可能他的本意并不是这样呢，”邦纳小姐急不可待地插嘴道，“也可能是对你，莱蒂，对你的一种可怕的警告——我一直就是这么想的——‘谋杀启事’——我的骨头里都感到阴森森的——如果一切按计划进行，他就会开枪杀了你，而且逃之夭夭。那么谁又知道是谁干的呢？”

“这是有些道理，”布莱克洛克小姐说，“可是——”

“我就知道那则启事可不是闹着玩的，莱蒂。我当时就这样说过。再瞧瞧米兹——她也被吓得要死！”

“啊，”科拉多克说道，“说到米兹，我想更多地了解这个年轻女人的情况。”

“她的工作许可证和其他证件都很齐全。”

“这个我不怀疑，”科拉多克生硬地说，“谢尔兹的证件看起来也没什么问题。”

“可这个鲁迪·谢尔兹为什么一定要谋杀我呢？对于这点您似乎并不打算做出解释，科拉多克警督。”

“谢尔兹的背后可能还有人，”科拉多克缓缓地说道，“这您想过吗？”

他使用了一个暗含隐喻的说法，尽管他的脑子里闪过这样一个念头——如果马普尔小姐的推理正确，那么这句话的字面意思也是成立的。不管怎么说，这番话并未给布莱克洛克小姐留下多少印象，她依然面带疑色。

“还是那个问题，”她说，“究竟为什么有人要谋杀我？”

“这个问题的答案我想请您告诉我，布莱克洛克小姐。”

“可是，我回答不了！这是明摆着的。我没有敌人。据我所知，我一向跟邻居关系融洽。我也不知道别人犯罪的秘密。整个想法很可笑！如果您是在暗示米兹跟此事有牵连，那同样荒唐。刚才邦纳小姐告诉过您，米兹一看到报上的启事就吓得要命。事实上，她当时就想打点行装，一走了之。”

“这也可能是她欲擒故纵的聪明之举。她可能知道您会硬要她留下。”

“当然了，如果您认定就是这么回事，那么，什么问题的答案您都能找到。不过我可以向您保证，如果米兹无缘无故地恨我，她大可以挖空心思在我吃的东西里下毒。但我确信，她可不会干这么耗费心机的事。

“这个想法整个就是荒谬的。我相信你们警察有反外国人综合征。米兹也许爱说谎，可绝不是个冷血杀手。要是认为有必要，您去对她逼供好了。可她一旦盛怒之下愤然离去，或者把自己关在屋里号啕大哭，那我只好恳请您来做晚饭。哈蒙太太今天下午要把一位住在她那儿的老太太带来喝茶，我想让米兹做些小蛋糕——但我猜想您会把她彻底惹火。您就不能去怀疑别的什么人吗？”

2

科拉多克来到厨房。他又把问过的问题问了一遍，得到的答案依然如故。

是的，四点刚过不久她就锁了前门。不，她并非一向这样做，但那天下午因为“那则可怕的启事”弄得她很紧张。侧门锁得不严实，因为布莱克洛克小姐和邦纳小姐要从那道门出去关鸭子、喂鸡，另外，海默斯太太干完活儿后，通常从这道门进来。

“海默斯太太说她五点三十进来时把门锁上了。”

“啊，你们相信是她——哦，是的，你们相信她……”

“你认为我们不应该相信她？”

“我怎么想有什么关系？你们不会相信我的。”

“除非你给我们一个机会。你认为海默斯太太并没有锁那道门？”

“我想她是故意不锁的。”

“你这是什么意思？”科拉多克问道。

“那个年轻人，他可不是单干的。不是，他清楚该从那儿进来，也知道来的时候门会给他留着——为了给他行方便！”

“你到底想说什么？”

“我说什么有什么用？你们不会听的。你们会说我是个说谎的穷难民。你们会说一个满头秀发的英国淑女，哦，不，她可是不会说谎的——她是那么地道的英国人——那么诚实。所以你们相信的是她而不是我。不过我说的是真的。啊，是的，我就把话撂在这儿！”

她“砰”的一声把平底锅撂在炉子上。

对于是否要重视她的话，科拉多克摇摆不定，因为这也可能不过是她滔滔不绝的恶毒之词。

“我们重视被告知的每一件事。”他说。

“我什么也不会告诉你们。我干吗非得讲？你们都是一路货色。你们迫害穷难民，瞧不起我们。要是我告诉你们，一周前那个年轻人来向布莱克洛克小姐要钱，她让他离开，而且按你们的说法，是气呼呼地让他走的——如果我告诉你们我听见他跟海默斯太太说话——是的，就在外面的凉亭里——你们只会说我在编故事！”

你也可能是在编故事，科拉多克想。

但他大声说道：“你不可能听见有人在凉亭里说话。”

“这你就错了，”米兹占了上风般地尖声说道，“我出去摘荨麻——这可是不错的蔬菜。他们可不这么想，但我用来烧菜，不告诉他们。我听见他们在那儿说话。他对她说：‘可我能藏在哪儿？’她说：‘我会指给你看。’——然后她又说：‘六点过一刻。’我当时想：‘咦，原来是这么回事！这就是你的所作所为，我的窈窕淑女！干完活儿就去会野汉子，还把他引进这个家。’布莱克洛克小姐，我当时想，她可不喜欢这个，她会把你赶出去的。我先观察，我想，听听再说，然后去告诉布莱克洛克小姐。可现在我才知道我当时弄错了。她跟他计划的可不是爱情，而是抢劫和谋杀。不过你又要说我是在编瞎话。你会说，恶毒的米兹，我要把她送进牢房。”

科拉多克陷入了思索。她也许在编故事，但也可能不是。

他谨慎地问道：“你能保证跟她说话的就是这个鲁迪·谢尔兹？”

“我当然能保证。他离开时，我看见他穿过大马路去凉亭。不久，”米兹用挑战的口吻说道，“我出去看看有没有嫩绿的好荨麻。”

十月，警督暗忖着，会有嫩绿的好荨麻吗？不过，对米兹能在仓皇中编出一条理由来掩盖毋庸置疑属于偷听的行为这一点，他觉得很不一般。

“你听到的就是这些了？”

“那位邦纳小姐，就是鼻子很长的那位，她老是使唤我。米兹！米兹！所以我不得不走了。哦，她真惹人生气，总是什么都要插一杠子。还说要教我怎么烧菜。哼，她烧菜！不管她烧什么菜，尝起来都跟刷锅水似的，刷锅水！刷锅水！”

“那天你怎么不把这些告诉我？”科拉多克声色俱厉地问道。

“因为那阵子我没记起来——我没想起来……只是到了后来我才对自个儿说，这是计划好的——同她计划好的。”

“你很确信那个人就是海默斯太太？”

“啊，是的，我确信。哦，是的，我非常确信。她是个贼，那个海默斯太太。一个贼和贼匪的帮凶。她在园子里得到一份工作，可所得的报酬远不够这个窈窕淑女花销，不够。所以要抢劫善良待她的布莱克洛克小姐。哦，她坏，坏，坏，那家伙！”

“假如，”警督说，同时细细观察着她，“有人说看见你跟鲁迪·谢尔兹说话呢？”

“如果有人说他们看见我跟他说话，那是谎话，谎话，大谎话。”她不屑一顾地说道，“背着别人说谎，这很容易，可在英国，你得证明它的真实性。这是布莱克洛克小姐告诉我的，这话是对的，不是吗？我没跟杀人犯和贼说过话，没有任何英国警察能说我说过。你在这儿不停地说，说，说，还叫我怎么做午饭？从我的厨房里出去，请吧。我要做一种很精细的酱汁。”

科拉多克顺从地走了。他对米兹的怀疑有点动摇了。关于菲莉帕·海默斯的故事，她讲得十分让人信服。他认为米兹也可能撒了谎，但他觉得这个故事里可能有一点实话。他决定同菲莉帕谈谈这个问题。上次询问她时，他觉得她是个言语不多、教养很好的年轻女人，因此没有怀疑过她。

在穿过走廊时，因为心不在焉，他开错了门。邦纳小姐正从楼上下来。慌忙纠正他。

“不是那道门，”她说，“那道门打不开。应该是左边的那道。很让人糊涂，对吧？这么多门。”

“确实不少。”科拉多克说，他左右打量着狭窄的走廊。

邦纳小姐和蔼地为他一一解说起来。

“这道门通往衣帽间，接下来是衣帽柜门，然后是饭厅的门——就是那边的那道。而这边呢，就是您想通过的那道摆设门，然后是饭厅的正门，跟着是瓷器柜的门和小花房的门，在尽头是侧门。真是让人头晕。特别是这两道门，挨得这么近，我都常常弄错。实际上，我们过去是用大厅的桌子抵住门的，但后来我们把桌子挪到了墙边。”

科拉多克几乎机械地注意到，在自己刚才试图打开的那道门的木板上，有一道细线水平划过。他这才意识到那是原先摆放桌子的印记。他的脑海里微微荡起了波澜，于是他问道：“挪动？多久以前？”

好在询问多拉·邦纳时，并不需要给出理由。无论问她什么，爱唠叨的邦纳小姐都很乐意提供答案，尽管她的答案没什么价值。

“让我想想，就在最近——十天，要不就是两周前。”

“为什么要移开呢？”

“我真记不起来了，大概跟花有关吧。我想菲莉帕弄了个大花瓶——她摆弄的插花很美——全是秋天的色彩，花枝招展的，又那么大，你从旁边走过时容易被钩住头发。所以菲莉帕说：‘干吗不把桌子移开？花以裸墙为背景可比以门板为背景看起来要漂亮得多。’只是我们不得不把《威灵顿在滑铁卢》取下来。那倒不是我特别中意的画。后来我们把它挂到了楼角。”

“那实际上这不是装饰门了？”科拉多克望着门问道。

“哦，对，是道活门，如果您是指这个意思的话。是通往小客厅的门，但两个客厅合而为一后，没有必要开两道门，所以这一道就给闩死了。”

“闩死？”科拉多克又轻轻试着推了推，“您的意思是钉死了？还是锁死了？”

“啊，锁了，我想，还上了闩。”

他看到门顶的门闩，试了试。门闩轻易就滑了回去——太过轻易了……

“这道门最后一次打开是在什么时候？”

“哦，我想是在很多很多年前吧。自打我来这儿后就没打开过，这我记得。”

“您不知道钥匙在哪儿吧？”

“走廊的抽屉里有很多钥匙，大概在里面。”

科拉多克跟在她身后，往抽屉里瞧。抽屉里面有各种各样生了锈的老式钥匙。他全都扫视了一遍，挑了一把样子与众不同的，回到那道门边。钥匙跟锁配上了，而且转动自如。他推了推，门无声无息地滑开了。

“哦，当心，”邦纳小姐喊道，“里面可能有东西抵着门，我们从来不开。”

“是吗？”警督说。

他的脸沉了下来，然后带着强调的语气开口了：“这道门就在最近才打开过，邦纳小姐，门和铰链都上过油。”

她目瞪口呆地看着他。

“可谁会这样干啊？”她问道。

“这正是我打算查个水落石出的事。”科拉多克冷冷地说道。他思忖道：“从外面钻进来的 X ？不——X 就在这里——就在这屋里——那天晚上，X 就在客厅……”

第十章　同胞兄妹

1

这一次，布莱克洛克小姐在听科拉多克说话时投入了更多的注意力。据他所知，她是个敏慧的女人，所以一下子便抓住了弦外之音。

“的确，”她平静地说道，“这的确改变了事态……谁都没有权利乱动那道门。据我所知，也没有人动过那道门。”

“您知道这意味着什么，”警督敦促道，“灯灭的时候，那天晚上这个房间里的任何人都有可能从那道门溜出去，跑到鲁迪·谢尔兹的背后朝您开枪。”

“在没被任何人看到或听到的情况下？”

“神不知鬼不觉。记住，灯灭的时候，人们骚动、叫喊、相互碰撞。接下来唯一看得见的只有手电筒那让人睁不开眼的光。”

布莱克洛克小姐缓缓问道：“您相信这些人当中的一

个——我那些普普通通的好邻居中的一个——溜了出去，然后企图谋害我？我？可为什么？看在老天爷的分儿上，究竟是为什么啊？”

“我有一种感觉，布莱克洛克小姐，您肯定知道这个问题的答案。”

“可我不知道，警督。我可以向您保证，我不知道。”

“那么，咱们就来谈谈吧。您过世后谁将得到您的钱？”

布莱克洛克小姐极不情愿地回答了。

“帕特里克和朱莉娅。我把这幢房子里的家具和一小笔年金留给邦妮。实际上，我没有多少可留下的。我过去有一些德国和意大利的证券，现已分文不值，就靠一点税金和利率极低的投资回报生活。我可以向您保证，我没有被谋杀的价值——一年前，我把大部分钱都转成了年金。”

“您仍然有一些收入，布莱克洛克小姐，而这些钱将由您的外甥和外甥女继承。”

“因此帕特里克和朱莉娅就设计谋害我？我根本不相信。他们并不十分拮据。”

“这个您确定吗？”

“不。我想我只是从他们跟我讲的了解到……但我拒绝怀疑他们。将来某天我可能值得被谋杀，但不是现在。”

“您说将来某天值得谋杀您是什么意思，布莱克洛克小姐？”科拉多克警督穷追不舍。

“简单说，有一天——可能很快了——我可能会变成一个非常有钱的女人。”

“听起来很有趣。您能解释一下吗？”

“当然可以。您可能不知道，我给兰德尔·戈德勒当了二十多年的秘书，而且和他关系密切。”

科拉多克兴趣陡增。兰德尔·戈德勒在金融界赫赫有名。他凭借大胆的投机和相当戏剧化的造势手段，使自己声名远播。如果科拉多克没记错的话，他死于一九三七或一九三八年。

“我想他生活的时代比您早得多，”布莱克洛克小姐说，“不过您大概听说过他吧。”

“啊，是的。他是个百万富翁，对吧？”

“哦，超过百万数倍——尽管他的资产总额时有波动。他从来不畏风险，总是把赚到的钱中的大部分又拿去做一些新的投资，从而大获全胜。”

她说起来绘声绘色，眼睛也因为回忆而大放异彩。

“总之，他死的时候是个极其富有的人。他没有孩子，所以把全部财产托付给他的妻子，而她死以后又全部托付给了我。”

警督的脑海里涌出一段隐约的回忆。

“忠诚秘书终获巨资”——基本上就是这个意思。

“在过去十二年里，”布莱克洛克小姐说，眼睛里微微闪着光芒，“我有绝好的动机谋杀戈德勒太太——可这对您没有什么帮助，对吧？”

"戈德勒——请原谅我提这样的问题——戈德勒太太对她丈夫处理财产的方式不感到恼火吗？"

布莱克洛克小姐现在看上去明显被逗乐了。

"您不必这么谨慎。您实际上想了解的是，我是不是兰德尔·戈德勒的情妇？不，我不是。我想兰德尔从来没有对我动过感情上的心思，我对他当然也没有。他爱着贝拉，就是他妻子，而且至死不渝。我想他之所以立这样的遗嘱完全是出于感激之情。您瞧，警督，兰德尔在他事业的早期，立足未稳，几乎将全部家当毁于一旦。当时他面临的问题只是缺少几千元现金。他正干着一笔大买卖，一笔非常令人激动的买卖；跟他一向做的计划一样大胆，可他就缺那么一点儿现金就可以挺过去。我救了他。我自己有一些钱。我相信兰德尔，所以把手里持有的债券都卖掉并悉数交给他。而那起效了，一周后他变成了巨富。

"自那以后，他就多少把我当成了初级合伙人。啊！那些激动人心的日子。"她叹息道，"我真的十分享受。但后来我父亲过世了，留下我唯一的妹妹，身患毫无希望的残疾。我只得放弃一切，回去照料她。两年后，兰德尔也过世了。我们联手时，我赚了不少钱，所以并不指望他留给我什么。但我非常感动，是的，并非常自豪地发现，如果贝拉先我而去——她是那种谁见了都说活不长的脆弱的人儿——我将继承他的全部财产。我想那可怜的人真不知道该把财产留给谁。贝拉人很好，对此也很乐意。她实在是个很体贴、亲切的人。她住在苏格兰。我有很多年没见她了，只是在圣诞节的时候相互写写信。您知道，就在战争爆发前夕，我陪妹妹去了瑞士的一家疗养院。她在那里死于肺结核。”

她沉默了片刻，然后才接着说：“我是一年多以前才回到英格兰的。”

“您说可能很快您就会变成富人……有多快？”

“我从照看戈德勒太太的护士那儿了解到贝拉快不行了。可能——只有几周的工夫。”

她悲哀地补充道：“现在钱对我已经没有多大意义了。我的收入已足够我的简单需要。曾几何时，我想过重返商界，在叱咤风云之中获得乐趣，可现在……哦，算了，人老了。可是，警督，您仍然看出来了，不是吗，如果帕特里克和朱莉娅为了金钱的缘故而想杀害我，他们是不会急于一时的，怎么也要耐着性子再等几周。”

“是的，布莱克洛克小姐。但如果您先戈德勒太太而去又会怎么样呢？钱会到谁的名下？”

“您知道，我根本没有认真想过。皮普和艾玛，我想……”

科拉多克怔了怔，布莱克洛克小姐微笑起来。

“这听起来很疯狂吧？我相信，如果我先死，钱会转给兰德尔唯一的妹妹索妮亚的合法后代——还是别的什么说法。兰德尔跟他妹妹吵过架。她嫁了个人，可兰德尔认为这人是个无赖。”

“他真是个无赖吗？”

“哦，我得说，是个不折不扣的无赖。但我相信他肯定是个非常吸引女人的人。他是个希腊人或是罗马尼亚人什么的——叫什么来着——斯坦福蒂斯，迪米特里·斯坦福蒂斯。”

“兰德尔·戈德勒在他妹妹嫁给这个人后便把她的名字从遗嘱里抹去了？”

“哦，索妮亚本身就很富有。兰德尔已经给了她许多钱，并尽可能地阻止她丈夫尝到什么甜头。但我相信，当律师敦促他立继承人，以备万一我先去世的时候，他很不情愿地写下了索妮亚的后代，只是因为他想不起别的人选，而他又不是那种愿意把钱留给慈善事业的人。”

“那索妮亚有婚生子女吗？”

“对，就是皮普和艾玛。”她大笑道，“我知道这听起来很可笑。我只知道索妮亚婚后曾给贝拉写过一封信，要她转告兰德尔，说她幸福极了。还说她有了一对双胞胎，名叫皮普和艾玛。据我所知，后来她再也没有去过信。不过，当然，贝拉会告诉您更多的情况。”

布莱克洛克小姐觉得自己的陈述很有意思，但警督却丝毫没有快乐的神情。

“结论就是，”他说道，“如果那天您遭到杀害，这世界上至少可能有两个人会得到一大笔财产。当您说没有人有盼着您死的动机时，布莱克洛克小姐，您就错了。至少有两个人有兴趣。这对姐弟有多大？”

布莱克洛克小姐皱起了眉头。

“让我想想……一九二二年……不——很难记起来了……我猜想大约二十五六岁吧。”

她的脸抽搐了一下。“可您不会认为——”

“我认为有人冲您开枪是有预谋的，是为了杀害您。我认为这同一个人或几个人还会下手。我希望，如果您愿意的话，您要极其小心，布莱克洛克小姐。对方已经策划过了一次谋杀，但没能得逞。我想，另一桩谋杀很快就会上演的。”

2

菲莉帕·海默斯直起背来，把一绺秀发从湿漉漉的前额理到后面。她正在清理一块花坛。

“警督？”

她疑惑地望着他。与此同时，他打量着她，而且较上一次更为仔细。不错，她的模样姣美、有略微泛白的金发和长脸，是非常典型的英国人，长着倔强的下巴和嘴唇。她身上有一种压抑和紧张感。那双眼睛蔚蓝如海，目光稳定，无可奉告。正是那种——科拉多克暗想——会严守秘密的女孩。

“总是在您干活儿时来打扰您，海默斯太太，我感到很抱歉。”他说道，“可我不想等到您回去吃午饭的时候去打扰。再说，远离小围场，在这儿跟您谈，我认为要自在一些。”

“是吗，警督？”

她的话中没有流露出任何情绪与兴趣。但似乎有警惕的意味——抑或是他臆想出来的？

“今天早上有人跟我讲了一件事。这件事与您有关。”

菲莉帕只是略微扬了扬眉毛。

“您告诉我说，海默斯太太，您不认识鲁迪·谢尔兹？”

“不错。”

“您还说，看见他死在那儿的时候，是第一次看见他。是这样吗？”

“当然了。我以前从来没有见过他。”

“您有没有，比方说，在小围场的凉亭里跟他说过话？”

“在凉亭？”

他差不多可以肯定自己从她的声音里捕捉到了一些恐惧。

“对，海默斯太太。”

“谁说的？”

“我得知您和这个人，鲁迪·谢尔兹，说过话。他问您可以藏在哪儿，您回答说会指给他看，还提到六点一刻。抢劫发生的那天晚上，谢尔兹从公共汽车站到达这里的时间就是六点一刻。”

一阵沉默。然后菲莉帕发出了一阵短促的嘲笑，她看上去被逗乐了。

“我不知道是谁跟您这样说的，”她说道，“至少我可以猜得出。这个人捏造得非常愚蠢——当然还很恶毒，由于某种原因，米兹恨我胜过她恨别人。”

“您否认这个指控？”

“这当然不是事实……我这一生从未见过鲁迪·谢尔兹，那天上午我也根本没有走近凉亭。我在这里干活儿。”

警督和颜悦色地问道：“哪天上午？”

又有片刻停顿。她眨动着眼睫毛。

“每天上午我都在这儿。我要一点钟才离开。”

她嘲弄地加上一句：“听米兹的话可不好。她从来都撒谎。”

“所以就是这样，”与弗莱彻一同离开时科拉多克说道，“两个年轻女人说的故事大相径庭。我该相信哪一个呢？”

“每个人似乎都同意这个外国女孩总在撒谎。”弗莱彻说，“根据我和外国人打交道的经验来看，撒谎总比说实话来得轻易。很显然，她对这个海默斯太太怀恨在心。”

“因此，你要是我的话，会相信海默斯太太了？”

“除非您有理由不这样想，长官。”

而科拉多克没有，并不是真的有——他的脑海里只有那过分沉稳的蓝眼睛和她讲到那天上午时那流畅的字眼。因为就他的记忆而言，他并没有提到凉亭谈话是在上午还是下午进行的。

毕竟，布莱克洛克小姐——如果不是布莱克洛克小姐，就一定是邦纳小姐——可能提到过一个年轻的外国人来访，想讨点儿返回瑞士的路费。因此菲莉帕·海默斯便可能推测谈话应该是在那天上午进行的。

但是，科拉多克仍然觉得，在她问“在凉亭？”时，她的声音里有一种恐惧的意味。

他决定对此不作结论。

3

牧师的花园令人感到格外惬意。秋季的一股突如其来的暖流降临英格兰。科拉多克警督已不记得那是在圣马丁的夏天还是圣路加的夏天了，但他觉得那天非常惬意，也令人全身酥软。

他坐在躺椅上，那是精力旺盛的圆圆搬给他的，她正要去参加一个母亲们的聚会。马普尔小姐用一件披肩把自己裹得严严实实，膝头还搭着一大块毯子，坐在他身边打着毛线。温暖的阳光、花园的静谧以及马普尔小姐的毛线针发出的有节奏的轻击，使警督感到昏昏欲睡。然而，与此同时，他的内心深处却有一种噩梦般的感觉。

这仿佛是一个熟悉的梦，原本那么安逸，却由于一股危险的暗流不断增长，惬意最终变成了恐怖……

“您不该到这里来。”他没头没脑地说。

马普尔小姐毛线针的声响中断了片刻。她中国蓝般的眼睛平静安详，若有所思地凝望着他。

她说道：“我明白您的意思。您是个很有责任心的小伙子。不过这里的一切都很好。圆圆的父亲是我们那个教区的牧师，一位优秀的学者；他母亲是一个非常杰出的女人——拥有真正的精神力量。他们都是我的老朋友。因此，只要我来梅登厄姆，一定会到这儿来，跟圆圆小住一阵，这是世上最自然不过的事了。”

“哦，也许吧，”科拉多克道，“但——但别四处窥探……我有一种感觉，真的，这样做可不安全。”

马普尔小姐微微一笑。

“但是恐怕，”她说，“我们这些老太婆总爱四处窥探的。要是我不这样做，反倒奇怪，反而引人注目。问问住在各地的朋友的情况，聊一聊他们是否还记得某某人，是否还记得那位女儿已嫁人的夫人叫什么名字。诸如此类的问题总会有所帮助，不是吗？”

“有所帮助？”警督傻里傻气地问道。

“有助于了解人们是否真像他们自己说得那样。”马普尔小姐答道。

她接着说：“因为让您担忧的正是这事，难道不是吗？

战争开始以来，世界就是以这种特定的方式发生变化的。比如奇平克莱格霍恩这个地方，就跟我住的圣玛丽米德非常相像。十五年前，人人都清楚彼此的底细。大宅邸的班特里家族、哈特奈尔斯家族、普莱斯·里德利家族，韦瑟比家族……他们的父母、祖父母、叔舅姑姨在他们之前就世代居住在那里。如果有生人要来居住，往往带着介绍信，要不就跟当地的某人同在一个团里或舰上服过兵役。假如来的是个地地道道的陌生人，好家伙，大家都要刨根问底，查个水落石出才会心安。”

说到这儿，她缓缓地点了点头。

“可如今再也不比从前了。每个乡村都挤满了外地来的人，他们没有任何当地的关系，就这么住下了。大的宅邸被出售，小木屋也改造易主，人们没有任何证明，就径直来了——除了他们自己说的，你对他们的底细一无所知。您看到了，他们来自世界各地——印度、中国；有原本生活在法国的人，住在意大利的廉价小屋和奇奇怪怪的岛上的人；也有赚了小钱足以退休养老的人。可相互之间谁也不再了解谁。人们可以家里摆着贝拿勒斯出产的铜器，口里讲的是“蒂芬”和“乔塔哈滋里”[①]——还可以在家里挂着从陶尔米纳带回来的画，可谈的却是英国的教堂和图书馆——欣奇克利夫小姐和穆加特罗伊德小姐就是

①蒂芬和乔塔哈滋里均为印度英语，前者意为午餐，后者意为清淡的早餐。

这种人。你可能从法国来，或是在东方度过前半生。每个人都毫无疑虑地接纳新来的人。再没谁会指望能先接到朋友的来信介绍说某某是个很不错的人，是童年的好友……如此等等。”

而这一点，科拉多克想，正是他的忧虑之源。他无法了解。人们只是一张张脸和不同性格，凭借配给证和身份卡验明正身……白纸黑字，却没有相片或指纹提示。只要不怕麻烦，谁都可以弄到一张合适的身份卡——曾经把英国田园社会联系起来的纽带而今荡然无存，部分正是由此所致。在城镇里，没人了解自己的邻居。在乡村也是同样，但有时你会产生错觉，认为自己是了解的。

而拜那扇被做了手脚的门所赐，科拉多克清楚莱蒂希亚·布莱克洛克的客厅里有一位邻居，远非表面上的那样和蔼友善……

所以他才会担心马普尔小姐会遭遇不测。她虽然十分睿智，却那么虚弱年迈……

“在某种程度上，”他说，“我们可以查证这些人……”但他心里明白做起来并不容易……印度、中国、法国南部……比起十五年前要困难得多。他很清楚，有些人用借来的身份卡四处流窜——大多是从那些因为城里的“意外事故”而猝死的人那里借来的。有组织收买身份卡，或是伪造身份卡和配给证，以此行骗的案件已不下百件。查倒是可以查，但得费时间，而他缺少的正是时间，因为兰德尔·戈德勒的遗孀断气前的日子已屈指可数。

于是，尽管科拉多克焦虑而疲乏，被阳光晒得昏昏欲睡，他还是对马普尔小姐讲了兰德尔·戈德勒和皮普及艾玛。

“只是两个名字，”他说道，“不过是爱称而已！叫这些名字的人可能并不存在，也可能是住在欧洲什么地方的体面公民。另一方面，叫这名字的人，可能其中一个，也可能两个都在奇平克莱格霍恩。”

大约二十五岁——谁与这个描述吻合？他继续说下去：“她的侄儿侄女——或者是表弟表妹什么的……我想知道她有多久没见过那两个人了……”

“我会试着查查看。”马普尔小姐静静地说。

“看在上帝的分儿上，马普尔小姐，您可别……”

“这一点儿也不难，警督，您真的用不着担心。而且由我来做也不会引人注目，因为，您瞧，这样就不是正式的了。如果真有什么问题，您也不想让他们有防范，对不对？”

皮普和艾玛，科拉多克想着。皮普和艾玛？他被皮普和艾玛弄得魂牵梦绕。那个迷人而胆大妄为的年轻小伙子和面容姣好却目光冷静的姑娘……

“在接下来的四十八小时之内，我可能会对他们有更多了解，”他开口了，“我要去苏格兰走一趟。戈德勒太太如果能开口的话，会提供他们的情况。”

“我认为这是明智之举。”马普尔小姐迟疑地说。“我希望，”她小声说，“您已经警告过布莱克洛克小姐要当心了吧？”

“是的，我警告过她。而且我还要留一个人暗地里注意这里的情况。”

马普尔小姐的目光明确无误地表示，如果危险出在家里，让警察去注意将无济于事，但科拉多克避开了她的眼神。

“请记住，”科拉多克说道，一面直视着她，“我也警告过您。”

“我向您保证，警督，”马普尔小姐说，“我会照看好自己的。”

第十一章　茶间闲话

在哈蒙太太带着住在自己家的客人来喝茶的时候，如果说莱蒂希亚·布莱克洛克显得有点心不在焉的话，这位我们提到的客人——马普尔小姐也几乎不可能注意到，因为这是她们初次见面。

这位老太太温文尔雅的八卦方式颇具魅力。她几乎一下子便表现出自己是那种持续关注窃贼的老太太。

“我亲爱的，什么地方他们都可能进来，”她向女主人保证道，“如今他们无孔不入。虽然有那么多的美式新方法，我自己还是相信老式的装置：门窗钩和一双亮眼。他们能撬锁，拨开门闩，可一个铜钩和一双眼睛就能挫败他们。您试过没有？”

“恐怕我们对门闩和铜钩不是很在行，”布莱克洛克小姐欢快地说道，“实际上，家里也没有多少东西可盗窃的。”

“前门要上铁链子，”马普尔小姐建议道，“然后女仆开门时只能开个缝，先看清外面是谁，这样他们就无法硬闯进来。”

“我估摸米兹——我们这儿的中欧人，会喜欢这个办法。”

“您所经历的抢劫一定非常、非常可怕，”马普尔小姐说道，“圆圆一直在跟我讲这件事。”

“我被吓得动弹不了。”圆圆说。

“那是个骇人的经历。”布莱克洛克小姐承认。

“那人被绊倒，枪杀了自己，这似乎正是上帝的旨意。如今的盗贼是那么残暴。他是怎么钻进来的？”

“哎，恐怕我们不常锁门。”

“哦，莱蒂，”邦纳小姐惊叫出声，“我忘了告诉你，警督今天上午可奇怪了。他硬是要开第二道门，你知道的，就是打不开的那道——那边的那一道。他寻找开锁的钥匙，还说门给上过油，可我不明白为什么，因为——”

等她看到布莱克洛克小姐示意她住口的动作，为时已晚，所以话虽打住，但她的嘴巴还张着。

“哦，洛蒂，我真——抱歉——我是说，哦，实在请你原谅，莱蒂——哦，天哪，我真蠢。”

“没关系，”布莱克洛克小姐说，但她很恼火，“只不过我觉得科拉多克警督不愿别人谈论这事。我不知道他做试验的时候你在场，多拉。您能理解，对吧，哈蒙太太？”

“啊，是的，”圆圆说，“我们不会泄漏一个字的，对吧，简姨妈？可我纳闷他干吗——”

她陷入沉思。邦纳小姐坐立不安，一副可怜巴巴的样子，末了，终于忍不住脱口而出：“我总是说错话，啊，天哪，莱蒂，我只会给你增加痛苦。”

布莱克洛克小姐赶快说道：“你是我最大的安慰，多拉。何况在奇平克莱格霍恩这样一个小地方，其实也没有什么秘密。”

“确实是这样，”马普尔小姐道，“您知道，消息传播的方式恐怕是最离奇的。仆人当然是一个方面，但也不仅是这样，因为现如今仆人也不多了。还有每天上门干活儿的女人，大概她们更恶劣，因为她们到处转，到处散播消息。”

“啊！”圆圆忽然说道，“我明白了！当然啦，如果那道门也能打得开，有人就可以在暗中从这儿溜出去打劫——只是这不可能——因为行窃的是皇家温泉水疗饭店的那个人。或者并不是这么回事？……不，我还是没明白……”她皱起了眉头。

“这么说事情都发生在这个房间？”马普尔小姐问道，接着又带着抱歉的口吻补充道，“恐怕您会认为我好奇得无可救药，布莱克洛克小姐——可这是那么让人激动——就像在报纸上看到的故事——我只是渴望从头到尾听一听，有一个全貌，如果您明白我的意思——”

即刻，她便听到圆圆和邦纳小姐滔滔不绝却令人糊涂的叙述——布莱克洛克小姐偶尔会加以纠正。

在这期间，帕特里克走进来，好意地参与了复述——甚至还扮演起了鲁迪·谢尔兹。

“莱蒂姨妈就在那里——在拱门的角落里……站到那里去，莱蒂姨妈。”

布莱克洛克小姐服从了，他们还把弹孔指给马普尔小姐看。

“多么奇妙——幸运的逃脱。”她抽了口气。

“当时我正要去给客人递烟。”布莱克洛克小姐指了指桌上的大银烟盒。

“人们抽烟的时候真不小心，”邦纳小姐反感地说道，“现在没有谁像过去那样真正爱惜好家具了。有人把香烟放在这张漂亮的桌上，瞧瞧这儿，烧得真严重。太不知羞耻了。”

布莱克洛克小姐叹了一口气。

“有时，我恐怕你对别人的东西太在乎了。”

邦纳小姐爱惜朋友的东西，其爱之炽烈，简直就像她自己才是真正的主人。圆圆一向认为这是多拉身上的一个非常可爱的品质，她丝毫没有表现出嫉妒之情。

“这是一张可爱的桌子，”马普尔小姐很礼貌地说，“上面这个陶瓷灯多漂亮啊。”

领受恭维的又是邦纳小姐，仿佛这盏灯的主人就是她，而不是布莱克洛克小姐。

“很漂亮，不是吗？德累斯顿产的。有一对，另一盏我想是在空房间里。”

“你知道家里每一件物品的位置，多拉——或者你认为自己都知道。”布莱克洛克小姐和颜悦色地说，“你比我还要爱惜我的东西。”

邦纳小姐红了脸。

“我的确喜欢好东西。”她说。声音半是反驳，半是渴望。

“我必须承认，”马普尔小姐说，“我也有几件敝帚自珍的东西——它们会勾起那么多回忆，您知道。跟照片是一码事。现在人们不大照相了。我喜欢保留我侄儿侄女婴儿时的照片——还有童年时的——等等。”

“您有一张我三岁时的可怕照片，”圆圆说，“抱着一只狐狸狗，还眯着眼睛。”

“我想您的姨妈有您的不少照片。”马普尔小姐转而对帕特里克说。

“哦，我们只是远亲。”帕特里克说道。

“我相信埃莉诺给我寄过一张你婴儿时的照片，帕特。”布莱克洛克小姐说，“但恐怕我没有保存。过去她有几个孩子，都叫什么名字，我都忘了，直到她写信告诉我说你们要来这里，我才知道。”

“又一个时代的标志，”马普尔小姐说，“现如今人们经常不认识年轻的亲戚。在过去，大家庭团聚的时候，这种情况是不可能出现的。”

“我见到帕特和朱莉娅的母亲，是在三十年前的一个婚礼上，”布莱克洛克小姐说道，“当时她是个非常漂亮的姑娘。”

“所以她才会有这么英俊美丽的孩子。”帕特里克咧着嘴笑道。

“您有一本精美的影集，”朱莉娅说，“您还记得吗，莱蒂姨妈，那天我们还看了呢。那些帽子！”

“而那时我们都觉得自己多么时髦啊。”布莱克洛克小姐叹道。

“别在意，莱蒂姨妈，”帕特里克说，“三十年后，朱莉娅会无意中看到自己的一张快照——然后还认为照片上的人不是自己呢！”

*

“您是特意聊起那个话题的吗？”在同马普尔小姐走回家的路上，圆圆问道，“我指的是谈起照片的事。”

“哦，亲爱的，了解到布莱克洛克小姐过去没有见过她的两个年轻的亲戚，这真是有趣……对了，我想科拉多克警督听到这个会很感兴趣的。”

第十二章　小镇清晨

1

埃德蒙·斯韦特纳姆摇摇晃晃地在碾草坪机上坐下。

“早安，菲莉帕。”他说。

“你好啊。”

“你很忙吗？”

“还可以。”

“你在干什么？”

“你看不见？”

“不，我不是园丁。你好像是在用某种方式玩泥巴。”

“我在移植冬季的莴苣。”

“移植？多奇怪的词！听上去就像刺一样。[①] 你知道刺的意思吗？我是那天才学到的。我之前一直以为这是职业决斗里用的术语。”

①在英语里，移植 prinking 和戳刺 pinking 发音相似。

"你有什么事吗？"菲莉帕冷冰冰地问道。

"是的，我想见你。"

菲莉帕飞快地瞥了他一眼。

"希望你不要这样跑到这里来。卢卡斯太太可不喜欢呢。"

"难道她不允许你接受追随者？"

"别荒唐。"

"追随者。这可是个漂亮的词，它贴切地描述了我的态度。钦慕远观——但坚定不移地执着追求。"

"请走吧，埃德蒙。你没有权利到这里来。"

"这你就错了，"埃德蒙得意扬扬地说道，"我是来办事的。卢卡斯太太今早打电话给我妈妈，说她有很多西葫芦。"

"有一大堆。"

"还问我们愿不愿意用一壶蜂蜜换点儿。"

"这种交换根本就不公平：这时节，西葫芦可卖不掉——谁都有一块这样的菜地。"

"自然，所以卢卡斯太太才打电话。上次，如果我没记错的话，是建议我们用脱脂牛奶——请注意，是脱脂牛奶——交换莴苣。当时离莴苣上市还早，都卖到一先令一棵了。"

菲莉帕没有说话。

埃德蒙从兜里抽出一壶蜂蜜。

“喏，这，”他说，“就是我不在犯罪现场的证据。是广义上来说的，相当站不住脚。要是卢卡斯太太大发雷霆，就说我在这儿找西葫芦，绝对不要说我是来跟你调情的。”

“我明白了。”

“你读过丁尼生吗？”埃德蒙随便问道。

“不常读。”

“应该读一读。丁尼生不久就会东山再起。晚上要是你打开收音机，就会听到《国王的歌集》，而不是没完没了的特罗洛普。我一向认为特罗洛普的装腔作势是令人最难以忍受的。可以来一点儿特罗洛普，可也不能总是泡在他的作品里。不过说到丁尼生，你读过他的《莫德》没有？”

“读过一次，很久以前。

“这首诗有点道理。”他柔声引用道：“‘不完美的完美，冷冰冰的匀称，光辉灿烂的徒劳。’这就是你，菲莉帕。”

“这可算不上什么恭维！”

“不，本来就不是。我猜想莫德钻到了那可怜的家伙的皮肤底下，正像你钻到了我的皮肤底下。”

“别胡说了，埃德蒙。”

“啊，见鬼，菲莉帕，你为什么是这个样子？你那光辉灿烂的匀称的容貌背后隐藏着什么？你都在想些什么？你的感觉是什么？是幸福、悲惨、惊悸，还是什么？肯定有些什么。”

“我有什么感觉是我自己的事。”菲莉帕平静地回应。

“也是我的事。我想让你说话。我想知道你那平静的心里都在想些什么。我有权利知道，我真的有。我原本不想爱上你，我原本想静静地坐下来写我的书。那么精彩的一本书，全是关于这世界的悲惨光景。洞察别人如何悲惨倒是非常容易。这全是一种习惯，真的。对，我忽然相信了这个，在读了伯恩·琼斯[①]的传记之后。”

菲莉帕停下手中移植的活儿，皱着眉头，迷惑不解地凝视着他，“伯恩·琼斯跟这个有什么关系？”

“息息相关。你要是看了前拉斐尔派作家的作品，你就会认识到什么叫风尚。他们都那么亲切，满口俚语、快活、有说有笑，一切都那么美妙。这也是风尚。实际上他们根本就不怎么幸福，或者说并不比我们幸福，而我们也并不比他们悲惨。告诉你，这就是风尚。战争结束之后，我们沉迷于肉欲。现在都变得灰心失意。这些根本就无关紧要。我们干吗要谈这个？我原本是来谈咱们的事的，结果我被泼了一身的冷水，吓得退在一边。就因为你不愿帮我。”

“你要我干什么？”

“说话！跟我谈谈天。是因为你丈夫吗？因为你爱他，

①伯恩·琼斯（Burne Jones，1833—1898），新拉斐尔前派画家。

所以他死后你就沉默寡言了？是这样吗？好吧，就算你过去爱他，可他死了。别的女孩也死了丈夫——还不少呢——有些人也爱她们的丈夫。她们在酒吧里这样倾诉，喝得足够醉的时候还会流几滴眼泪，然后就会为了能感觉好一点和你上床。我想这是忘掉过去的一种办法。你得忘掉过去，菲莉帕。你还年轻——又极其可爱——我爱你爱得要死。给我谈谈你那该死的丈夫，跟我谈谈他。”

“没什么可谈的。我们相遇，然后结婚。”

“当时你一定非常年轻。”

“太年轻了。”

“那么你跟他在一起快乐吗？接着说，菲莉帕。”

“没什么可接着说的。我们结了婚，我想我们跟大部分人一样快乐。哈利出生了，罗纳德去了国外，他——他在意大利被杀害了。”

“现在就剩下哈利了？”

“现在我还有哈利。”

“我喜欢哈利，他真是个好孩子。他也喜欢我。我们合得来。怎么样，菲莉帕？我们结婚吧？你可以继续做园丁，而我接着写书，假期咱们放下工作去享受享受。用一点手腕，我们可以设法不跟妈妈住在一起。她可以掏点钱资助她可爱的儿子。我活得仰人鼻息，我写令人厌烦的书；我的视力有缺陷，而且太爱说话，这就是我最糟的缺点了。你愿意试试吗？”

菲莉帕望着他。她面前是一个个子高挑的年轻人，他戴着一副宽大的眼镜，神色庄严而焦急。他沙色的头发乱糟糟的，他凝望着她，目光里充满令人安心的友善情意。

“不。”菲莉帕说。

“肯定不？”

“肯定不。”

“为什么？”

“你对我什么都不了解。”

“就这样？”

“不，你对什么都一无所知。”

埃德蒙思索片刻。

“也许是的，”他承认，“可谁又懂呢？菲莉帕，我亲爱的人儿——”他打住了。

顷刻，他冒出来一串哀切而悠长的倾诉。

“暮光垂临，（埃德蒙诵吟着，可眼下才上午十一点）豪宅花园里的小狮子狗，‘菲尔、菲尔、菲尔、菲尔’，它们又是哀叫又是呼唤——你的名字不好押韵，对吧？听起来像是《自来水笔颂》。你还有没有别的名字？”

“琼。请走吧。卢卡斯太太来了。”

“琼、琼、琼、琼，好一些了，可还是不够好。油腻腻的琼打翻了罐子——这也不是婚姻生活的好景象。”

“卢卡斯太太正——”

“哦，见鬼！”埃德蒙说，“快给我拿个该死的西葫芦。”

2

弗莱彻警长亲自负责小围场宅邸的警戒。

这天该米兹休息。她总是乘十一点的班车去梅登厄姆。与布莱克洛克小姐商量好后，弗莱彻警长当起了房子的管家。布莱克洛克小姐同多拉·邦纳到村里去了。弗莱彻迅速行动起来。有人给门上了油，使之处于备用状态。不管是谁干的，目的都是为了等灯一灭，好神不知鬼不觉地离开客厅。这就排除了米兹，因为她没有必要使用那道门。

剩下还有谁呢？邻居们，弗莱彻想，也可以排除。他看不出他们如何能找到机会给门上油，把门准备好。

那就只剩帕特里克和朱莉娅·西蒙斯、菲莉帕·海默斯，可能还有多拉·邦纳。年轻的西蒙斯兄妹在米尔切斯特，菲莉帕·海默斯又干活儿去了，弗莱彻警长可以随便搜寻任何秘密。但令人失望的是，房子并没有什么可疑之处。尽管弗莱彻是电力系统方面的专家，但无论是电线还是配电盒，都找不到能让电灯保险丝烧掉的迹象。他飞快地查了一遍所有的卧室，发现一切正常，这真让人恼火。菲莉帕·海默斯的房间有一些照片，上面全是同一个男孩，长着一双严肃的眼睛。另一张是更早些时候照的；

此外还有一沓学童的来信，一两份戏院的节目单。朱莉娅的房间里有满满一抽屉法国南部的快照。几张海水浴的照片，另一张是一幢坐落在含羞草丛中的别墅。帕特里克的房间里有一些他在海军服役的纪念品。多拉·邦纳的屋里没有多少个人物品，而且似乎都毫无异常。

然而，弗莱彻想，这幢房子里肯定有人给那道门上了油。

这时，楼下传来一个声响，打断了他的思绪。他赶紧跑到楼顶，往下看去。

斯韦特纳姆太太正穿过走廊，手上挽着一个篮子。她往客厅里瞧了瞧，然后走过走廊，进了饭厅。等她出来时，手上已没有篮子了。

弗莱彻弄出了微弱的声响，一块木地板突然在他的脚下吱呀作响，令她转头。她朝上面喊道："是您吗，布莱克洛克小姐？"

"不，斯韦特纳姆太太，是我。"弗莱彻应声道。

斯韦特纳姆太太轻轻尖叫了一声。

"哦！您真吓了我一跳，我以为又是一个窃贼呢。"

弗莱彻走下楼梯。

"这幢房子似乎不能很好地防范窃贼，"他说道，"谁都可以像您这样进进出出吗？"

"我刚买了一些水果，"斯韦特纳姆太太解释道，"布莱克洛克小姐想做一些榅桲果冻，可她这儿没有榅桲树。我给她留了一些放在餐厅里。”

说完她笑了笑。

“啊，我明白了，您是问我怎么进来的？对啦，我是从侧门进来的。我们在彼此的家里都是进进出出的，警长。天不黑，谁也不会想到要锁门。我是说，要是拿了东西来，却进不了门，那不是很难堪吗？现在跟从前不一样了，那时候，一按门铃，仆人就会来应门。”

斯韦特纳姆太太叹了口气。“我记得在印度，”她哀伤地说，“我们家有十八个仆人——十八个。还没算上保姆。那可是理所当然的事。在国内，当我还没有嫁人的时候，我们总有三个仆人——虽然妈妈总觉得请不起厨娘贫穷至极。我得说现在的生活变得奇怪极了，警长，虽然我知道不应该抱怨。糟糕的是，那么多的煤矿工人总是染上鹦鹉热（或是叫鹦鹉病），所以不得不离开矿井，来当园丁，可他们连菠菜跟杂草都分不清。”

快走到门边时，她补充道：“我不占用您的时间了，我想您一定非常忙，不会再出事了吧？”

“为什么说会出事呢，斯韦特纳姆太太？”

“我只是纳闷，因为看见您在这儿。我还以为是黑帮。您会转告布莱克洛克小姐榅桲的事吧？”

斯韦特纳姆太太走了。弗莱彻觉得自己好像冷不防被猛击了一下。他原来一直认为是房子里的人给门上的油，现在他发现自己错了。外面的人只要等米兹乘车离开，等莱蒂希亚·布莱克洛克和多拉·邦纳外出，就可以进来。这样的机会再简单不过了。这就意味着他不能排除那天晚上在客厅的任何一个人。

3

“穆加特罗伊德！”

“怎么了，欣奇？”

“我一直在思考。”

“是吗，欣奇？”

“是的，这个伟大的大脑一直在工作。你知道，穆加特罗伊德，那天晚上的安排肯定有鬼。”

“有鬼？”

“不错。把你的头发卷起来，把毛巾拿去。假装这是一把左轮手枪。”

“哦！”穆加特罗伊德小姐紧张地说。

“来吧，不会吃了你的，到厨房去，扮演那个窃贼。你站在这儿。现在你要进到厨房去扣住一帮傻瓜。拿着手电，打开它。”

“可现在还是大白天！”

“用你的想象力，穆加特罗伊德，打开它。”

穆加特罗伊德小姐照办了，同时笨手笨脚地将毛巾夹在腋下，“现在，”欣奇克利夫小姐说道，“去吧。还记得你在女子学院扮演《仲夏夜之梦》里的赫米娅吗？表演吧，尽情地表演吧。‘举起手来！’这是你的台词——可别加个‘请’字把戏演砸了。”

穆加特罗伊德顺从地扬起手电筒，挥舞着毛巾，朝厨房门走去。

她把毛巾换到右手，飞快地拧动门把手，往前踏了一步，左手拿起手电筒。

“举起手来！”她拖长着声音说，然后恼怒地加了一句，“老天爷，这可真难，欣奇。”

“为什么？”

“这门。这是扇回转门，它往回关，可我的两只手都拿着东西。”

“一点儿也不错，”欣奇克利夫小姐大声说道，“小围场的客厅门也是回转的。和这扇不太一样，但也不会总开着。所以莱蒂·布莱克洛克才从高街的艾略特商店买了那个相当漂亮而沉重的玻璃门挡。我现在可以敞开了说，绝不会原谅她抢在我前面买进了那玩意儿。我跟那老家伙好好杀了一番价，他愿意从八个金币降到六镑十先令，可后来，布莱克洛克来了，买走了那该死的玩意儿。我还从未见过那么迷人的门挡，那么大的玻璃球可不常买到。”

“也许那个贼用门挡抵住门，好让门开着。”穆加特罗伊德发表了意见。

“运用你的常识，穆加特罗伊德。他是干什么的？难道他推开门后说‘劳驾请稍等’然后弯下腰去摆好门挡，完事后再说‘请各位举起手来’，接着干他的勾当？尽量用你的肩膀抵住门。”

“这还是很令人尴尬。”穆加特罗伊德小姐抱怨道。

“完全正确，”欣奇克利夫小姐说，“一把左轮手枪，一个手电筒，一扇需要抵开的门——有点太吃力了。不是吗？那么，答案是什么？”

穆加特罗伊德小姐没有试图去提供一个答案。她怀着好奇和钦佩的目光望着她那位颐指气使的朋友，并等着接受教诲。

“我们知道他有一把左轮手枪，因为他开了枪。”欣奇克利夫小姐说道，“我们还知道他有一支手电筒，因为我们都看见了——就是说，除非我们都是集体催眠术的受害者，就像《印度的绳子把戏》——老伊斯特布鲁克的印度故事真是无聊透顶——里解释的那样。所以现在的问题是，有没有人为他抵住门？”

“可谁会这样做呢？”

“对了，你就可以算一个，穆加特罗伊德。照我的记忆。灯灭的时候，你就站在门背后。”欣奇克利夫小姐开怀大笑起来，“极其可疑的人物，难道你不是吗，穆加特罗伊德？可谁会想到去看你呢？来，给我毛巾——谢天谢地，这不是一把真正的左轮手枪，否则你就会射到自己了！”

4

“真是件异乎寻常的事，”伊斯特布鲁克上校咕哝道，“异乎寻常，劳拉。”

“怎么了，亲爱的？”

“到我的更衣室来一下。”

“什么事，亲爱的？”

伊斯特布鲁克太太从开着的门走进来。

“还记得我给你看过的我那把左轮手枪吗？”

“哦，是的，阿奇，一件恐怖而令人作呕的黑乎乎的东西。”

“对。德国纪念品。是放在这个抽屉里的，是吧？”

“对啊，没错。”

“可现在不见了。”

“阿奇，那可真怪！”

“你没有动过吧？”

“哦，没有，我压根儿就不敢碰那可怕的玩意儿。”

“看来是那个叫什么名字的老太婆干的？”

“哦，我一刻也不会这么想。巴特太太绝不会干这种事。要不要我问问她？”

“不——不，最好别问。我可不想招来别人说三道四。告诉我，还记得我是什么时候拿给你看的吗？”

“哦，大约一周前。你当时在咕哝你的衣领和洗衣房，然后你把这个抽屉开得大大的，靠里面的就是那东西。我还问你那是什么。”

“对，没错，大约一周前。你不记得具体日期了吧？”

伊斯特布鲁克太太回想着，她的眼帘下垂，遮住了眼睛，精明的头脑正在转着念头。

“当然啦，”她说道，“是星期六。那天我们本来要去看电影，但没去成。”

“嗯——肯定不是在这之前？星期三？星期四或者是那周之前的一周？”

“不是，亲爱的，”伊斯特布鲁克太太说，“我记得相当清楚。是星期六，三十号。因为出了那么个麻烦事，所以显得过了很长的时间。告诉你我为什么记得，因为那是在布莱克洛克小姐家发生抢劫之后的第二天。因为一看见你的左轮手枪，我就想起了头天晚上开枪的事。”

“啊，”伊斯特布鲁克上校说道，“那我可就如释重负了。”

“哦，阿奇，为什么？”

“因为如果我的左轮手枪是在枪击事件之前丢失的——那我的枪就八成是被那个瑞士佬偷了。”

“可他怎么会知道你有一把枪？”

“这些黑帮消息之灵通可非同寻常。像地点、谁住在什么地方之类，他们都有办法知道。”

“你懂得真多，阿奇。”

“哈，不错，以前见过一两回。既然你清楚记得抢劫发生之后还见过我的左轮手枪，那就行了。那个瑞士佬用的枪不可能是我的那一把，对吧？”

“当然不可能是。”

“真让我如释重负。我本来该去警察局报告，可他们会提很多让人难堪的问题。这是肯定的。实际上我根本没有持枪许可证。不知怎么的，战争一过，人们就忘了和平时期的规定。我把它当作战争的纪念品，而不是武器。”

“是的，我明白。当然是这样。”

“可问题仍然是，那该死的玩意儿到哪儿去了？”

“兴许是巴特太太拿了。她似乎向来很诚实，不过抢劫事件发生之后，她感到紧张，也许想弄把枪放在自己家里。当然她是绝对不会承认的。我连问都不会问，否则她会生气的。那么我们该怎么办呢？这可是座大房子——我简直不能——”

“的确是这样，”伊斯特布鲁克上校说，“最好只字不提。”

第十三章　小镇清晨（续）

马普尔小姐走出牧师住宅的大门，沿着通向大街的小巷前行。

她拄着朱利安·哈蒙牧师结实的拐杖，走得相当快。

她经过红牛商店和肉铺，在艾略特的古董店前稍事停留，往橱窗里看了看。这个商店巧妙地开在“蓝鸟”茶馆兼咖啡屋的隔壁，因此，当富人们停下车来品一杯好茶，并尝过一点美其名曰“家庭烘焙蛋糕”之后，便可能抵挡不住艾略特先生装饰得颇有格调的橱窗的诱惑。

在这个突出的圆形古董橱窗里，艾略特先生展示出了可以满足各种品位的商品。两只沃特弗德出产的玻璃酒杯放在一个完美无缺的冷酒器上。一张用各种形状的核桃木拼起来的书案一望而知货真价实。橱窗里的一张桌子上则摆着各色各样的廉价门环和稀奇古怪的小玩意儿，包括几件德累斯顿雕花陶瓷、两串样子难看的珠链、一个刻有“坦布里奇赠”字样的马克杯，以及一些零零碎碎的维多利亚风格的银器。

马普尔小姐全神贯注地望着橱窗里的东西。艾略特先生如同一只年迈的肥蜘蛛，从他那撒开的蜘蛛网里向外窥视，盘算着有没有可能捕捉到这只刚刚飞来的“苍蝇”。

但就在他断定“坦布里奇赠”的那件迷人礼物对住在牧师家的这位女士太过昂贵（自然啦，艾略特先生跟别人一样很清楚她是什么人）的时候，马普尔小姐通过眼角的余光，看见多拉·邦纳小姐走进了“蓝鸟”咖啡屋。于是，她当即决定，自己得喝一杯可口的清晨咖啡，才能抵御寒风。

已有四五位女士在咖啡屋里面小憩，算是为上午的购物活动增添一点情趣。马普尔小姐朝“蓝鸟”昏暗的装潢眨巴着眼睛，巧妙地装出闲逛的样子。忽然，邦纳小姐打招呼的声音在她身边响起：

“啊，早安，马普尔小姐。请到这儿来坐吧。我是一个人。”

“谢谢。”

马普尔小姐感激地在“蓝鸟”屋提供的硬邦邦的蓝漆小扶手椅上坐下了。

“这寒风真是刺骨，”她抱怨道，“我的腿又有风湿，所以走不快。”

“啊，我明白。我有一年得过坐骨神经痛——那一阵子大部分时间都很痛苦。”

两位女士津津有味地谈了一会儿风湿病、坐骨神经痛和神经炎。一个绷着脸的姑娘身穿粉色罩衫，上面印有飞翔的蓝鸟。她摆出一副很不耐烦的样子，哈欠连天地在茶点单上写下她们点的咖啡和蛋糕。

“这里的蛋糕，”邦纳小姐用密谋般的声音低语道，“可相当好呢。”

“我对那天从布莱克洛克小姐家出来时碰见的那个相当漂亮的姑娘很感兴趣，”马普尔小姐开口了，“我想她说她是做园丁的。她是本地人吗？海默斯——是叫这名字吗？”

“啊，是的，菲莉帕·海默斯。我们的‘房客’。”邦纳小姐因为自己的幽默而笑了起来，“真是个文静的好姑娘，一位淑女，如果您明白我的意思的话。”

“我有些纳闷。我认识一个海默斯上校——是在印度的骑兵团。也许是她的父亲？”

“她是海默斯太太，是个寡妇。她丈夫在西西里岛还是意大利本土被杀了。当然，死掉的也有可能是她父亲。”

“我猜，她会不会有一些绯闻？”马普尔小姐调皮地暗示道，“跟那个高个儿的年轻人？”

“您是说帕特里克？哦，我不知道——”

“不，我指的是戴眼镜的那个年轻人。我看见他们在一起来着。”

“啊，当然，埃德蒙·斯韦特纳姆。嘘！坐在角落里的是他母亲，斯韦特纳姆太太。说实话，我不知道。您认为他仰慕她吗？他可是个奇怪的年轻人——总是说些非常讨人嫌的话。他应该很聪明的，您知道。”邦纳小姐明显不以为然地说道。

“聪明并不等于一切，”马普尔小姐摇头，“啊，咱们的咖啡来了。”

绷着脸的姑娘“砰”地放下咖啡杯。马普尔小姐和邦纳小姐相互推让着蛋糕，“听说您和布莱克洛克小姐一起上学，我很感兴趣。你们的友谊真是深厚。”

“是的，的确如此。”邦纳小姐叹息道，“很少有人能像布莱克洛克小姐这样对老朋友保持忠诚。哦，老天爷，那些似乎是很久很久以前的事了。那么一个漂亮的姑娘，过得那么快活。这一切似乎那么悲哀。”

马普尔小姐尽管不知道什么叫“那么悲哀”，却依然叹了口气，摇了摇头。“生活真是艰难啊。”她小声说。

“‘勇敢地承受起痛苦的折磨’。”邦纳小姐呢喃着，眼中涌现出泪水，“我总是想起这句诗。真正的忍耐，真心的顺服。这样的勇气和忍耐应该受到嘉奖，我一直这么说。我对布莱克洛克小姐的感情再怎么深厚都不过分，无论她得到什么好的报答，她都当之无愧。”

“钱，”马普尔小姐说，“可以让人的生活道路变得非常平坦。”

她觉得这样说很安全，因为她断定邦纳小姐指的正是布莱克洛克小姐梦寐以求的富裕生活。

然而这句话却引发了邦纳小姐的不同看法。

“钱！”她尖刻地说道，“除非一个人有了切身经历，您知道，我不相信谁能真正体会有钱或者没钱的意义。”

马普尔小姐同情地点了点满是银发的头。

邦纳小姐很快继续说下去，她越说越起劲，脸也变得绯红。“我常常听到人们说：‘我宁愿桌上只有鲜花，也不要在进餐时没有鲜花陪伴。’可这些人饿过几顿呢？他们不知道真正挨饿的滋味——没有挨过饿就不可能知道。面包，您知道，一罐肉汤，一丁点儿植物黄油。天天一个样，多么渴望有一两盘堆得满满的肉和蔬菜啊。然后说说衣服——破破烂烂，补了又补，就怕露出肉来。还有申请工作，他们总是说你年纪太大了。就算好不容易找到一份工作，毕竟你没那么营养充足，于是你就会晕倒。结果你又重蹈覆辙了。可房租——总是有房租——非付不可，不然你就得滚到街上去。那些日子，剩不了几个子儿。养老金又维持不了多久——真的根本用不了多久。”

“我明白。”马普尔小姐温柔地说。她满怀怜悯地望着邦纳小姐颤抖的脸。

“后来我给莱蒂写了封信。我碰巧在报上看到她的名字。那是为资助米尔切斯特医院而举行的一次午餐会。白纸黑字，莱蒂希亚·布莱克洛克小姐。这勾起了我对往事的回忆，我很多年没有听到她的消息了。您知道，她给一个非常有钱的人——戈德勒——做过秘书。她一直是个聪明的姑娘——是那种在世上勇往直前的人。人不可貌相，可她就是这种性格。我当时想——对，我是这样想的——兴许她还记得我——正是我可以去求助的人。我的意思是，我们认识的时候大家都还是女孩——在一起上学——她们是真正了解我的——她们清楚我不是一个会写信求人的人——”

多拉·邦纳的眼里涌起了眼泪。

“后来洛蒂来把我接走了，还说她需要有个人帮她。当然，我非常吃惊，吃惊得很，可报纸确实也会把事情弄错呀。她可真好心，真是富于同情心啊，对以前的事又记得那么清楚……我什么都会为她干，的确会的。我也很努力，但恐怕有时候把事情弄得一团糟，我的脑子不如以前了。我丢三落四，净说傻话。可她非常有耐心。她最好的地方就在于她总是假装我对她有用。这是发自内心的仁爱，难道不是吗？”

“对，这是发自内心的仁爱。”马普尔小姐温柔地说。

“即便来到小围场后，您知道，我经常感到担忧，因为万一——万一布莱克洛克小姐有什么不测，我今后的生活会怎么样？毕竟出事的机会是很多的——汽车呼啸而过——这谁也无法预料，对吧？不过我自然没有说出来，可她肯定是猜出了什么。有一天，她忽然告诉我说，她会在遗嘱里为我留下一笔小数目的年金——还有我珍视的东西——她的全部漂亮的家具。我简直是喜出望外……而且她还说，没有谁像我这么爱惜家具——这倒是千真万确——我无法忍受看见别人打碎漂亮的瓷器，或是把湿乎乎的杯子放在桌上，在上面留下印子。我确实在为她打理东西。有些人——特别是有些人，是那么的粗心大意——有时候比粗心大意还要糟呢！

“我其实并不像看起来的那么笨，”邦纳小姐继续懵懂地说，“我看得出，您知道，如果布莱克洛克小姐遭到暗算，有人——我不愿指名道姓——可他们会从中获利。亲爱的布莱克洛克小姐也许太过于相信别人了。”

马普尔小姐摇摇头。

“这可是个错误。”

“是的。我和您，马普尔小姐，都了解这个世界。但亲爱的布莱克洛克小姐——”她摇了摇头。

马普尔小姐觉得，作为一个大金融家的秘书，布莱克洛克小姐按理也应该是深谙世事的。不过，多拉·邦纳的意思可能是说莱蒂·布莱克洛克一贯养尊处优，因此不了解人性的深不可测。

“那个帕特里克！”邦纳小姐说，话头之突然，口气之严厉，着实把马普尔小姐吓了一跳。“据我所知，至少有两次朝她要钱。还装作可怜巴巴的样子，说是欠了债，诸如此类的。她太过慷慨了。我劝她的时候，她只对我说：‘那孩子还年轻，多拉。年轻的时候就要恣意行乐。’”

“唔，这倒是句实话。”马普尔小姐说，“再说又是这么一个仪表堂堂的小伙子。”

“仪表堂堂就得有仪表堂堂的风度，”多拉·邦纳说，“可他太喜欢拿别人取乐了。我估摸他跟不少女孩子都有牵扯。我只是他取乐的一个对象——就是这么回事。他好像没有意识到别人也有感情。”

“年轻人就是这样不顾别人。”马普尔小姐说。

邦纳小姐忽然神秘兮兮地把身子凑了过来。

“您不会泄漏一个字吧，亲爱的？”她请求道，“可我不禁觉得他肯定搅和到了这件可怕的事里去了。我想他认识那个年轻人——还有朱莉娅也认识。我不敢向亲爱的布莱克洛克小姐暗示这种事——可至少我还是做了，而她把我骂了个狗血淋头。当然，这种事尴尬极了，因为他是她的外甥嘛——或者至少是她的表弟。如果说那个瑞士年轻人是开枪自杀的，那帕特里克可能在道义上有亏欠，难道不是吗？我的意思是，如果是他让那家伙干的话。我实在被整件事弄得糊里糊涂的。好几个人都对进客厅的另一道门小题大做。这是又一件让我心烦的事——警督说门给上过油。因为您瞧，我看见——”她突然打住话头。

马普尔小姐字斟句酌着。

“对您来说真是太难做了，”她同情地说道，“您自然不愿让这些事传到警察局去。”

“一点儿不错，”多拉·邦纳大声说道，“我夜里躺在床上都没法合眼，忧心忡忡——因为您看，有一天，我在灌木林里撞见帕特里克。当时我在找鸡蛋——一只母鸡下的——他就在那儿，手里拿着一片羽毛和一个杯子——是个油腻腻的杯子。一看见我，他像做了亏心事似的吓了一大跳，还跟我说：'我正在纳闷这玩意儿放在这里是干什么用的。'当然啦，他脑子转得很快。我敢说他是在被我惊到的瞬间就编出那个借口的。如果他不是来找那东西的，如果他不是完全清楚那东西就在那儿，他怎么会跑到灌木林里找那种东西呢？当然了，我那时什么也没说。"

"对，没错，当然不能说。"

"可我给了他点脸色，如果您明白我的意思的话。"

多拉·邦纳伸出手来，拿起鲑鱼色的蛋糕心不在焉地咬了一口。

"又有一天，我偷听到他跟朱莉娅的一次奇怪的谈话。他们似乎在吵架。他说：'要是我知道你扯上这种事！'朱莉娅（她从来都很镇静，您知道的）就说：'哦，小哥哥，那你要怎么样？'这时，非常不幸的是，我踩到了那块一踏上就吱嘎吱嘎作响的木板，他们看见我了。于是我乐呵呵地问：'你们在吵架？'帕特里克说：'我在警告朱莉娅不要继续参与这种黑市的买卖。'哦，真是油嘴滑舌，可我相信他们谈的压根儿就不是那回事！要是您问我，我相信，是帕特里克给客厅的那盏台灯做了手脚，好把别的灯弄熄，因为我记得清清楚楚，放在那儿的是牧羊少女——

而不是牧羊少年的那一盏。然而到了第二天——”

她忽然打住，脸上涌起粉红色。马普尔小姐转过头，看见布莱克洛克小姐站在她们的身后——她一定是刚进来的。

“咖啡和八卦，邦妮？”布莱克洛克小姐说道，话音里颇有责怪之意。“上午好，马普尔小姐。天可真冷，对不对？”

“我们就是在讲，”邦纳小姐急忙忙地说，“眼下有这么多规矩和条款，搞得人都分不清南北了。”

门“砰”的一声打开，圆圆跑进了“蓝鸟”。

“你们好哇，”她招呼道，“我是不是没赶上喝咖啡？”

“不，亲爱的，”马普尔小姐说，“坐下来喝一杯。”

“我们得回家了，”布莱克洛克小姐说，“商店逛完了没，邦妮？”

她的声音里再次充满了迁就之意，但眼神里依然略带责怪。

“是的，是的，谢谢你，莱蒂。我得顺道去药店买一些阿司匹林和鸡眼膏。”

“蓝鸟”的店门在她们身后关上之后，圆圆问道：“你们在谈些什么？”

马普尔小姐没有马上回答。等圆圆点完茶点，她才说：“家庭团结是一件非常强大的事。非常强大。你还记得那件有名的案子吗？我真想不起是哪一个了。他们说丈夫毒死了妻子，毒药是放进一杯酒里的。后来审判的时候，女儿说她自己喝了母亲的半杯——这便否定了对父亲的指控。他们确实说过——不过也许只是谣言——自那以后，她再也没同父亲说过一句话，也没再跟他住在一起。当然，父亲是一码事，侄儿或表弟又是另一码事。不过情形还是一样——谁也不愿让自己的家人被吊死，对吧？”

“对，”圆圆想了想说道，“我想他们不会愿意的。”

马普尔小姐向后靠在椅子上，低声地喃喃自语：“人们实在非常相像，走到哪里都一样。”

“我像谁呢？”

“你嘛，亲爱的，说实话，你就像你自己。我不知道你能使我想起什么人，也许除了——”

“您又来了。”圆圆道。

“我只是想起自己的一个客厅女仆了，亲爱的。”

“客厅女仆？我可会是个很糟的女仆。”

“没错，亲爱的，她也一样。站在桌旁伺候别人这件事，她可一点儿也不擅长。桌上堆得乱七八糟，厨房的刀跟餐厅的刀搅和在一起，还有她的帽子——这是很久以前的事了——从来没有戴正过。”

圆圆不由自主地矫正自己的帽子。

“后来呢？”她急不可待地追问道。

“我把她留下来，是因为家里有她实在很愉快，她总是逗我笑。我喜欢她讲话直来直去的方式。有一天她跟我说：‘当然，我是不知道了，夫人，’她说，‘可弗萝莉的坐姿就跟结了婚的女人一样。’果然，可怜的弗萝莉就有了麻烦——跟在发廊里当助手的温文尔雅的小伙子好上了。我同他谈了谈，他们举行了一场十分不错的婚礼，幸福地安顿下来。弗萝莉是个好姑娘，可就是容易对温文尔雅的外貌倾心。”

“她没干谋杀的勾当吧？”圆圆问道，“我是说，那个客厅女仆。”

“没有，真的。”马普尔小姐说，“她嫁给了一个浸礼会的牧师，他们养了三个孩子。”

“就像我一样，”圆圆说，“尽管到目前为止，我只有爱德华和苏珊。”

过了片刻，她补了一句：“您这会儿在想谁呢，简姨妈？”

“很多人，亲爱的，很多人。”马普尔小姐含糊其词地答道。

“是在圣玛丽米德的？”

“主要是吧……我想起了艾勒顿护士——真是个杰出、善良的女人。她照看过一位老太太，似乎真的喜欢她。后来那老太太死了。然后她又照看一位，又死了。最后发现她用了吗啡。用最仁慈的方式干的，令人发指的是，那个女人却真的不觉得自己做了错事。‘她们反正活不长。’她说，其中一个患了癌症，相当痛苦。”

“您是说——那是出于仁慈的谋杀？”

“不，不。她们立了遗嘱，把钱留给她。她为的是钱，你知道吗……

“然后就是邮轮上的那个年轻人——纸店的普塞太太的侄子。他把偷的东西拿回家来让她处理，说那是他在国外买的，她就相信了。后来警察上门，开始提问题，他全推到她头上，这样她就摆脱不了他……他不是个好人——但长得挺英俊，让两个女人爱上了他。他在其中一个人身上花了不少钱。”

“我想是最肮脏的一个。”圆圆说。

“是的，亲爱的。还有一位羊毛店的克雷太太，对儿子全心全意，当然也惯坏了他。结果他被一帮不三不四的人缠上了。还记得琼·克罗夫特吗，圆圆？”

“不，我不记得了。”

“我想你跟我去串门的时候见过她，她经常叼着香烟或烟斗，昂首阔步。一家银行遭到一次抢劫，而琼·克罗夫特当时正好在这家银行里。她把那个男的打翻在地，夺过左轮手枪。法官还表彰了她的英勇。”

圆圆聚精会神地听着，似乎要把这一切都铭记在心。

“还有呢——”她追问。

“那年夏天，圣让·德·科林斯的那个姑娘，那么一个文文静静的女孩——倒不是说文静得沉默寡言——人人都喜欢她，可谁都不是很了解她……后来我们听说她丈夫是个伪造犯，这使她觉得自己被人们孤立了。最后那件事使她变得有点古怪，你知道，抑郁确实能让人改变。”

“在您的记忆里有没有在印度服过役的英国上校，亲爱的？”

“当然有，亲爱的。拉杰斯那里有位沃恩少校，还有一位赖特上校住在西姆拉洛奇。他们倒没什么问题。可我的确记得霍奇森先生，他去远航了一次，便娶了一个可以做他女儿的年轻女子。不知道她是从哪里来的——当然除了她告诉他的。”

“而她说的不是实话？”

“对。亲爱的，肯定不是。”

“还不错。”圆圆点头道，一面扳着手指数人，“我们有全心全意的多拉、仪表堂堂的帕特里克、斯韦特纳姆太太、埃德蒙、菲莉帕·海默斯、伊斯特布鲁克上校和太太——要是您问我的意见，应该说，您对多拉的看法完全正确。可她没有什么理由谋杀莱蒂希亚·布莱克洛克。”

“有些事布莱克洛克小姐可能心里有数，但又不愿让别人知道。”

“哦，亲爱的，就是那些老掉牙的事？那肯定是陈年往事了。”

“也可能不。你瞧，圆圆，你不是那种特别在乎别人怎么看你的人。”

“我明白您的意思了，”圆圆忽然说道，“一个人要是一直过得很艰难，就好比一只迷了路的猫，浑身哆嗦，一旦你找到一个家，找到一只温暖的抚摩的手，人们都叫你漂亮的小猫咪，有人全心全意为你着想……为了保住这些，你一定会奋不顾身的……好吧，我得说，您为我展示了形形色色的人。”

“可你对他们看得并不清楚。”马普尔小姐温和地说。

“是吗？我漏掉了什么？朱莉娅？朱莉娅，漂亮的朱莉娅很古怪。”

“三先令六便士。”沉着脸的女招待从阴暗里走过来，说道。

“另外，”她又开口了，胸脯在制服上的“蓝鸟”下剧烈起伏着，“我想知道，哈蒙太太，您为什么说我古怪。我有个姑姑算是‘古怪者’中的一员，可我本人从来都是圣公会的教徒，关于这一点，退了休的霍普金斯牧师可以告诉您。”

“实在抱歉，”圆圆说，“我只是在引用一首歌，我根本不是指你，我不知道你的名字也叫朱莉娅。”

“倒是相当巧合啊。”沉着脸的女招待的态度缓和了，“我相信您不是有意冒犯，可听到叫我的名字，我就在想——哎——自然，如果您觉得别人在谈论您，那么竖起耳朵听就是人的本性。谢谢您。”

她拿了小费离开了。

“简姨妈，”圆圆说道，“别那么焦虑。怎么了？”

“但一定，”马普尔小姐喃喃自语，“不可能是这样。这说不通——”

“简姨妈！”

马普尔小姐叹了一口气，露出明亮的笑容。

“没什么，亲爱的。”她说。

“您是不是认为您知道谁是凶手了？”圆圆问道，“是谁呢？”

“我一点儿也不知道，”马普尔小姐回答，“我忽然有了一个念头——可又消失了。但愿我知道。时间那么短，简直太短了。”

“您说短是什么意思？”

“苏格兰的那个老太太随时都可能死。”

圆圆瞪大眼睛说道：“这么说，您真的相信皮普和艾玛确有其人了？您认为是他们干的——而且他们还会再次下手？”

“他们当然还会下手，”马普尔小姐几乎是心不在焉地说道，“尝试过一次，就一定会有第二次。如果你一旦下决心杀掉什么人，你绝不会因为第一次失手而放弃。特别是在你确信没被怀疑的时候。”

“可如果是皮普和艾玛的话，”圆圆说，“那就只有两个人有可能。那肯定就是帕特里克和朱莉娅。他们是兄妹，而且年龄恰好符合。”

“我亲爱的，根本没有这么简单，有各种各样的结果和组合。有皮普的妻子——如果他结了婚的话，或者是艾玛的丈夫。还有他们的母亲——即使她不可能直接继承遗产，她也是感兴趣的那一方。如果布莱克洛克小姐三十年都没有见过她的话，可能现在已认不出她了。上了年纪的女人都很相像。你还记得吧，沃瑟斯彭太太除了领自己的那份养老金，又领了巴特勒太太的那一份，尽管巴特勒太太已经死了好多年。再说，布莱克洛克小姐是个近视眼。你有没有注意到她是怎么看别人的？然后还有他们的父亲，他显然是个坏家伙。”

“对，但他是个外国人。”

“从出生地上看是这样。但没有理由相信他说的英语就一定有口音，或者说话的时候就一定手舞足蹈。我敢说他可能扮演的是——在印度服役的英国上校的角色，而且跟别人演得一样棒。”

“这就是您的想法吗？”

“不，不是，真的不是，亲爱的。我只是想，有一大笔钱处在危险中，一大笔钱呢。恐怕我太了解，为了获得一大笔钱，人会干出多么可怕的事了。”

“我想他们会的，”圆圆说，“可这对他们没有什么好处，对吧？会有报应的？”

“对——可他们通常不这样想。”

“我可以理解。”圆圆忽然笑了，笑得相当甜蜜，而且笑歪了嘴，“每个人对钱的感觉都不一样……甚至我都感觉到了。”她想道：“你自我催眠说会得到那笔钱，之后会用来干很多好事。制订一些计划……为被人遗弃的孩子提供一个家。劳累的母亲……送辛辛苦苦干了一辈子的老年妇女到国外去好好休养休养……”

她的神情变得阴郁起来，眼神突然变得黯然、悲凉。

“我知道您在想什么，”她对马普尔小姐说，“您在想，我会是最坏的那种人，因为我自己有孩子。如果只是出于自私的理由想要那笔钱，你就会自惭形秽。可一旦假装是用钱去做善事，你就能够说服自己，也许杀人就没有什么关系了……”

然后，她的眼睛又亮了起来。

“可我做不到，”她说，“我根本下不了手。即使是老年人、病人，或者是在世上做过伤天害理的事的人，我也下不了手。即便是讹诈别人的人，或者——或者是地地道道的禽兽，都不行。”她从咖啡渣里拈出一只苍蝇，把它放在桌上晾干，“因为人总是喜欢活着的，不是吗？苍蝇也一样。即使你老了，病魔缠身，只能从屋里爬到阳光下。朱利安说过，这些人比年轻力壮的人更喜欢活着。他还说，死对于他们更难，所以抗争得也就更顽强。我自己就喜欢活着——不仅是因为幸福、享受和痛快。我说的是活着——一觉醒来，浑身上下有感觉，觉得自己还在那儿——像钟一样嘀嘀嗒嗒走个不停。”

她朝那只苍蝇轻轻吹了口气。它动了动腿，然后摇摇晃晃地飞走了。

“振作起来，亲爱的简姨妈，”圆圆说，“我是绝对不会去杀人的。”

第十四章　回首往事

坐了一夜的火车，科拉多克警督在苏格兰高地的某个小站下了车。

有那么一阵子，他觉得很奇怪，富有的戈德勒太太——一个病人，可以选择住在位于伦敦一个时髦广场的宅邸里，也可以住在汉普郡的庄园，还可以住在法国南部的一座别墅里，却居然挑选遥远的苏格兰老家居住。她在这里肯定断绝了许多朋友的往来和娱乐。这一定是种寂寞的生活——要不就是她已病入膏肓，无法注意或在乎周围的环境了？

一辆车等着接他，是一辆宽敞的老式戴姆勒，司机上了年纪。这是一个阳光明媚的早上，在二十英里的车程中，警督颇为惬意，尽管他又一次惊讶于这种对与世隔绝情有独钟的抉择。一句试探的话打开了司机的话匣子，使他对个中缘由有了个大概了解。

“这是她出嫁前的娘家。唉，她是这个家族的最后一员了。她和戈德勒先生在这儿度过的日子比在任何其他地方都快乐，尽管他不能经常从伦敦抽身来这儿。可只要他来，他们俩就开心得像一对孩子。”

随着古老宅邸的灰色墙壁渐渐映入眼帘，科拉多克感觉时光仿佛倒流了。一位年老的男管家接待了他，在洗漱修面后，警督就被领到一个房间，房间里的壁炉燃着熊熊火焰，他在里面用了早餐。

早餐后，一位身着护士装的中年妇女走进来，介绍她自己是麦克兰德护士，她的举止文雅而自信。

“我的病人已经准备好和您会面了，科拉多克先生。她正盼着见您。”

“我会尽量不让她激动。”科拉多克许诺道。

“我最好事先提醒您会发生什么情况。您会发现戈德勒太太看起来很正常。她会开口说话，而且喜欢说话，然后——突然之间——她的精力会垮掉。到时候请马上离开，让人叫我。您会看到，她几乎完全是靠吗啡的作用撑着。大部分时间她都睡得迷迷糊糊。为了接待您，我已经给她打了一针兴奋剂。随着兴奋剂的作用逐渐消失，她又会回到半昏迷状态。”

“我非常理解，麦克兰德小姐。我想请您说说戈德勒太太确切的健康状况，不知这样做对您来说是否妥当？”

“呃，科拉多克先生，她是个行将就木的人了。她的生命只能延续几周。如果说多年以前她就应该离开人世，您可能会感到奇怪，但这是事实。支撑着戈德勒太太活下来的原因是她对生命的强烈渴求和热爱。对于一个煎熬多年，而且十五年来从未踏出家门一步的人来说，这听起来不合常理，但这也是事实。戈德勒太太从来就不是一个身强体壮的女人，然而她生存的愿望却一直那么惊人。”她微笑着加了一句，“您会发现，她还是一个十分迷人的女人。”

科拉多克被领进了一间大卧室，里面生着火，一位老太太躺在一张有着篷帐的床上。尽管她仅比莱蒂希亚·布莱克洛克大七八岁，但其羸弱的身体使她看上去比实际年龄要老。

她的白发梳理得整整齐齐，一块浅蓝色的羊毛毡裹住脖颈和肩膀。那张脸上刻着痛楚的线条，但其中也有甜蜜。奇怪的是，她那黯然失色的蓝眼睛里闪烁着科拉多克只能称之为调皮的目光。

“喏，这倒挺有意思，”她说道，“我可不常接待警察的来访。我听说莱蒂希亚·布莱克洛克在那次袭击中并没有受到多大伤害？我亲爱的布莱奇[①]怎么样？”

“她很好，戈德勒太太。她向您致以问候。”

“我很久没有见到她了……许多年来，只是在圣诞节寄张贺卡。夏洛特死后，她回到英格兰，我请她来这里

---

①即布莱克洛克的昵称。

住，可她说，经过这么长的时间之后，再与故人见面会很痛苦。也许她说得对……布莱奇是个非常明智的女人。大约一年前，有位我念书时的老朋友来看我，可是，哼！”

她微微一笑。“我们是相看两生厌。等相互问完‘你还记得吗’？便再也无话可说了。真令人尴尬。”

科拉多克心甘情愿地由着她在自己提问前滔滔不绝。事实上，他想通过回溯往事来感觉一下戈德勒夫妇与布莱克洛克所谓的家庭气氛。

“我猜想，”贝拉精明地问道，“您想了解钱的事？兰德尔立下遗嘱，在我死后把钱留给布莱奇。当然啦，兰德尔做梦也没有想到我会活得比他长。他可是个身强力壮的大块头，没生过一天病；而我总是成天抱怨说这痛那病的。医生三天两头来，看了我的情形都拉长着脸。”

“我认为抱怨并不是一个贴切的词，戈德勒太太。”

老太太“扑哧”笑出了声。

“我说的抱怨并不是怨天尤人的意思。我从来没有为自己感到太难过。但我这么虚弱，大家理所当然地认为先走的应该是我。可结果并非如此。是的，并非如此。”

“确切地说，您丈夫为什么要那样处理他的钱呢？”

“您是说他干吗要把钱留给布莱奇吧？并不是出于您可能想象的原因。”那种调皮的眼神愈发明显了，“你们警察都有着什么样的脑子！兰德尔从来就没有爱过她，她也没有爱过他。莱蒂希亚，您知道，实际上有着一个男人的头脑。她没有任何女人的情感和柔弱。我相信她从未爱上过任何男人。她不算特别美貌，衣着也不讲究。她略施粉黛，以尊时尚，但目的不是为了打扮得更漂亮。”她接着说，苍老的声音里露出了怜悯之意，“她从来就不知道做女人的乐趣。”

科拉多克饶有兴致地看着大床上的这个虚弱的小老太太。贝拉·戈德勒，他意识到，一直而且仍然在享受着做女人的乐趣。她朝着他眨着眼。

“而我一向认为，”她说道，“做个男人肯定乏味死了。”

然后她若有所思地说：“我认为，兰德尔把布莱奇看作一个弟弟。他依赖她的判断，而她的判断总是那么出色。您知道，她曾不止一次帮他摆脱困境。”

“她告诉我说她用钱救过他一次？”

“这个，不错，可我的意思是还不止这个。过了这么多年，可以说真话了。兰德尔分不清是非曲直，他感觉迟钝，这可怜的宝贝儿根本不知道什么叫精明，什么叫奸诈。布莱奇使他免于误入歧途。莱蒂希亚·布莱克洛克有一个特点，那就是她绝对正直，她绝不会做什么不诚实的事。她的性格非常优秀，您知道。我一直都很钦佩她。她们姐妹俩在当姑娘时日子过得很苦。她们的父亲是个乡村医生——头脑既迟钝又偏执——是家里的暴君。莱蒂希亚离家出走，到了英格兰，受训成为持有许可证的会计。她妹妹有些残疾，大概是什么地方长得畸形，所以她从不见人，足不出户。因此，老头一死，莱蒂希亚便放弃了一切，赶回家去照看妹妹。兰德尔可生她的气了——但这没有什么用。一旦莱蒂希亚认定什么是她的责任，一定会义无反顾，你怎么也说服不了她。”

“那是离您丈夫死以前多久的事？”

“两三年吧，我想。兰德尔在她走之前立的遗嘱，后来也没有改动。他对我说：‘我们没有子女。’（我们的小男孩，您知道，两岁的时候死了。）‘你我走了以后，最好是让布莱奇把钱接过去。她会大显身手，令人刮目相看的。’

“您瞧，”贝拉继续说，“兰德尔相当享受赚钱这件事——不仅仅在于有钱——而是冒险、危机和其中的激动。布莱奇也喜欢这一切。她具有同样的冒险精神和同样的决断。可怜的宝贝儿，她从来没有体会过那些平凡的乐趣——坠入爱河，牵着男人的鼻子转，考验他们——建立家庭，生儿育女，享受生活真正的乐趣。”

科拉多克感到很讶异：这个女人一生遭受顽疾的折磨，唯一的孩子又夭折，丈夫也死了。她过着孤寂的寡居生活，而且多年来一直是个无望的重病人。可她却对他人怀着真切的怜悯，并对苦痛极为蔑视。

她朝他点点头。

“我知道您在想些什么。可我拥有使生活变得有价值的一切——我可能被夺走了这一切——但我曾经拥有过。

我当姑娘时漂亮快乐，我嫁给了我深爱的人，他也从来没有停止过对我的爱……说到孩子，他是死了，可我和他度过了宝贵的两年……我肉体上是受过很多痛苦——可正因为经受了痛苦，你才会懂得如何享受疼痛停止时那美妙的欢乐。再说，大家一直对我很好……我是个幸运的女人，真的。”

科拉多克从她前面说的话里找到了一个突破口。

“刚才您说，戈德勒太太，您丈夫之所以把钱留给布莱克洛克小姐，是因为他没有其他继承人。可严格说起来，并不是这么回事，对吧？他还有个妹妹。”

“啊，索妮亚。可他们多年前吵过架，然后从此一刀两断了。”

“他不同意她的婚事？”

“是的，她嫁给了一个男人，叫——是姓什么来着——”

“斯坦福蒂斯。”

“就是他，迪米特里·斯坦福蒂斯。兰德尔一直认为他是个骗子。这两个男人打一开始就没有喜欢过对方。但索妮亚疯狂地爱着他，而且一门心思要嫁给他。而我实在看不出她为什么不能嫁。男人们对这种事的看法就是奇怪。索妮亚当时已经不是个小姑娘了——已经二十五岁了，她很清楚自己在干什么。他是个骗子，我敢说——我的意思是他是个地地道道的骗子。我相信他有犯罪记录——兰德尔总怀疑他当时用的名字不是他的真名。这一切索妮亚都清楚。问题是——兰德尔当然不能苟同——迪米特里实在是个极为招女人喜爱的男人，而且他爱索妮亚就跟索妮亚爱他一样深。兰德尔坚持说他娶她是为了钱——但这不是事实。索妮亚长得十分漂亮，您知道，也挺有志气。如果这场婚事结局不好，如果迪米特里对她不好，或者对她不忠，她会一走了之来减少损失。她是个富有的女人，可以随心所欲地生活。”

“他们兄妹的隔阂从此便没有消除吗？”

“没有。兰德尔和索妮亚从来就相处得不好。她因为他企图阻止这场婚事而怨恨他。她说过：‘很好，你这么不通情理！我以后再也不会和你说话了！’”

“但对您来说不是这样吧？”

贝拉微笑起来。“那件事发生十八个月后的一天，我接到她的一封来信。我记得信是从布达佩斯寄来的，但她没有留下地址。她要我告诉兰德尔说她幸福极了，而且有了一对双胞胎。”

“她跟您说了他们的名字？”

贝拉又微微一笑。“她说他们是正午刚过出生的——她打算给他们取名叫皮普和艾玛[①]。当然这两个名字也可能是闹着玩的。”

“这以后您再也没有收到她的消息？”

①皮普和艾玛，英文为 pip emma，连起来是英语口语中“午后，下午”的意思。

“对。她说她和丈夫要带着他们的宝贝去美国小住一阵。然后我再也没有听到什么消息……”

“我想您不会碰巧还保存着那封信吧？”

“不，我恐怕没留着……我把信念给兰德尔听，他只是咕哝道：‘总有那么一天她会后悔嫁给那个家伙的。’关于这事他就说了这些。实际上我们已经把她忘记了。她走出了我们的生活……”

“然而戈德勒先生却把财产留给了她的孩子，以防布莱克洛克小姐先您而去？”

“哦，那是我的主意。他告诉我遗嘱的事时，我跟他说：‘假如布莱奇比我先死呢？’他感到很诧异。我说：‘啊，我知道布莱奇健壮得像匹母马，而我是个脆弱的人——可你知道，意外事故这种事总是有的，另外，吱吱嘎嘎的门反而用得久呢。’然后他说：‘没有什么其他人了——一个也没有。’于是我说：‘还有索妮亚呢。’他马上就反驳：‘让那个家伙占有我的钱？不——没门！’我说：‘那么好吧，给她的孩子吧。皮普和艾玛，可能还有好几个呢。’于是他咕哝归咕哝，还是把这一条加了进去。”

“从那时到现在，”科拉多克缓缓说道，“您就一直没有听到您的小姑子和她孩子的消息了？”

“没有——他们可能死了，也可能——在任何地方。”

他们可能在奇平克莱格霍恩，科拉多克思忖道。

贝拉·戈德勒仿佛看透了他的心思，她的目光里露出了惊讶。她说道："别让他们伤害布莱奇。布莱奇是好人——非常好——您要阻止对她的伤——"

她的声音突然消失。科拉多克看见她的嘴角和眼睛里忽然出现了灰色的阴影。

"您累了，"他说，"我得告辞了。"

她点点头。

"叫麦克[1]进来，"她小声说，"是的……我累了……"

她的手虚弱地动了一下。"照看好布莱奇……绝不能让她出事……照看好她……"

"我将竭尽全力，戈德勒太太。"他站起来，朝门口走去。

她的声音微弱得像一条线，从他的身后传来……

"时间不长了——我死以前——她有危险——照看她……"

他出去时，麦克兰德护士与他擦肩而过。于是他不安地开口了："希望我没有给她造成伤害。"

"啊，我想不会，科拉多克先生。我跟您说过她会突然疲乏。"

后来，他问护士："我只有一件事没有来得及问戈德勒太太，就是她有没有过去的照片？如果有，我想——"

①麦克兰德的简称。

她打断了他。

“恐怕根本没有这样的东西了。她的所有个人证件和物品在战争刚开始时都保存在伦敦宅邸。当时戈德勒太太病得很重。后来保存在那里的一切都遭到了闪电战的袭击。戈德勒太太对失去那么多个人的纪念品和家里的证件感到非常生气。恐怕这里已经没有这类东西了。”

所以就这样了，科拉多克想。

然而他觉得此行并没有白费。皮普和艾玛，这两个双胞胎的幽灵，并非虚无。

科拉多克想。“这里有一对在欧洲的什么地方被抚养成人的兄妹。索妮亚·戈德勒结婚时还是个有钱的女人，可在当时欧洲，钱散得很快。在战争年代，经济波动十分异常。这两个年轻人也一样——就是有那个前科的男人的儿女。假定他们几乎身无分文来到英格兰，他们会干些什么？寻找所有富裕亲戚的下落。他们的舅舅，一个腰缠万贯的巨富，已魂归西天。那么他们要做的头一件事就是寻找遗嘱，要看看是否碰巧那笔钱被留给他们或是他们的母亲。于是他们去了律师事务所，了解到遗嘱的内容，然后，他们也许还了解到莱蒂希亚·布莱克洛克小姐这个人还活着。接着他们询问了有关兰德尔·戈德勒遗孀的情况。她是个病人，住在苏格兰，他们还了解到她活不长了。要是这个莱蒂希亚·布莱克洛克比她先死，他们会拿到一笔巨额的财产。那么接下来呢？”

科拉多克继续思索："他们不会去苏格兰。他们要找到莱蒂希亚·布莱克洛克现在住在什么地方。然后就去那里——但不是以真实身份出现……他们会一道去——或者分别去？艾玛……我真想知道……皮普和艾玛，要是这两个人中没有一个在奇平克莱格霍恩的话，我就把我的帽子吞下去……"

第十五章　美味之死

1

小围场的厨房里，布莱克洛克小姐正给米兹下指示。

“西红柿三明治和沙丁鱼三明治，还有你做得很棒的那种司康饼，另外，我想让你做你的拿手蛋糕。”

“您要这么多东西，那么这是一次聚会了？”

“是邦纳小姐的生日，有些人要来喝茶。”

“在她这个年纪，人们才不过生日，最好还是忘掉。”

“可是她不想忘！有几个人要送礼物给她——所以举办一个小小的聚会，这会很好的。”

“上次您也这么说——结果您看发生了什么！”

布莱克洛克小姐忍住没发脾气。

“得了，这回不会有什么事的。”

“你怎么会知道这房子里会发生什么？我成天都在发抖，晚上我锁上门，还要瞅瞅衣柜里，看有没有人藏在里面。”

“这样肯定会使你感觉好些，也感到安全。”布莱克洛克小姐冷冷地说。

“您要我做的蛋糕，是那种——吗？”米兹吐出一个音，在布莱克洛克小姐那听惯英语的耳朵听起来，像是德语里的“出汗”，要不就像是互相吐口水的猫。

“就是那种。口感很厚重的。”

“不错，是挺腻的。可我什么也没有啊！没法做这种蛋糕。我需要巧克力、很多奶油、糖和葡萄干。”

“你可以用从美国寄来的那罐奶油，还有我们本来准备留到圣诞节的葡萄干，这儿还有厚厚的一大片巧克力和一磅白糖。”

米兹的脸顿时绽开了光彩照人的笑容。

“那么看在您的面子上，我就做吧。”她欣喜若狂地大声说，“它会甜美又滑腻，入口即化！我会在蛋糕上浇上巧克力霜——我会好好做的，上面还要写上良好的祝愿。这些英国人做的蛋糕吃起来像沙子，他们根本，根本就没有尝过这样的蛋糕。美味，他们会说——真美味啊——”

她的脸又沉下来了。

“帕特里克先生管它叫美味之死。我的蛋糕！我可不愿意谁这样叫它！”

“这实际上是在恭维你，”布莱克洛克小姐说，“他的意思是，吃了这样的蛋糕死都值得。”

米兹满脸狐疑地望着她。

“可我不喜欢‘死’这个词。他们可不会因为吃了我做的蛋糕就死，不会的，他们会感觉非常非常好……”

“我相信我们会的。”

布莱克洛克小姐转身离开厨房，并因为商谈圆满成功而松了一口气。米兹这人实在是无法预测。

她在厨房外碰见了多拉·邦纳。

“哦，莱蒂，要不要我进去给米兹说说怎么切三明治？”

“别去，”布莱克洛克小姐说，坚决地把她的朋友带到了走廊，“她现在情绪很好，我不想让她受到打扰。”

“但我可以教她怎么——”

“请什么也不要教她，多拉。这些中欧人可不愿意别人对他们指手画脚，他们很讨厌这个。”

多拉疑惑地望着她，然后忽然绽开微笑。

“埃德蒙·斯韦特纳姆刚才打来电话。他祝我生日快乐，还说下午要带一罐蜂蜜来作为礼物。真好心，不是吗？我想象不出他怎么会知道今天是我的生日。”

“好像人人都知道。你肯定一直在谈论这事，多拉。”

“哎呀，我只是碰巧提到今天我满五十九岁——”

“你六十四岁了。”布莱克洛克小姐的眼里亮着愉快的闪光。

“可欣奇克利夫小姐说：‘您看不出是这个年纪。您猜我的年纪是多少？’这个问题是很令人难堪的，因为欣奇克利夫小姐的模样那么古怪，她多大都有可能。她说要顺便给我捎些鸡蛋来。我跟她说我们的鸡最近没下多少蛋。”

“你这个生日咱们干得很不赖啊，”布莱克洛克小姐说，“蜂蜜、鸡蛋——还有朱莉娅弄来的一大盒巧克力——”

“我真不知道她从哪儿弄到这种东西的。”

“最好别问。她的办法严格地说可能是违法的。”

“还有你送的可爱的胸针。”邦纳小姐低下头，自豪地望着别在胸前的一片小小的钻石树叶。

“你喜欢吗？我很高兴。我从来不喜欢珠宝。”

“我很喜欢。”

“很好。咱们去喂鸭子吧。”

2

“哈，”生日晚宴围着饭厅的餐桌开始之际，帕特里克煞有介事地叫道，“我的面前摆的是何物？美味之死。”

“嘘，”布莱克洛克小姐呵斥道，“别让米兹听见了，她对你这样叫她的蛋糕可是反感得很。”

“但是，它就是美味之死！这是邦妮的生日蛋糕？”

“不错，”邦纳小姐说，“我正在享受最精彩的生日。”

她的脸颊激动得绯红。之前伊斯特布鲁克上校送给她一盒糖果，还鞠了一躬，然后说：“甜糖赠甜心！”打那之后，她便一直是这个样子。

当时，听到上校的恭维，朱莉娅猛地转开脸去，惹得布莱克洛克小姐皱了皱眉。

等解决了桌上的佳肴，大家又吃了一轮饼干，这才从各自的座位上起身。

“我觉得有一些不舒服，”朱莉娅说，“是因为那个蛋糕的缘故。我记得上次也是这样。”

“那也值得。”帕特里克道。

“这些外国佬对糕点自然是很在行的，”欣奇克利夫小姐说，“他们只是不会做原味的炖布丁。”

大家出于尊敬，都没有发表意见，尽管帕特里克有句话就挂在嘴边，想问问是不是真的有人愿意吃原味的炖布丁。

“又新找了个园丁？”大家回到客厅后，欣奇克利夫小姐问布莱克洛克小姐。

“没有，怎么了？”

“我看见有个男的在鸡棚周围探头探脑地四处张望。样子很神气，像是个军人。”

“哦，那个人，”朱莉娅说，“那是咱们的警探。”

伊斯特布鲁克太太闻言把手提包弄掉了。

“警探？”她喊道，“可——可——为什么呢？”

“我不知道，”朱莉娅说，“他四处走动，盯着这所房子。我猜想他是在保护莱蒂姨妈。”

“胡说八道，”布莱克洛克小姐道，“我能保护自己，谢谢。”

“虽然那事肯定已经过去了，”伊斯特布鲁克太太叫道，“但是我还是想问问您，他们干吗停止了询问？”

“警方不满意，”她丈夫回答道，“就是这个意思。”

“可他们不满意什么呢？”

伊斯特布鲁克上校摇了摇头，带着一股颇知内情却无可奉告的神气。而讨厌上校的埃德蒙·斯韦特纳姆开口了：“实情是我们大家都受到了怀疑。”

“但有什么可怀疑的呢？”伊斯特布鲁克太太又问。

“别介意，小猫。”她丈夫说道。

“有目的地闲逛，”埃德蒙说，“目的是将凶犯当场抓住。”

“哦，别，请别这样说，斯韦特纳姆先生。”多拉·邦纳哭了起来，“我相信这里没有谁可能会想杀害亲爱的、亲爱的莱蒂。”

大家一时陷入了窘境。埃德蒙的脸变得通红，他小声说道：“只是开个玩笑。”菲莉帕则提高嗓门，一字一句地建议还是去听六点的新闻，结果大家一个个争先恐后表示同意。

帕特里克低声对朱莉娅说：“我们这儿需要哈蒙太太。她肯定会扯着嗓门儿清脆地说：‘可我想有人还在寻找向布莱克洛克小姐下手的好机会！’”

“我很高兴她和那个马普尔小姐没有来，”朱莉娅说，

“那个老太婆可是那种喜欢到处窥探的角色。我想她那脑子里鬼得很。典型的维多利亚式作风。”

听着新闻，大家很容易便把话题转到了核战争的恐怖之处。伊斯特布鲁克上校声称，真正威胁文明的毫无疑问是俄国人，埃德蒙却称自己有几个迷人的俄国朋友——大家对他的这个声明反应冷淡。

客人们再次谢过女主人，晚会便告结束。

“过得愉快吗，邦妮？”送走最后一位客人后，布莱克洛克小姐问道。

“啊，是的。可我的头疼得厉害。我想是因为激动吧。”

“是蛋糕，”帕特里克说，“我觉得肝不太舒服。而您整个上午都在啃巧克力。”

“我想去躺一下，”邦纳小姐说，“我要吃两片阿司匹林，然后尽量好好睡一觉。”

“这个打算非常好。”布莱克洛克小姐说。

邦纳小姐上了楼。

“要我为您关鸭子吗，莱蒂姨妈？”

布莱克洛克小姐严肃地看着帕特里克。

“如果你保证闩好那道门的话。”

“我会的。我发誓我会。”

“来杯雪利酒吧，莱蒂姨妈，”朱莉娅说，“就像我以前的护士说的：‘它会使你的胃平静下来。’话虽令人反感，可用在这会儿却恰当得出奇。”

“好吧，我敢说这可能是件好事。现在人们都不习惯油腻的东西了。啊，邦妮，你可真吓了我一跳，怎么了？”

“我找不到我的阿司匹林。”邦纳小姐闷闷不乐地说。

“那么，拿一些我的吧，在我的床头。”

“我的梳妆台上也有一瓶。”菲莉帕说。

“谢谢——非常感谢。要是我找不到的话——可我明明记得是放在什么地方的，一瓶新买的阿司匹林。我到底把它放哪儿去了？”

“卧室里有一大堆，”朱莉娅不耐烦地说道，“家里多的是阿司匹林。”

“我这么粗心大意，乱放东西，真让我心烦。”邦纳小姐说，然后又回到了楼上。

“可怜的老邦妮，”朱莉娅扶了扶自己的眼镜，说道，“您认为我们应该给她喝雪利酒吗？”

“还是别给了，”布莱克洛克小姐说，“今天她太激动了，这实际上对她没有好处。恐怕明天她的感觉会更糟。不过，我还是觉得她今天过得很开心。”

“她可高兴了。”菲莉帕说。

“咱们给米兹一杯雪利酒吧，”朱莉娅建议道，“哎，帕特，”听见帕特里克进门她喊道，“叫米兹来。”

米兹进来后，朱莉娅给她倒了一杯雪利酒。

“敬这世界上最棒的厨师。”帕特里克说。

米兹感到很满足——但是又觉得应该表示一下抗议。

“可不是这么回事。我实际上不是厨师。在我的国家，我可是干脑力活儿的。”

“那是对你的浪费，”帕特里克说，“脑力活儿怎么能与烹饪美味之死的主厨相提并论？”

“哦——我跟你说过了我不喜欢——”

“我才不在乎你喜欢什么呢，我的姑娘，”帕特里克说，“这是我给它取的名字。让我们为美味之死干杯，后劲儿什么的都见鬼去吧！”

3

“菲莉帕，我亲爱的，我想跟你谈谈。”

“哦，布莱克洛克小姐？”

菲莉帕略微吃惊地抬起头来。

“你在为什么事担心，对吧？”

“担心？”

“我注意到你最近看起来很担心。没出什么事吧？”

“啊，没有，布莱克洛克小姐。干吗非得有事？”

“嗯——我纳闷……我想也许你和帕特里克——”

“帕特里克？”菲莉帕真的吃惊了。

“这么说，并不是这么回事。如果我说错了，请你原谅。可你们两人时常在一起。尽管帕特里克是我的表弟，但我可不认为他可以成为一个令人满意的丈夫。无论如何，在未来的一段时间内不是。”

菲莉帕的脸僵硬得毫无表情。

“我不会再嫁人了。”她说。

“啊，别，总有一天你会的，我亲爱的孩子，你还年轻。不过咱们用不着讨论这个。有没有别的麻烦？你没有为——比如，钱的事担心吧？”

“没有，我没事。”

“我知道你有时会为孩子的教育着急，所以我才想跟你说点事。今天下午，我开车去米尔切斯特见了我的律师贝丁菲尔德先生。最近事情还没有完全定下来，我想要重新立个遗嘱——以防出现某些不测。除了给邦妮的遗产外，其他的都归你，菲莉帕。”

“什么？”菲莉帕猛地转过身，睁大了眼睛。她看上去十分惊愕，甚至可以说是恐慌。

“可我不要——真的不要……啊，我宁愿不要……不过这究竟是为什么呢？为什么留给我呢？”

“也许是，”布莱克洛克小姐用一种奇特的声音说，“因为再没有别的人了。”

“可还有帕特里克和朱莉娅呢。”

“不错，是还有帕特里克和朱莉娅。”布莱克洛克小姐话音里的那种奇怪的语调依然如故。

“他们可是您的亲戚。”

“关系很远的亲戚。他们没有权利对我提要求。”

“可我——我也没有——我不知道您是怎么想的……哦，我不要。”

她那凝视着布莱克洛克小姐的目光里与其说是感激，不如说是激烈的抗议。而她的举止几乎可以算是惊恐不安。

“我知道自己在干什么，菲莉帕。我喜欢上了你——还有那个男孩……我要是现在死的话，你得不到多少——但几周以后，情况可能就不一样了。”

她紧紧盯着菲莉帕的眼睛。

“可您不会死的！”菲莉帕抗议道。

“如果我采取适当的措施，是不会。”

“措施？”

“对，好好想想……别再担忧了。”

她突然走出了房间。菲莉帕听见她在走廊里跟朱莉娅说话。

过了一会儿，朱莉娅走进了客厅。她的目光冷冰冰的。

“你很有一套啊，不是吗，菲莉帕？我看你就是暗中来事的那种人中的一个……一匹黑马。”

“这么说你听见——”

“是的，我听见了。我宁愿承认自己是有意偷听的。”

“你这是什么意思？”

“咱们的莱蒂可不是傻瓜……不过，不管怎么说，你干得挺不赖，菲莉帕。占尽优势啊，不是吗？”

“哦，朱莉娅——我并不是有意——我从来就没想——”

“没有吗？你当然是有意的。你对什么都不满，难道不是吗？缺钱得很。可你给我记住这一点——要是谁干掉了莱蒂姨妈。你就是头号嫌疑犯。”

“可我不会的。当——如果在还能等待的时候就把她干掉，那才是白痴——”

“这么说，你知道那个叫什么的老太婆在苏格兰快断气了？我还一直纳闷……菲莉帕，现在我开始相信你的确是匹十分厉害的黑马了。”

“我可不想碍你和帕特里克的事。”

“不想吗，我亲爱的？那我可真抱歉——但我不相信你。”

第十六章　警督归来

科拉多克警督乘夜班车踏上归途，但夜里他睡得很糟。他不停地做梦，那些梦与其叫作睡梦，倒不如称之为噩梦。一遍又一遍地，他跑过一个古堡的昏暗的走廊，拼命想赶到什么地方，或者是想及时阻止什么。最后他梦见自己醒来，一种巨大的解脱感涌遍他的全身。然后，他的包厢门徐徐滑开了，莱蒂希亚·布莱克洛克把血淋淋的头伸进来，望着他，一面责怪道："你为什么不救我？你要是尽力，是能够办到的。"

这下，他真的醒了。

谢天谢地，警督总算到达了米尔切斯特。他直接赶到局里，向赖德斯代尔作汇报，后者听得很仔细。

"此行并没使案情有什么进展，"他说，"不过却证实了布莱克洛克小姐对你说的话。皮普和艾玛——嗯，让我想想。"

“帕特里克和朱莉娅·西蒙斯的年龄对得上号，局长。假定我们能够证实布莱克洛克小姐并没有见过这兄妹俩长大以后的样子——”

赖德斯代尔微微一笑，说道：“咱们的盟友马普尔小姐已经为咱们证实了。实际上，布莱克洛克小姐直到两个月前从未见过他们。”

“那么，果不其然，局长——”

“事情并非如此简单，科拉多克。我们一直在核对，根据目前掌握的情况，帕特里克和朱莉娅似乎肯定与本案无关。帕特里克在海军的档案是真实的——表现良好，不可能有‘违抗命令’的倾向。我们同戛纳方面也核对过了，一位自称为西蒙斯太太的女人愤愤不平地说她的儿子和女儿当然是跟她的表妹莱蒂希亚·布莱克洛克住在奇平克莱格霍恩了。所以这就是结果！”

“而那个西蒙斯太太就一定是真正的西蒙斯太太吗？”

“她叫西蒙斯太太已经很长时间了，我只能这么说。”赖德斯代尔冷淡地答道。

“这似乎够清楚的了。只是——这两人确实吻合。年龄吻合，布莱克洛克小姐又不认识他们。如果要找皮普和艾玛，喏，人就在那儿。”

局长若有所思地点点头，然后把一张纸推向科拉多克。

“这是我们对伊斯特布鲁克太太进行调查获得的一些

结果。”

警督边看边竖起了眉毛。

“非常有意思，”他说，“她还把那个老家伙完全蒙在鼓里，不是吗？但我看跟这个案子没什么关系。”

“表面上看来是没有。”

“但这一条却与海默斯太太有关。”

科拉多克又扬起了眉毛。

“我看我要再同这位女士谈一谈了。”他说。

“你认为这个信息可能与本案有关吗？”

“我认为可能。当然了，也可能会吃力不讨好……”

两人一时陷入了沉默。

“弗莱彻有什么进展吗，局长？”

“弗莱彻极为积极努力。在取得布莱克洛克小姐的同意之后，他对宅邸进行了一次例行搜查，但并没有什么重大发现。然后他试图查证谁能有机会给那道门上油，查证在那个外国姑娘外出时，谁待在宅邸里。情况比咱们想象的要复杂，因为她好像下午大都要出去散步。通常是到村里去，在‘蓝鸟’屋喝上一杯咖啡。因此，在布莱克洛克小姐和邦纳小姐出去——这通常是在下午——采黑莓时，那里便畅通无阻了。”

“而且门总是不锁的？”

“过去是不锁的。但我猜想现在会锁了。”

“弗莱彻得到了什么结果？房子空无一人的时候，谁进了屋？”

“实际上他们都去了。”

赖德斯代尔看了看面前的一页纸。

“穆加特罗伊德小姐带了一只母鸡去孵蛋。这听起来有些多此一举，但她就是这么说的。她十分慌张，而且说话自相矛盾。但弗莱彻认为那是因为性格所致，而不是内疚的表现。”

“也许吧，”科拉多克承认，“她慌了神。”

“接下来是斯韦特纳姆太太，她来拿布莱克洛克小姐给她留在厨房桌上的马肉。因为那天布莱克洛克小姐开车到了米尔切斯特，而且每次去那儿，总要给她捎点儿马肉。这对你来说有意义吗？”

科拉多克思考着。

“布莱克洛克小姐干吗不在从米尔切斯特回来的路上，经过斯韦特纳姆太太家时把马肉留下？”

“我不知道，但她确实没那么做。斯韦特纳姆太太说她——布莱克洛克小姐——一向都把马肉放在厨房的桌上的，而她——斯韦特纳姆太太——喜欢等米兹不在的时候再去取，因为米兹有时候很粗鲁。”

“倒是能自圆其说。下一个呢？”

“欣奇克利夫小姐。她说她最近根本没去，可实际上她去了。因为米兹有一天看见她从侧门出来，巴特太太也一样——她是本地人。欣奇克利夫小姐后来承认可能去过，但她忘了，不记得是去干什么，说大概只是顺道去看看。”

“这可相当奇怪。”

“显然就跟她的举止一个样。然后是伊斯特布鲁克太太，她在那条道上驯狗，所以顺便进去看看布莱克洛克小姐是否可以借给她一个织毛衣的样板，但布莱克洛克小姐不在。她说她在屋里等了一会儿。”

“原来是这样。可能是为了四处打探，也可能是给门上油。还有上校呢？”

“有一天拿着一本关于印度的书过去，布莱克洛克小姐曾经表达过要看这本书的愿望。”

“她真有这个愿望？”

“她的说法是，她巴不得能不看就不看，但说了也没有用。”

“这倒是句公道话，”科拉多克说道，“要是有人一个劲儿地硬要借什么书给你，你怎么也摆脱不了！”

“我们不知道埃德蒙·斯韦特纳姆是否去过那儿。他的话含糊其词，说是偶尔也顺道进去，替他母亲办事，但他认为不是在最近。”

“实际上，这一切都还不能下结论。”

“是的。”

赖德斯代尔微微露齿而笑，说道：“马普尔小姐也十分活跃。弗莱彻报告说她有一天上午去‘蓝鸟’屋喝咖啡，又去砾石山庄喝了雪利酒，还到小围场去品了茶。她欣赏了斯韦特纳姆太太的花园，还顺便去了伊斯特布鲁克上校家，欣赏他的印度古玩。”

“她或许能告诉我们这个伊斯特布鲁克上校到底是个真家伙还是假货色。”

“她会弄清楚的，这我同意——他似乎没什么问题。我们要与远东的英属当局核实，以便弄清其身份。”

“与此同时，”科拉多克打断他的话，“您认为布莱克洛克小姐会同意离开吗？”

“离开奇平克莱格霍恩？”

“对。也许把忠实的邦纳带上，去一个大家都不知道的地方。她干吗不去苏格兰跟贝拉·戈德勒住？那可是个交通不便的地方。”

“就在那里住下来等她断气？我想她不会这么做的。我认为任何一个心地善良的女人都不会喜欢这个建议。”

“如果事关救她的命——”

“得啦，科拉多克，要干掉别人可不像你想象的那么简单。”

“不是吗，局长？”

“好吧——在某一方面，我同意，是够简单的。方法多得是，比如用除草剂，或等她出来关家禽的时候当头给她一棒，或者躲在篱笆后面，照她头上扔罐子。这都相当简单。可要干掉别人而又不被人怀疑，这就不是很容易了。凶手现在一定意识到自己受到了监视。原来精心策划的计划失败了，咱们的这位不知名的凶手只得另作打算。”

“这我明白，局长。但凶手得考虑时间这个问题。戈德勒太太是个命在旦夕的人，说不定什么时候就断了气。这意味着凶手等不起。”

“不错。”

“还有一件事，局长，凶手肯定知道我们在调查每一个人。”

“而这是很费时间的，”赖德斯代尔叹息道，“这意味着要与东方——就是印度方面核实。不错，这是件既费时又枯燥的活儿。”

“因此，这是另一个需要抓紧的理由。我相信，局长，危险的确存在，一大笔钱也岌岌可危。一旦贝拉·戈德勒一死——”

一个警士走进来，科拉多克打住话头。

“莱格警长从奇平克莱格霍恩打来电话，局长。”

“接进来。”

科拉多克警督一直盯着局长，看见局长的表情变得严肃而僵硬。

“很好，”赖德斯代尔气冲冲地喊道，“科拉多克警督马上就来。”

他放下话筒。

“难道是——”科拉多克欲言又止。

赖德斯代尔摇摇头。

“不是，”他说道，“是多拉·邦纳。她要了一些阿司匹林，显然她拿了摆在莱蒂希亚·布莱克洛克床头的瓶子，里面只剩下几片。她服了两片，留下一片。法医取了那一片送去分析。他说那肯定不是阿司匹林。”

“她死了？”

“是的，今天早上她被发现死在床上。法医说是在酣睡中死去的。他说尽管她的身体状况很差，但他认为不是自然死亡。他猜测是麻醉剂中毒。尸检定在明天。”

“布莱克洛克小姐床头的阿司匹林药片。聪明绝顶的恶魔。帕特里克告诉我，布莱克洛克小姐扔掉了半瓶雪利酒——新开了一瓶。我猜想，她不至于用同样的方法对待一瓶开过的阿司匹林吧。这次谁在房子里——在最近一两天之内？这种药片不可能在那里放很长时间。”

赖德斯代尔看着他。

“所有的人昨天都在那里，”他说，“参加为邦纳小姐举办的生日晚宴。他们之中任何一个人都可能溜上楼，神不知鬼不觉地把药片调包。当然了，住在那幢房子里的任何人也随时都可能下手。”

第十七章　昔日遗影

马普尔小姐站在牧师住宅的大门口，她全身裹得严严实实，从圆圆的手里接过了便条。

“跟布莱克洛克小姐说，”圆圆说道，“朱利安不能亲自去，为此他十分抱歉。洛克村有个教民处在弥留之际。如果布莱克洛克小姐愿意见他的话，他将在午饭后过去。便条是关于安排葬礼事宜的。如果调查是在星期二，他建议葬礼定在星期三。可怜的老邦妮，不知怎么的，拿了下了毒的阿司匹林，那本来是给别人预备的，这真是太符合她的风格了。再见了，亲爱的，希望您不会走得太辛苦。可我实在不得不马上送那孩子去医院。”

马普尔小姐回答说，这段路对她不算太远，于是圆圆急匆匆地离开了。

在等待布莱克洛克小姐的空当儿，马普尔小姐环顾着客厅的四周，一面在想那天上午多拉·邦纳在“蓝鸟”屋提到她相信帕特里克“给台灯做了手脚”，好“把所有的灯弄熄”到底是什么意思。什么台灯？他又是如何“做了手脚”？

马普尔小姐断定，她指的肯定是放在拱门边桌上的那盏台灯。她还提到牧羊少女或是牧羊少年——这实际上是德累斯顿出产的一件精细的瓷器，一个身披蓝衫、穿着粉色裤子的牧羊少年手持一盏灯——原来是烛台，如今被改造成了电器。灯罩是用纯羊皮纸做成的，有些偏大，几乎遮住了陶瓷的人体。

多拉·邦纳还说了些什么？“我清楚记得那本来应该是牧羊少女的，可是到了第二天——”现在是牧羊少年了。

马普尔小姐记得她跟圆圆去喝茶时，多拉·邦纳说过那款台灯是一对。当然了——牧羊的少年和少女。抢劫发生的那天还是牧羊少女，到了第二天就变成了另外一盏——就是现在这里的这一盏，牧羊少年。两盏台灯在夜里被调换了。而多拉·邦纳有理由（或者毫无理由地）相信，是帕特里克调包的。

为什么呢？因为如果检查一下原来的台灯，就能发现帕特里克设法“把所有的灯弄熄了”。而他又是如何办到的呢？马普尔小姐仔细检视着面前的台灯。电灯的线是顺着桌沿排布的，插进了墙壁。线的中段有一个梨形的小开关。这一切未能给马普尔小姐带来任何启迪，因为她对电一窍不通。

那盏牧羊少女的台灯现在何处？她纳闷。在储藏室或者被扔掉了——多拉·邦纳撞见帕特里克·西蒙斯拿着一片羽毛和装油的杯子时是在什么地方？是在灌木丛吗？马普尔小姐决定把这些疑点留给科拉多克警督。

起初，布莱克洛克小姐匆匆下了结论，以为登那则启事的幕后人就是她外甥帕特里克。这种来自直觉的坚定的看法常常被证明是正确的，或者马普尔小姐相信是这样。因为，如果你相当了解别人，你就知道他们心里都想着哪一类事……

帕特里克·西蒙斯……

一个仪表堂堂的年轻人，一个迷人的小伙子，一个女人喜爱的年轻人——不分老少。也许就是兰德尔·戈德勒的妹妹嫁的那种男人。帕特里克·西蒙斯有可能是‘皮普’吗？可战时他在海军服役，这一点警方很快就能查实。

只不过——有时候——最令人惊讶的冒名顶替的事的确是发生过的。

只要有足够的胆量，你就能大捞一把，然后逃之夭夭……

门开了，布莱克洛克小姐走进来。马普尔小姐觉得她看上去老了好几岁，一切生命的活力与精力在她身上已不复存在。

“这样冒昧叨扰您，我感到非常抱歉。”马普尔小姐说，“但牧师去照料一个弥留之中的教民，而圆圆又急急忙忙送孩子到医院去看病了。牧师有张便条给您。”

她递上便条，布莱克洛克小姐接过去，打开来。

“快请坐，马普尔小姐，”她说，“劳烦您送便条来，真是万分感谢。”

她把便条读了一遍。

“牧师是个非常体谅别人的人，”她平静地说，“他并不为别人奉献愚蠢的安慰……请转告他这个安排非常合适。她——她最喜欢的赞美诗是《照亮仁慈之光》。”

她的声音突然哽咽起来。

马普尔小姐轻声说道：“我跟大家并不算熟识，但我感到非常非常哀痛。”

莱蒂希亚·布莱克洛克小姐终于再也控制不住自己，失声痛哭。这是令人同情的强烈的悲切，其中还夹杂着某种绝望。马普尔小姐十分安静地坐着。

最后，布莱克洛克小姐终于坐直了身子。她哭肿了脸，泪痕满面。

“我很抱歉，”她说道，“我——我实在抑制不住。我失去了太多。您瞧，她——她是我与过去的唯一联系。她是唯一记得往事的人。现在她走了，孤零零地撇下我一个人。”

“我明白您的意思，”马普尔小姐说，“当最后一位记得往事的朋友离去以后，人确实变得孤独。我有侄儿侄女和好心的朋友，可没有一个人了解我是个小姑娘时的事，没有一个人属于过去的岁月。我如今已孤独了好长一阵子。”

两个女人静静地坐了一会儿。

“您真是善解人意，”莱蒂希亚·布莱克洛克小姐说，她起身走到写字台前，“我必须给牧师写几句话。”她有些艰难地握着笔，慢慢写着。

“因为风湿，”她解释道，“有时候我几乎什么都写不了。”

她封好信封，然后写下收信人的姓名。

“如果您不介意捎给他的话，我将不胜感激。”

听到走廊里传来一个男人的声音，布莱克洛克小姐很快地说道：“是科拉多克警督。”

她走到壁炉台的镜子前，往脸上扑了一点儿粉。

科拉多克走进来，脸上带着阴沉而愤怒的表情。

他不满地望了一眼马普尔小姐。

“哦，”他说，“原来是您在这里。”

布莱克洛克小姐从壁炉前转过身来。

“马普尔小姐是好心来送牧师的便条的。”

马普尔小姐慌慌张张地说道：“我这就走，马上。请千万别让我干扰您工作。”

“昨天下午您参加了这里的茶会吗？”

马普尔小姐怯生生地回答说：“不，不，我没有。圆圆开车送我拜访一些朋友去了。”

“这么说您没有什么可以告诉我的了。”科拉多克毫不客气地拉开门，而马普尔小姐溜走的样子堪称窘迫。

“爱管闲事的好事之徒，这些老太婆。”科拉多克说。

“我看您对她是有偏见，”布莱克洛克小姐说，“她确实是来送牧师的便条的。”

“这我敢打赌。”

“我不认为这是出于无聊的好奇心。”

“嗯，也许您说得不错，布莱克洛克小姐，可我的诊断是好事症的严重发作……”

“这个老太太绝不会伤害别人。”布莱克洛克小姐道。

“你要是清楚真相，就会觉得她像响尾蛇一样危险。”警督心里尖刻地想。但他并不打算非叫别人相信他不可。既然他已经肯定有一个杀手正逍遥法外，他觉得还是少说为佳。他可不愿意下一个被干掉的人是简·马普尔。

在某个地方有一个杀手……在哪儿呢？

“我就不浪费时间说同情的话了，布莱克洛克小姐，”他说，“事实上，我对邦纳小姐的死感到非常内疚。我们本来应该能够阻止的。”

“我不明白您如何能阻止。”

“是的，好吧，是不容易。但现在我们得加快节奏了。这是谁干的，布莱克洛克小姐？是谁朝您开了两枪？而且如果我们不抓紧破案的话，这个人不久之后可能还会再杀人。”

莱蒂希亚·布莱克洛克战栗了起来。“我不知道，警督，我什么都不知道！”

“我跟戈德勒太太核实过了，她尽可能为我提供了全部帮助。我了解到的情况不多。只有几个人肯定会从您的死获得利益，首先是皮普和艾玛。帕特里克和朱莉娅符合那个年龄，但他们的背景似乎又是清白的。不管怎么说，我们不能只把精力集中在这两个人的身上。请告诉我，布莱克洛克小姐，如果您看见索妮亚·戈德勒，您能认出她来吗？”

“认出索妮亚？奇怪了，当然——”她突然停下来，“不，”她慢慢说道，“现在认不出了。都过了这么久了，三十年……她现在一定变成一个老太婆了。”

“您还记得她过去是什么样子吗？”

“索妮亚？”布莱克洛克小姐思索了片刻，“她个子挺小，很黑……”

“有什么特征吗？举止方面的特点呢？”

“不，不，我想没有。她生性乐观——乐呵呵的。”

“现在可能不那么乐观了。”警督说道，“您有她的照片吗？”

“索妮亚的？让我想想，不算正式的照片，我只有一些旧的快照——放在什么地方的影集里——我想至少应该有她的一张。”

“啊，我能看看吗？”

“当然可以。可我把影集放在哪儿了呢？”

“告诉我，布莱克洛克小姐，您是否隐约觉得斯韦特纳姆太太可能就是索妮亚·戈德勒？”

“斯韦特纳姆太太？”布莱克洛克小姐万分惊讶地看着他，“可她丈夫过去是政府的公务员——我想先是在印度，后来在中国香港。”

“这只是她跟您说的。按我们在法庭的说法，您并不是自己了解到的，对吧？”

“对，”布莱克洛克小姐缓缓说道，“您要是这样说的话，那我确实不知道……可斯韦特纳姆太太？哦，这真荒唐！”

“索妮亚·戈德勒过去演过戏吗？业余话剧的演出？”

“哦，是的。她演得挺棒。”

“这就对了！还有一点，斯韦特纳姆太太戴着假发。至少，”警督纠正道，“哈蒙太太说她戴假发。”

“是的，是的，我想那可能是假发，那些个灰色的小发卷儿。可我仍然认为这很荒唐。她人真的很好，而且有时候很有趣。”

“然后还有欣奇克利夫小姐和穆加特罗伊德小姐。她们两人当中谁可能会是索妮亚·戈德勒呢？”

“欣奇克利夫小姐太高。她和男人一般高。”

“那么穆加特罗伊德小姐呢？”

“哦，可——哦，不，我相信穆加特罗伊德小姐不可能是索妮亚。”

“您的视力不太好，是吧，布莱克洛克小姐？”

“您是说我是近视眼吧？”

“对。我想看看这个索妮亚·戈德勒的快照，即便是很久以前照的，而且很可能与现在不相像。您知道，我们接受过专业训练，有办法找出相像之处，而这一点外行是绝对做不到的。”

“我会尽量给您找的。”

“就这会儿行吗？”

“什么，马上？”

“我希望您能现在找。”

“好吧。那么让我想想。那座柜子里有好多书。清理书时，我见过那本影集。当时朱莉娅帮着我清理。我记得她还笑我们那个年代穿的衣服……我们把书搬到了客厅的架子上。我们把那些影集和一大捆《艺术杂志》放哪儿了？我这记性简直糟透了！也许朱莉娅会记得，她今天在家。”

“我会找她的。”

警督结束了询问。他在楼下的任何一个房间都没有找到朱莉娅。而米兹在被问到西蒙斯小姐去了哪儿的时候，气呼呼地说这不关她的事。

“又是我！我待在我的厨房里，关心的是午饭。我吃的没有一样不是我自己做的。没有一样不是。你听见了吗？”

警督朝楼上喊：“西蒙斯小姐。”但没有回音，于是他上了楼。

在楼梯的转弯处，他几乎跟朱莉娅撞了个满怀。她刚从一扇门里出来，门后是一道转弯抹角的小楼梯。

“我在阁楼里，”她解释说，“什么事？”

科拉多克警督做了解释。

“那些旧影集？对了，我记得很清楚。我想，我们把影集放到了书房的一个大柜子里了。我去给您找。”

她带着他下楼，推开书房的门。靠窗的地方有一个大柜子。朱莉娅拉开柜子门，里面堆放着一大堆乱七八糟的东西。

“破烂儿，”朱莉娅说，“全是破烂儿。可上了年纪的人就是不愿把它们扔掉。”

警督跪在地上，从最下面的一格拿出两本老式影集。

“是这些吗？”

“对。”

布莱克洛克小姐走进来加入了他们的行列。

“啊，原来咱们把影集放到了这儿，我都不记得了。”

科拉多克将影集摆到桌上，一页一页翻起来。

戴着大车轮帽的女人，裙摆一直拖到脚边乃至寸步难行的女人。照片下整整齐齐写有说明，只是墨迹年深日久，褪了色。

“应该在这一本里，”布莱克洛克小姐说道，“大概在第二页或第三页。另一本是索妮亚结婚并出走后才照的。”她翻到一页。

“应该在这儿。”她停住了。

页面上有几处空白。科拉多克低下头念着褪了色的字。

“索妮亚……我……兰德尔·戈德勒。”接下去是“索妮亚与贝拉在海滩”。对面的一页写着“在斯凯恩的野餐”。他翻到另一页。“夏洛特、我和兰德尔·戈德勒。”

科拉多克站起来，他的嘴唇呈现出严峻的线条。

“有人把照片拿走了——我得说，是不久前才干的。”

“那天我们看的时候并没有空白。对吧，朱莉娅？”

“我没细看——只注意她们的衣服去了。可不……您没说错，莱蒂姨妈，是没有空白。”

科拉多克的表情愈发冷酷了。

“有人，”他说道，“把这本影集里所有索妮亚的照片都拿走了。”

第十八章　鸿雁传书

1

“很抱歉又来打扰您了，海默斯太太。”

“没关系。”菲莉帕冷冰冰地说道。

“我们进屋谈好吗？”

“书房？如果您愿意的话，好的。里面没火，很冷。”

“不要紧，时间不会长，而且在里面谈话不大可能被人偷听。”

“这一点重要吗？”

“对我来说不是，海默斯太太，可能对您很重要。”

“您这是什么意思？”

“我想您跟我说过，海默斯太太，您的丈夫是在意大利阵亡的？”

“怎么了？”

“跟我说实话不是更简单吗？他实际上是他那个团的逃兵，对吧？”

他看见她脸色变得苍白，手握紧又松开。

她怨恨地说道："您非得翻旧账不可吗？"

科拉多克冷漠地说道："我们期望人们对自己的事要实话实说。"

她沉默了，然后冒出一声："哦？"

"您这个'哦'是什么意思，海默斯太太？"

"我的意思是，您打算怎么办？见人就说？有必要这样做吗，公平吗？于心何忍呢？"

"谁也不知道这事吗？"

"在这里没人知道，"她的声音变了，"我的儿子，他就不知道。我不想让他知道。我永远不愿意让他知道。"

"那么我得说，您可冒着非常大的风险，海默斯太太。等孩子长大懂事的时候再告诉他吧。可要是有一天他自己发现了真相，对他可不好。如果您继续给他灌输他父亲是个英勇的烈士——"

"我没那么做，我并不是完全不诚实，只是只字不提。他父亲阵亡了。毕竟，我们了解到的就是这么多。"

"但您的丈夫还活着？"

"也许吧，我怎么知道？"

"您最后一次见他是在什么时候，海默斯太太？"

菲莉帕回答得很快："我有很多年没看见他了。"

"您保证这是实话？比如说，两周前您没有见过他？"

"您在暗示什么？"

“说您在凉亭跟鲁迪 · 谢尔兹会面，这我从来就觉得不大可能。可米兹的故事又讲得那么有鼻子有眼睛。我认为，海默斯太太，那天上午您收工回来后见的那个男人就是您的丈夫。”

“我在凉亭里没见过任何人。”

“他也许缺钱了，您接济了他一点儿？”

“我跟您说我没见过他。我在凉亭没见过任何人！”

“逃兵通常都是些亡命之徒。您知道，他们常常参与抢劫、打家劫舍，诸如此类的勾当。而且他们有从国外带回来的外国产的左轮手枪。”

“我不知道我丈夫在哪儿，我很多年没见他了。”

“这就是您最终的说法了，海默斯太太？”

“我再没什么可说的了。”

2

科拉多克结束了同菲莉帕 · 海默斯的谈话，走出来时，他感觉又气又恼。

“顽固得像头驴子。”他愤怒地自言自语。他肯定菲莉帕是在撒谎，却无法打破她固执的否认。

他但愿自己对这个前任上尉海默斯了解得更多一些。他掌握的信息微不足道，部队的服役经历有污点，但这并不能说明海默斯有可能堕落成罪犯。

况且，无论怎么讲，海默斯和给门上油的事无关。

是这幢房子里的人干的，要不，就是容易进入这幢房子的人干的。

他站着向楼梯上望，猛然间，他想弄明白朱莉娅在阁楼上干些什么。一个阁楼，他暗忖道，并非挑剔的朱莉娅愿意涉足的地方。

她在上面干什么？

他轻手轻脚地跑上二楼。附近没有人，他推开朱莉娅曾经从里面走出来的那道门，沿着狭窄的楼梯爬到阁楼上。

里面有些大皮箱、小皮箱、各种破家什，比如缺了一条腿儿的椅子、一盏摔破的陶瓷台灯，还有部分老式的餐具。

他转向大皮箱，打开其中一个的盖。都是些衣服。老式的，质地很好，全是女人穿的。他猜想是布莱克洛克小姐或她死去的妹妹的衣服。

他打开另一个箱子。

全是窗帘。

他转向一个小公文包，里面有些证件和信札。信已年深日久，纸张发黄。

他看了看箱子的外壳，上面标有 C．L．B．的字样。

他正确地推断出这箱子属于莱蒂希亚的妹妹夏洛特[①]。他打开其中一封信。信的开头是这样：

最亲爱的夏洛特：

昨天贝拉感觉状态不错，都能去野餐了。兰德尔·戈德勒也休息了一天。阿斯沃吉尔股票的发行获得极大成功。他对此十分高兴。优先股已超过票面价值。

他略过余下的部分，看了一眼签名：

爱你的姐姐 莱蒂希亚

他另挑了一封。

亲爱的夏洛特：

希望你能偶尔想和人打打交道。你知道吗，你实在是夸张了。情况并非像你所想的那样糟。何况人们并不在意这样的事。并不是你所想象的毁容。

他点着头。他记得贝拉·戈德勒说过，夏洛特·布莱

①夏洛特（Charlotte）的首字母为C。

克洛克遭受了某种毁容或有某种畸形。结果莱蒂希亚辞去了工作，回家照看妹妹。这些信里吐露出她对一个残疾人的那种疼爱焦虑之情。她给妹妹写信，显然详尽地叙述了她身边发生的每一件事，并不厌其烦地把她认为可能使病中的妹妹感兴趣的每一个细节和盘托出。而夏洛特一直保存着这些信件。信里偶尔还附有奇怪的快照。

科拉多克的心里忽然涌起一阵激动：说不定他能从这里面找到一条线索。这些信件里写的事莱蒂希亚·布莱克洛克自己可能早已忘记了。这里忠实地再现出一幅昔日画面，其中什么地方还可能隐藏着某条能帮助他辨明未知之事的线索。

照片也一样。这里面可能——只是可能——有一张索妮亚·戈德勒的照片，而抽走索妮亚的其他照片的人或许并不知道这一点。

科拉多克警督小心翼翼地重新把信包起来，合上箱子，走下楼来。

莱蒂希亚·布莱克洛克站在下面的楼梯拐角处，惊愕地望着他。“刚才是您在阁楼里吗？我听见了脚步声，我想象不出谁——”

“布莱克洛克小姐，我在这里发现了一些信件，是您多年前写给您妹妹的。您能允许我带回去看看吗？”

她愤怒得涨红了脸。

“您非得干这种事吗？它们对您有什么好处？”

“它们可能会为我展现一幅索妮亚·戈德勒的形象，展现她的性格——可能里面会有一些有助于破案的提示——和事件。”

“这些都是私人信件，警督。”

“我知道。”

“我猜您会把它们拿走……我想您有权力这么做，反正您可以轻而易举地把它们弄到手。拿走吧——拿走吧！但您不会从中找到多少关于索妮亚的情况的。她在我为兰德尔·戈德勒开始工作一两年后就结婚走了。”

科拉多克固执地说道：“可能会有所发现。”他补充道：“每一件事我们都不能放过。我向您保证，您遇害的危险确实存在。”

她咬着嘴唇开口了：“我明白。邦妮死了——就因为服用了本来为我准备的阿司匹林。下一个可能轮到帕特里克，要么是朱莉娅、菲莉帕和米兹——反正是前途无量的青年人。或者是把倒给我的酒喝下肚的人，要么是吃了送给我的巧克力的人。哦！把信拿走吧——拿走吧。看了以后把它们烧了。除了对我和夏洛特，这些信任何意义都没有。往事已经结束了——过去了—— 一去不复返了。如今谁也不记得——”

她抬起手，按住她戴着的假珍珠短项链。科拉多克觉得这与她的呢子上装和呢子裙子极不协调。

她又说了一遍：“把信拿走吧。”

3

翌日下午，警督拜访了牧师住宅。

这是一个天色昏暗、狂风大作的日子。马普尔小姐把椅子拉近火炉，手里织着毛线。圆圆匍匐在地板上，爬来爬去，按照模板裁剪布料。

马普尔小姐向后靠去，把挡住眼睛的一绺头发拂开，期待地望向科拉多克。

“我不知道这样做是否违反保密条例，”警督对马普尔小姐说道，“可我想请您看看这封信。”

他解释了自己在阁楼里发现这些信件的来龙去脉。

“那是一些相当动人的书信，”他说，“为了使妹妹对生活保持兴趣，为了让她保持良好的健康状态，布莱克洛克小姐倾其所能。这对姐妹的背后，非常清晰地展现了一个守旧的父亲的形象，也就是老布莱克洛克大夫。一个地地道道的死脑筋，恶霸，彻头彻尾地自以为是，而且深信他想的、做的一切都正确无误。也许因为固执，他已杀死成百上千的病人。他绝不能忍受任何新思想或新方法。”

“我不知道是否该为此责备他。”马普尔小姐道，“我一向认为年轻的医生总是跃跃欲试，急于求成。等把我们的牙齿全部消灭，用大量药物灌满那些奇形怪状的腺体，并一点一点摘掉我们的内脏之后，他们却向我们承认已无能为力。说实话，我更喜欢老式药方，那种黑瓶子里装着的药。因为毕竟，人们可以把药水往阴沟里倒。”

她接过科拉多克递上的信。

他开口了：“我请您看看这封信，因为我认为您比我更容易理解这一代人。我实在不明白这些人的脑子里是怎么想的。”

马普尔小姐打开了脆薄的信纸。

我最亲爱的夏洛特：

我已有两天未给你写信，因为我们遇到了最可怕的家庭纠纷。兰德尔的妹妹索妮亚（还记得她吗？那天她开车接你出去的。我多么希望你多出门啊。）宣布要嫁给一个叫迪米特里·斯坦福蒂斯的人。我只见过他一面。他非常具有吸引力，但我得说，不值得依靠。兰·戈极力反对，说他是个无赖和骗子。贝拉呢，愿主为她祝福，她只是微微笑了笑，躺在沙发上。原本脸上毫无表情的索妮亚大发雷霆，简直要找兰·戈拼命。昨天我真以为她要杀了他！

我已尽了全力。我找索妮亚谈，又跟兰·戈谈，要他们多用理智去思考问题。等他们凑到一起，却又开始大吵特吵：你无法想象这有多无聊。兰·戈一直在找人打听，似乎这个斯坦福蒂斯真的一无是处。

与此同时，生意被忽略了。我在办公室继续工作，而且从某方面说这是相当有意思的，因为兰·戈放手让我干。昨天他对我说："谢天谢地，世界上还有一个脑子正常的人。你绝不可能爱上一个无赖，对吧，布莱奇？"我说我可不认为自己会爱上什么人。兰·戈说："咱们来讨论几个伦敦城里的枝节问题。"他有时候真是一个调皮的恶魔，在面临危机时又容易冒失。

"你决心让我诚实做人，对吧，布莱奇？"他有一天说。而我也正有意如此！我真是不明白人们对作假怎么会视而不见，可兰·戈的的确确就是辨不分明。他只知道什么是真正违法的。

贝拉对这一切只是觉得可笑。她认为对索妮亚的事小题大做，全是无稽之谈。"索妮亚自己有钱，"她说，"她要是愿意，干吗不能跟这个人结婚？"我说这桩婚事会是个可怕的错误，而贝拉说："嫁给一个你爱的男人绝不会是个错误——即便你后悔也不是。"她还说，"我想索妮亚为了钱不想跟兰德尔闹翻。她非常喜欢钱。"

眼下就是这个情况了。爸爸怎么样？我不会说"向他致以问候"的。不过你要是觉得这样做好，你就说吧。近来见的人多了些吗？亲爱的，你不能总是病恹恹的。索妮亚叫我给你带个好。她刚进来，正把双手反复地握紧又松开，活像一只愤怒的猫在磨爪子。我看她跟兰·戈又吵了一架。当然，索妮亚很会挑起事端，她总是用镇静的目光直盯得你不敢再跟她对视。

姐姐深深地爱你，亲爱的，要振作起来。这种碘疗法会大不一样。我一直在向别人咨询，碘疗法似乎的确疗效很好。

爱你的姐姐 莱蒂希亚

马普尔小姐把信折好，递还给警督。她的神情有些心不在焉。

“您对她怎么看？”科拉多克催促道，“关于她您得到一个什么样的印象？”

“对索妮亚？通过一个人的眼光去看另一个人，您知道，这是很难的……她打定主意把自己的那份拿走——这一点，我想，是肯定的。而且想在两个世界都占尽上风……”

“仿佛一只愤怒的猫，把双手反复地握紧又松开，”科拉多克念念有词，“您知道，这句话使我想起了什么人……”

他皱起眉头。

“咨询……”马普尔小姐喃喃自语。

“但愿能弄到那些咨询的结果。”科拉多克说道。

“这封信使您回想起圣玛丽米德的什么事了吗？”圆圆问，但由于她嘴里含着别针，所以听起来很不清楚。

“我实在拿不准，亲爱的……布莱克洛克大夫也许有点儿像威斯勒安的传教士科蒂斯先生。这个传教士不愿让自己的孩子戴牙套。说如果孩子的牙齿长歪，那是上帝的旨意。‘毕竟，’我对他说，‘您得剃须、理发呢。让您的发须长出来可能也是上帝的旨意。’他说那是两码事。典型的大男子主义。可这对我们目前的难题帮不上忙。”

“我们一直没有追查到那把左轮手枪。那不是鲁迪·谢尔兹的。要是知道奇平克莱格霍恩谁有过一把左轮手枪——”

“伊斯特布鲁克上校有一把，”圆圆说道，“是放在他放衣领的抽屉里的。”

“您怎么会知道，哈蒙太太？”

“巴特太太告诉我的，她是我家的日工。或者说明确一些，一周来两次。她说，作为一个行伍出身的绅士，他自然有一把左轮手枪，而且要是窃贼进家，他随手可以拿到枪。”

“她是什么时候跟您说的？”

“很久以前了。我想大概半年前吧。”

“伊斯特布鲁克上校？”科拉多克自言自语道。

“这很像打活动转盘上的靶子吧？”圆圆嘴里含着别针说道，“转呀转，然后每次打中的东西都不一样。”

“可不是嘛！”科拉多克呻吟道。

“有一天伊斯特布鲁克上校到过小围场送书。当时他也有可能给门上油。尽管他对去那儿的事直言不讳，可不像欣奇克利夫小姐。”

马普尔小姐轻轻咳了一声。“您得原谅我们生活的这个时代，警督。”

科拉多克迷惑不解地望着她。

“毕竟，”马普尔小姐说，“您是警察，对吧？人们不可能什么都对警察讲，对吧？”

“我看不出为什么不能，”科拉多克道，“除非他们想隐瞒犯罪事实。”

“她指的是黄油，”圆圆说，一面奋力爬行着绕过一条桌腿，压住一张飘起来的纸，“用黄油和玉米去换母鸡，有时候是奶油——甚至有时候是一块咸肉。”

“把布莱克洛克小姐的便条拿给他看，”马普尔小姐说，“已经过了一段时间了，可读起来像是第一流的神秘故事。”

“我把它放在哪儿了？您说的是这一张吗？简姨妈？”

马普尔小姐把便条拿过来，瞧了瞧。

“对，”她满意地说道，“就是这张。”

她把便条递给警督。

布莱克洛克小姐写道：

我作了一些调查咨询——是在星期四。三点以后的任何时间都行。

如果有我的，放在老地方。

圆圆吐出别针，哈哈大笑。马普尔小姐注意看着警督脸上的表情。

牧师的太太抢着解释："星期四是附近的一个农场做黄油的日子。他们让关系好的人拿一点儿。通常都是欣奇克利夫小姐去取的，她同那里的农民都很熟，我想这是因为她养猪。可这一切都是暗地里进行的，您知道，有点像本地的以物易物。一个人拿到奶油，然后送去一些黄瓜，或类似的东西——或者等杀猪的时候再加点儿什么别的。偶尔，一头牲口遇到意外事故，得销毁。哦，您懂这种事的。只是人们不能对警察直说。因为我估摸很多这样的以物易物交易是非法的——可谁也不是很清楚，因为法律的事怪复杂的。但我料想是欣奇带着一磅奶油溜进小围场，然后把奶油放在了老地方。顺便说一下，老地方就是餐具柜下面装面粉的箱子。但里面并没有面粉。"

科拉多克叹了口气。

"我很高兴到你们这些女士这里来了。"他说道。

"过去还有购布券呢，"圆圆说，"通常不能买卖，因为这样做会被别人看作不诚实。不能用来交换钱。可像巴特太太、芬奇太太和哈金斯太太这样的人，要是喜欢某件还不算太旧的漂亮羊毛衫或是冬装，就用购布券去支付，而不是用钱。"

“您最好别再跟我说下去了，”科拉多克道，“这全都是违法的。”

“那就不该有这些个愚蠢的法律。”圆圆说道，然后把别针又塞进嘴里，“当然啦，我可没干，因为朱利安不喜欢我干这种事，所以我就没干。但我当然知道是怎么一回事。”

一种绝望涌上警督的心头。

“这一切听起来竟是那么愉快和平常，”他说，“既好玩又简单。然而一个女人和男人被杀了，如果我不干一些具体的事，还有一个女人可能要被杀。我暂时不去考虑皮普和艾玛，我现在要把注意力放在索妮亚身上。但愿我知道她是什么模样。这些信札里有一两张快照，但没有一张可能是她。”

“您怎么知道不可能是她？您知道她以前是什么模样吗？”

“她个子挺小，很黑，这是布莱克洛克小姐说的。”

“真的吗？”马普尔小姐道，“这就十分有趣了。”

“有一张快照使我隐约想起什么人。是个高个子的漂亮的姑娘，头发盘在头顶。我不知道她可能会是谁。总之，不可能是索妮亚。你们觉得斯韦特纳姆太太当姑娘时可能很黑吗？”

“不会很黑，”圆圆道，“她有对蓝眼睛。”

“我希望有一张迪米特里·斯坦福蒂斯的照片，不过我想这个希望有一些过高……”他拿起那封信，“很抱歉这个没有给您任何启示，马普尔小姐。”

“哦！可它给了，”马普尔小姐说道，“它确实给了我很多启示。再把信看一遍，警督，特别是讲到兰德尔·戈德勒调查迪米特里·斯坦福蒂斯的那一节。”

科拉多克直瞪着她。

电话铃响了。

圆圆从地上站起来，走进走廊。按照维多利亚时代的传统，电话过去就放在那里，如今依然在那里。

她回到客厅对科拉多克说：“是找您的。”

警督略感吃惊，走出去接电话——同时小心地随手关上客厅的门。

“科拉多克吗？我是赖德斯代尔。”

“是，局长。”

“我仔细看了一遍你的报告。在你跟菲莉帕·海默斯谈话时，她肯定地声称，自从她丈夫从军队逃跑之后，就没有见过他，是这样吗？”

“不错，局长。她说得很肯定。但我认为她没有说实话。”

“我同意你的意见。你还记得十天前的那个案子吗？有个男人被大卡车撞倒，后来被送到米尔切斯特总医院，结果是脑震荡及盆骨骨折，还记得吗？”

“就是把一个小孩从车轮底下抢救出来，而自己却被碾伤的那个人？”

“就是这个人。他身上没有任何证件，也没有任何人来指认他。看样子他好像是被警方通缉的。他一次也没有苏醒，昨天夜里就死了。但他的身份弄清楚了，是个逃兵，名叫罗纳德·海默斯，在南洛姆郡服役的时候是上尉。”

“菲莉帕·海默斯的丈夫？”

“对。他身上有去奇平克莱格霍恩的旧车票，顺便说一下，还有不少钱呢。”

“这么说他的确是从妻子那儿拿到钱了？我总觉得他就是被米兹听见在凉亭里同菲莉帕说话的那个人。当然，她矢口否认。局长，车祸是先于——”

赖德斯代尔把他想说的话说了出来：“是的。他是在二十八号被送到米尔切斯特总医院的，而小围场的抢劫发生在二十九日。这就排除了他与此事有牵连的任何可能性。不过他妻子当然还不知道车祸的事儿。她三缄其口，这是很自然的，他毕竟是她的丈夫。”

“真是见义勇为的壮举，不是吗，局长？”科拉多克慢吞吞地说。

“从车轮下救出小孩？是啊，有种。别以为海默斯从部队逃跑的原因是胆怯。不过，这都是过去的历史了。对一个毁了自己名声的人，这倒是死得其所。”

“我为她感到高兴，”警督说，“也为他们的儿子。”

“是的，他不必太为自己的父亲感到羞耻。那个少妇又可以再婚了。”

科拉多克缓缓说道：“我也在想这个，局长……这就展现了……可能性。”

“既然你在现场，最好由你去通报这个消息吧。”

“我会的，局长，我这就赶去。或许我最好还是等她回到小围场再说。这个消息可能会相当令人震惊，再说，我想先同别人谈谈。”

第十九章　再现案情

1

“我去给您弄盏灯放在边上，然后我再走。”圆圆说，“这里黑着呢。我想暴风雨就要来了。”

她把那盏小阅读灯拿起来，放到桌子的另一边，好让灯光照着马普尔小姐织毛衣。后者正坐在一张宽大的高背椅上。

电线从桌子上牵过，提革拉毗一步跳到桌上，拼命对着电线又是咬，又是抓。

“别动，提革拉毗，不准……它真是可怕。瞧，都快把电线咬穿了，全破了。你不知道吗？你这个愚蠢的小猫咪，你这样可是会触电的。”

“谢谢，亲爱的。”马普尔小姐说道，并伸手去开灯。

“不是开那儿。您得按电线中间的那个愚蠢的小开关。等一等，我把这些花拿走，免得挡道。”

她把桌子另一端的一瓶圣诞玫瑰拿起来。提革拉毗摇摆着尾巴，突然伸出一只调皮的爪子，挠了圆圆的手臂一下。她把花瓶里的水溅出了一些，落在被咬破的电线和提革拉毗的身上，猫愤怒地叫了一声，从桌上跳到地上。

马普尔小姐按下小小的梨形开关。从被猫咬破后又被水浸湿的地方爆出一朵火花。

“哦，天哪，”圆圆道，“保险丝烧了。现在我估计这儿所有的灯都应该不亮了。”她挨个儿试了开关，“没错，都不亮了。这么说，所有线路都和这一个小装置相通，真是愚蠢。还把桌子烧坏了一处。捣蛋的提革拉毗——全都是它的错。简姨妈，怎么了？吓着您了吗？”

“没什么，亲爱的。我只是很偶然地看清了我以前应该发现的东西……”

“我这就去换保险丝，然后再去朱利安的书房把台灯拿来。”

“别，亲爱的，别麻烦，你要赶不上班车了。我不再需要灯光了，只想静静地坐着，想想事。快去吧，亲爱的，否则你就要搭不上车了。”

圆圆走后，马普尔小姐静静地坐了一两分钟。屋子里空气湿重，预示着外面风雨将至。

马普尔小姐把一张纸挪到面前。

她先写下：台灯？并在下面画了一条粗线。

过了一会儿，她又写下一个词。

她的笔尖在纸上滑动，写下一些简短而又含义隐晦的字句……

2

砾石山庄的客厅有着低矮的天花板和花格玻璃窗，光线昏暗。此刻，欣奇克利夫小姐和穆加特罗伊德小姐正在里面争论。

“你的毛病，穆加特罗伊德，”欣奇克利夫小姐说道，“就是不愿去尝试。”

“可我跟你说，欣奇，我什么也不记得了。”

“喏，听着，艾米·穆加特罗伊德，我们要进行一些建设性的思考。到目前为止，我们还未曾在侦破方面斩获成就。关于门的那件事我弄错了。毕竟，你并没有为凶手扶门。你是清白的，穆加特罗伊德！”

穆加特罗伊德小姐淡淡一笑。

“能雇用奇平克莱格霍恩唯一懂得缄默的清洁女工，这实在是我们的运气。”欣奇克利夫小姐接着说，“通常我对此是赞赏的，可这一次，她让我们处在了不利的位置上。这地方人人都知道那客厅里的第二道门被用过，而我们还一直蒙在鼓里，昨天才知道——”

“我还是不太明白——”

“这再简单不过了。我们原先的假设完全正确：你不可能让门开着，又挥舞着手电，同时还要举起左轮手枪冲别人开枪。我们保留左轮手枪和手电，略去门。结果，我们错了。我们应该略去的是左轮手枪。”

“可他确实有一把左轮手枪，”穆加特罗伊德小姐说，“我看见了，就在他身边的地上。”

“在他死了以后，确实是这样。全都十分清楚了：他并没有用那把左轮手枪开枪——”

“那么是谁开的枪呢？”

“我们要寻找的就是这个人。但不管是谁开的枪，这同一个人把两片下了毒的阿司匹林放到了布莱克洛克小姐的床头，结果要了可怜的多拉·邦纳的命。而这不可能是鲁迪·谢尔兹干的，因为他已经死得硬邦邦的了。是抢劫发生的那天晚上在客厅的人，而且这个人可能还参加了生日晚宴。那天没去的只有哈蒙太太。”

“你认为生日晚宴的那天，有人把有毒的阿司匹林放到了那里？”

“为什么不能呢？”

“可这怎么办得到呢？”

“喏，我们都去上过厕所，对吧？”欣奇克利夫小姐粗声粗气地说道，“由于那个蛋糕很黏手，我去洗手。小美人伊斯特布鲁克夫人在布莱克洛克小姐的卫生间里往她那脏兮兮的小脸蛋上扑粉来着，不是吗？”

“欣奇！你认为是她？——”

“我还不知道。要是她干的，那就太明显了。假设你要去放药片，我想你总不会愿意在卫生间里被别人看见吧。是吧，还有很多机会呢。”

“男人们没有上楼。”

“还有后楼梯呢。何况，要是一个男人离开屋子，你总不会跟在他身后，去看看他是不是真的与你去相同的地方吧。那也太不体面了！不管怎样，别跟我抬杠，穆加特罗伊德。我要从第一次对莱蒂·布莱克洛克的谋杀重新开始。现在，首先，给我牢牢记住事实，因为这一切将取决于你。”

穆加特罗伊德小姐露出了紧张的神情。

“哦，亲爱的，欣奇，你知道我对这一切都糊里糊涂的！”

“问题不在于你的脑子，或者是被你当成大脑的灰色细胞。问题在于眼睛；问题在于你当时看见了什么。”

“可我什么都没有看见。”

“我刚才说了，你的麻烦就在于，穆加特罗伊德，你不愿尽力。现在注意，这是当晚发生的情况：不管那个来向莱蒂·布莱克洛克下手的人是谁，那天晚上一定在那屋子里。他——我说他，是因为叫起来更方便，但没有理由认定就一定是男人而不是女人，当然除了男人都是下流胚这一点——呃，他事先给从客厅通向外面的门上了油，而这道门应该是被钉死的之类。别问我他是什么时候干的，因为这会把事情搅乱。实际上，如果让我来挑时间，我可以走进奇平克莱格霍恩的任何一户人家，并在半小时里随心所欲地干任何事，而且神不知鬼不觉。弄清楚日工在哪儿、主人什么时候出去、确切的去处、要去多久等等，用心就行。现在咱们接着想，他给第二道门上了油，这样开门时就没有声响。安排是这样的：灯灭，甲门——正门——哗一下子打开。晃动手电，说抢劫时用的词。同时，就在我们大家瞠目结舌的当口，X——这样叫最合适——悄悄从乙门摸黑溜到走廊，来到那个瑞士白痴的身后，朝莱蒂·布莱克洛克开了两枪，然后枪杀了瑞士佬，扔下枪。结果，只有像你这样不喜欢动脑筋的人才会以为这是瑞士佬开枪的证据。然后等大家找打火机的时候，他飞快地溜回客厅。明白吗？”

“是的，是——的。可到底是谁呢？”

“这个嘛，要是连你都不知道，穆加特罗伊德，那就没有人知道了！”

“我？”穆加特罗伊德惊奇地叫道，“可我什么也不知道。真的不知道，欣奇！”

“用用你那叫作脑子的玩意儿吧。首先，灯灭的时候，每个人都在哪儿？”

“我不知道。”

“不，你知道的。你只是昏了头，穆加特罗伊德。你知道当时你自己在哪儿，对吧？你在门背后。”

“是的，是的，我是在门背后。门打开的时候还撞着了我的鸡眼呢。”

“你怎么不去找个正经的治脚医生看看，就非得自己捣鼓呢？总有一天你要得败血症的。说吧，你在门背后，我靠着壁炉站，而且迫不及待地正要喝酒。莱蒂·布莱克洛克在拱廊的桌边，正伸手拿香烟。帕特里克穿过拱廊，到小客厅去拿莱蒂·布莱克洛克放在那里的酒。同意吗？”

“是的，是的。这些我都记得。”

“很好，现在有人跟着帕特里克走过小客厅，或者正要跟他去，是个男人。问题在于我忘了到底是伊斯特布鲁克，还是埃德蒙·斯韦特纳姆。你还记得吗？”

“不，不记得。”

“你就是记不住！还有一个人去了小客厅，是菲莉帕·海默斯。这我记得很清楚，因为我记得我注意到她平直的背多么漂亮，我还对自己说：‘那姑娘骑在马背上会很好看。’我当时望着她，心里就想着这个。她走到了小客厅的壁炉前，我不知道她到那儿去拿什么，因为就在那个当口，灯灭了。

“当时每个人的位置就是这样：客厅里有帕特里克·西蒙斯、菲莉帕·海默斯、伊斯特布鲁克上校或者是埃德蒙·斯韦特纳姆——但到底是谁，还不知道。现在，穆加特罗伊德，注意了，最大的可能是这三人中的一个干的。任何人要想从远处的那道门出去，肯定就要占据一个方便的位置，等灯一灭，就能行动。所以我说，最大的可能就是这三个人中的一个。如果是这种情况，穆加特罗伊德，那你就无能为力了！”

看得出，穆加特罗伊德小姐的脸上露出了喜色。

“而另一方面，”欣奇克利夫小姐接着说道，“也可能不是这三人中的任何人。这样就该你派上用场了，穆加特罗伊德。”

“可当时的情况我怎么知道？”

“我刚才说过了，要是连你都不知道，那就没人知道了。”

“可我不知道！我真的不知道！我当时什么也看不见！”

“哦，不，你看得见的。你是唯一能看得见的人。你当时站在门背后，你不可能去看手电光，因为门在你和手电光之间。你是面向另一面的，跟手电光照射的是同一个方向。我们其余的人都被手电光射得头昏眼花，你却没有。”

“对，对，也许吧，是的，可我什么也看不见，手电光晃来晃去。”

“为你照见了什么？手电光是停在大家的脸上，对吧？照在桌子上？还有椅子上？”

“是的，是的，没错……邦纳小姐，她张着个大嘴，眼珠子都快暴了出来，就那么惊慌地眨着眼睛。”

“这就对了！”欣奇克利夫小姐如释重负地舒了一口

气，“要让你用上自己那些灰色的脑细胞可真难呢。后来呢？继续。”

“可我再没有看见更多的了，真的。”

“你是说你看见了一个空屋子？那儿没人站着？也没人坐着？”

“不，当然不是这样。邦纳小姐瞪大着眼睛，哈蒙太太坐在一把椅子的扶手上，她的眼睛闭得紧紧的，手蒙住脸——跟个小孩似的。”

“很好，这是哈蒙太太和邦纳小姐。你还不明白我想干什么吗？难就难在我不想把我的想法灌到你的脑子里。但是，一旦把你看见的人排除，咱们就可以触及重点了，就是有没有你没看见的人。明白了吗？另外，除了桌子、椅子、菊花等，还剩下一些人：朱莉娅·西蒙斯、斯韦特纳姆太太、伊斯特布鲁克太太——伊斯特布鲁克上校和埃德蒙·斯韦特纳姆这两人中的一个、多拉·邦纳、圆圆·哈蒙等。把他们一个一个勾掉。现在，想想，穆加特罗伊德，好好想想，这些人里当时有不在场的吗？”

一根树枝挂到了开着的窗户上，穆加特罗伊德小姐吓得微微跳起来。她闭着眼睛，自言自语……

“桌上的……花……大扶手椅……手电光还没有射到你，欣奇——哈蒙太太，是的……”

电话铃急促地响了起来。欣奇克利夫小姐走到电话机前。

“喂，是的。警察局？”

温顺的穆加特罗伊德小姐紧闭着双眼，脑海里复现起二十九日晚的情景。手电光，慢慢挨个儿扫……一伙人……窗子……沙发……多拉·邦纳……墙壁……摆着台灯的桌子……拱廊……左轮手枪突然开火……

“……这可异乎寻常了！”穆加特罗伊德小姐说。

“什么？”欣奇克利夫小姐愤怒地冲着话筒喊，“从今天上午起就在那儿了？什么时候？见你的鬼去吧，你这会儿才打电话给我？我会让防止虐待动物协会找你麻烦的。疏忽大意？你只会说这些吗？”

她“砰”的一声挂上话筒。

“是那只狗，”她说道，“塞特红种狗。今早就在警察局——从八点开始。滴水未进！而那帮白痴这会儿才打电话来。我现在就去接它回来。”

她冲出了屋子，穆加特罗伊德小姐跟在她后面尖声喊道：“可你听着，欣奇，极为异乎寻常的事……我没法理解。”

欣奇克利夫小姐已经冲出了房门，跑向用作车库的木棚。

“等我回来再接着讲，”她喊道，“我不等你一起去了。你又像往常一样穿着卧室的拖鞋跑出来了！”

她揿下汽车的点火器，猛地把汽车倒出车库。穆加特罗伊德小姐敏捷地跳到路边。

“可你听着，欣奇，我必须告诉你——”

“等我回来……”

汽车又颠簸了一下，飞奔向前。穆加特罗伊德小姐的声音带着激动的高音隐约追随着汽车。

“可是，欣奇，她没有在场……”

3

头顶上的云层越积越厚，云朵的蓝色也越来越深。穆加特罗伊德小姐呆呆地站在那里，望着远去的汽车。这时，第一颗豆大的雨点落了下来。

穆加特罗伊德小姐焦急地冲到一根晾衣服的绳子前。几小时前，她晾了两件圆领套衫和一套羊毛套装。与此同时，她依然在小声地自言自语。

“真是出人意料……哦，天哪，我来不及把这些都收下来了——本来都快晾干了……”

她拼命扯着不听使唤的衣夹，突然，她听到有人走近的声响，赶紧回过头。

随后，她粲然一笑，表示欢迎。

“您好啊，快请进屋吧，您会淋湿的。”

“我来帮您。”

“啊，如果您不介意的话……这些衣服要是再打湿，那可真烦人。我应该把绳子放下来，但我觉得够得着。”

“这是您的围巾。我帮您围在脖子上行吗？”

“啊，谢谢您……好的，也许……只要等我够到这个衣夹……”

羊毛围巾套上了她的脖子，然后，围巾猛然被拉紧……

穆加特罗伊德小姐的嘴张开了，但已喊不出任何声音，只有一声微弱的哽咽。

围巾越拉越紧……

4

从警察局回来的途中，欣奇克利夫小姐停下车，想捎上在街头匆匆赶路的马普尔小姐。

“您好啊，”她喊道，“您会淋透的，来同我们喝杯茶。我先前看见圆圆在等班车。这会儿回到牧师住宅，您就是一个人了。来加入我们的行列吧。我和穆加特罗伊德正在重现案情，我觉得我们就要有眉目了。小心狗，它很紧张。”

“多漂亮的狗！”

“是的，是只可爱的母狗，难道不是吗？这帮蠢货从早上就把它留在警察局，却不通知我。我骂了他们一顿，这些懒惰的杂——哦，请原谅我的用词，我是被爱尔兰家里的马夫带大的。”

小巧的汽车颠簸了一下，转进砾石山庄的小后院。

两位女士刚下车，就被一大群急不可待的鸡鸭团团围住。

“该死的穆加特罗伊德，”欣奇克利夫小姐骂道，“她还没喂它们玉米。”

“玉米很难弄到吧？”马普尔小姐问道。

欣奇克利夫小姐眨眨眼。

“我跟农民大都很熟。”她回答说。

“嘘——嘘”地赶开鸡鸭后，她陪着马普尔小姐往木屋走去。

“希望您没有淋得太湿。”

“没有，这件雨衣非常好。”

“要是穆加特罗伊德没生火，我这就去弄。喂，穆加特罗伊德，这女人到哪儿去了？穆加特罗伊德！那狗跑到哪儿去了？它也不见了。”

一声悠长而凄凉的悲号从外面传来。

“该死的傻母狗。”欣奇克利夫小姐大步走到门口，喊道：“嗨，库蒂——库蒂。该死的傻名，可他们显然是这样叫它的。我们必须给它另取个名。嗨，库蒂。”

那只塞特红种狗正嗅着躺在地上的什么东西，就在绷得很紧的绳子下，绳子上的几件衣服在风中翻卷。

“穆加特罗伊德甚至都想不到把晾的衣服收进家。她到底到哪儿去了？”

塞特红种狗又嗅了嗅似乎像一堆衣服的东西，然后翘起鼻子，又号叫起来。

“这狗是怎么回事？”

欣奇克利夫小姐大步流星地穿过草地。

马普尔小姐担忧地快步追上了她。然后她们双双站住了，任凭雨点打在身上，年老的女人搂住年轻女人的肩膀。欣奇克利夫小姐立在原地，俯视着地上面部抽搐、脸色乌青、吐着舌头的尸体。马普尔小姐感到自己手掌下的肌肉变得僵直而紧绷起来。

“无论是谁干的，我都要杀了那家伙，”欣奇克利夫小姐用平静的声音小声说道，“只要我抓住她……”

马普尔小姐问道：“她？”

欣奇克利夫小姐把一张愤怒的脸转向她。

“是的。我知道是谁——接近了……就是三个可能作案的人中的一个。”

她又站了片刻，低头望着死去的朋友，然后转身朝屋里走去。她的声音很冷漠，但很坚毅。

“我们必须打电话给警方，”她说，“等待他们到来的时候，我会告诉您。从某一方面讲，是因为我的错，穆加特罗伊德才会躺在这里。我把这一切当成了游戏……但杀人可不是游戏……”

“是啊，”马普尔小姐道，“杀人不是游戏。”

“您对此有些了解，对吧？”欣奇克利夫小姐拿起听筒拨号时问道。

她简单报告之后，挂了电话。

“他们一会儿就到……是的，我听说以前您掺和过这种事……我想是埃德蒙·斯韦特纳姆告诉我的……您想听听我和穆加特罗伊德在做些什么吗？”

她简明扼要地描述了她前往警察局之前的谈话。

“就在我离开的时候，您知道吗，她在后面叫我……所以我才知道是个女人而不是男人……但愿我当时能等一等，但愿我停下来听一听！真该死，狗还可以在警局再待一刻钟的。”

“不要责备自己，我亲爱的，这样于事无补。谁也不是先知。”

“是啊，是啊……我记得什么东西敲打了一下窗户，也许她就在窗外，然后，肯定是这样，她肯定朝……这座房子走来……当时我和穆加特罗伊德互相大喊大叫，声嘶力竭……她听见了……她全都听见了……”

“您还没有告诉我您的朋友都说了些什么。”

“只有一句话！‘她没有在场。’”她顿了顿，“您明白了？有三个女人我们还没有排除：斯韦特纳姆太太、伊斯特布鲁克太太和朱莉娅·西蒙斯。这三人中的一个——当时不在场……她没有待在客厅里，因为她从另一道门溜出到了走廊。”

“是的，”马普尔小姐说道，“我明白。”

“就是这三个女人中的一个。我不知道是哪一个，但我会找出来！”

“请原谅，”马普尔小姐说，“但她——我是说穆加特罗伊德小姐——她的说法是和您一模一样吗？”

“一模一样——您这是什么意思？”

“哦，亲爱的，我该怎么解释呢？您是这样说的：‘她——没——有——在——场。’每个字都加了重音。您瞧，可以用三种方式来说这句话：‘她’没有在场，重点指人；或者，她‘没有’在场，这就是确认嫌疑。还可以说——这跟您刚才说的方式很接近——她没有‘在场……’重音放在最后，就像没有重音一样。”

“我不知道。”欣奇克利夫小姐摇摇头，“我记不清了……真该死，我怎么会记得住呢？我想，她当然应该是说——‘她’没有在场才对。我想，那种说法更自然。可我不知道，这有什么区别吗？”

“有，”马普尔小姐若有所思地说，“我想是的。当然这是一个非常微小的暗示，不过我想这毕竟是个暗示。是的，应该说区别很大……”

第二十章　名探失踪

1

投递员最近接到命令，每天上午和下午都要到奇平克莱格霍恩投递信件，这令他很是不快。

在这一天下午，他在刚好差十分五点时把三封信送到了小围场。

一封是寄给菲莉帕·海默斯的，字迹出自一个学童之手；其余两封是布莱克洛克小姐的信。她与菲莉帕在茶几旁坐下来，打开了信。倾盆大雨使得菲莉帕今天提早离开达雅斯宅邸，因为只要她关了花房，便无更多的事可做。

布莱克洛克小姐打开第一封信，里面装着修理厨房锅炉的账单。她气呼呼地哼了一声。

“戴蒙德的价也太离谱了，真是太离谱了。不过，我认为其他人也跟他一样坏。”

她打开第二封信，她从未见过这种字体。

亲爱的莱蒂表姐：

希望我星期二来不成问题，对吗？两天前我写信给帕特里克，但他没有回信，所以我猜想没有关系。妈妈下个月来英格兰，并希望届时来看您。如果方便的话，我乘坐的火车将于六点十五分抵达奇平克莱格霍恩，可以吗？

爱您的朱莉娅·西蒙斯

布莱克洛克小姐重新看了一遍信。她先是万分震惊，继而脸色变得阴沉。她抬起头，看了看微笑着读儿子来信的菲莉帕。

“朱莉娅和帕特里克回来没有，你知道吗？”

菲莉帕抬起头来。

“回来了，我刚进家他们跟着就到了。他们浑身浇得湿透，上楼换衣服去了。”

“也许你不介意叫他们下来。”

“我当然不介意。”

“等一等——我想让你看看这封信。”

她把收到的信递给菲莉帕。

菲莉帕看完信，紧锁双眉。“我不明白……”

“我也不明白，倒也是……我想该是我明白的时候了。去叫帕特里克和朱莉娅来，菲莉帕。”

“帕特里克！朱莉娅！布莱克洛克小姐叫你们呢。”

帕特里克跑下楼，进了客厅。

“别走，菲莉帕。”布莱克洛克小姐说。

“您好啊，莱蒂姨妈，”帕特里克高高兴兴地说，“叫我吗？”

“对，我叫你。也许你可以给我解释一下这个？”

帕特里克看信的时候脸上露出了一种近乎滑稽的沮丧。

“我原打算打电报给她的。我真是个笨蛋！”

“我猜想这封信是你妹妹写的？”

“是的，是的，是这样。”

布莱克洛克小姐厉声问道：

“那么，我请问，你当作朱莉娅·西蒙斯带到这里来的这个年轻的女人又是谁？这个我以为是你妹妹以及我表妹的女人究竟是谁？”

“唔——您瞧，莱蒂姨妈，事实是——我都可以解释——我知道自己本不该这么做——但似乎除了闹着玩，别无他意。如果您让我解释的话——”

“我在等着你作解释。这个年轻的女人是谁？”

“是这样的，就在我复员后不久，我在一个鸡尾酒会上碰到了她。我们攀谈起来，我跟她说我要来这儿，然后——呃，我想如果带她一起来，那真是个奇妙的主意……你瞧，朱莉娅，真正的朱莉娅，疯狂地迷上了舞台演出，可妈妈对她这个想法火冒三丈。不过，朱莉娅还是得到一个机会，加入了一个在珀斯还是什么地方的好剧团。她想一试身手，但为了不惹恼妈妈，就想让妈妈以为她像个听话的小姑娘一样，跟我到了这儿来接受药剂师的培训。”

“我仍然要知道另外这个年轻的女人究竟是谁。”

在这当口，朱莉娅走了进来，她镇静如常，态度冷淡。见到她，帕特里克赶紧如释重负地转过身去。

“露馅儿了。”他说。

朱莉娅扬起眉毛，然后她镇静依旧，冷冰冰地坐下来。

“好吧，”她说道，“都结束了。我想您非常气愤吧？”她以一种近乎于冷酷的兴趣打量着布莱克洛克小姐的脸，“换了我，我也会。”

“你到底是谁？”

朱莉娅叹了口气。

“我想和盘托出的时刻到了，这就开始吧。我就是‘皮普与艾玛’里的一个。确切地讲，我的教名是艾玛·乔斯林·斯坦福蒂斯。只是我取了这个名字后不久，爸爸就再没用过斯坦福蒂斯这个姓氏了。我想他后来称自己为德·古西。

“让我来告诉您吧，我父亲和母亲在我和皮普出生三年后分手了。他们各行其是，而且把我们也拆散了。我是父亲抢到的那部分。总的来说，他是个糟糕的父亲，尽管也是个迷人的父亲。每当父亲身无分文或者准备去干一些十恶不赦的勾当时，我便被送进修道院，去接受教育，去经受被抛弃的各种煎熬。他常常装出一副阔佬的样子，支付了头一个学期的费用，然后销声匿迹一两年，把我扔给修女。有些时候，我和他也过得很开心，在都市社会里流窜。然而，战争彻底把我们分开了。我不知道他的境遇如何。我自己也有一些冒险的经历。我跟法国抵抗运动战士活动了一阵，那很激动人心。长话短说，我在伦敦落了脚，开始思考我的未来。我知道妈妈有个哥哥，虽然跟妈妈吵翻了，可死的时候是个大富豪。我查看他的遗嘱，想了解有没有什么留给我的。结果没有，换言之，没有直接给我的。我对他的遗孀进行了一些调查，了解到她已变成一个老太婆，靠着药物维持生命，但已离死不远。坦率地说，看起来仿佛您才是我最好的赌注。您要继承一笔多得要命的钱，而且据我所掌握的情况，您并没有什么后人可以继承它。我直说了吧，我闪过这样一个念头：如果我能够用一种友善的方式接近您，如果您又喜欢上我——算了，自从兰德尔舅舅死后，情况发生了一些变化，不是吗？我是说，我们曾经拥有的钱都在欧洲的那场浩劫中付诸东流。我原想您可能会对一个可怜巴巴、举目无亲的孤女动恻隐之心，也许还会给她一小笔馈赠。”

“哦，你当然会这么想了，当然了，不是吗？”布莱克洛克小姐厉声道。

“是的，当然，那时候我还没见过您……我设想过用痛哭流涕的方法……后来，由于命中的奇遇，我在这儿碰到了帕特里克，而且他恰巧又是您的外甥或者表弟，或者别的。可不，这真是天赐良机。我执着地冲向帕特里克，而他心满意足地上了我的当。真正的朱莉娅对这件偷梁换柱的事提心吊胆，但我说服她，在珀斯的某个简陋的客栈安顿下来，受训成为戏剧明星，成为又一个莎拉·伯恩哈特，献身艺术，这是她的责任。

“您不必太责怪帕特里克。他为我这个孤苦伶仃的人感到十分难过，所以他很快便觉得把我当作他妹妹带到这儿来，并让我干我的事是一个奇妙的主意。”

“而且他还同意你对警察也继续撒谎？”

“行行好吧，莱蒂。难道您看不出自从抢劫的事发生——或者说发生以后——我就受到了关注？让我们面对现实吧，我有绝好的动机把您除掉。现在您可以相信了，我并不是企图暗算您的人。您不能指望我会主动把凶杀的事揽到自己的身上。即便帕特里克，都不时对我有怀疑，而如果他都怀疑我，警察到底会怎么想？科拉多克警督给我的印象是，他是一个疑心很重的人。不，我琢磨过了，我唯一能做的就是正经八百地做朱莉娅，而且不动声色，等事情平息之后，就销声匿迹。我怎么会算得到愚蠢的朱莉娅——真正的那个，会和制作人吵架，还使性子把整件事弄砸了？她写信给帕特里克，问能不能来这里。他不仅没有回信让她‘一边去’，反而把这事忘了个精光？”她向帕特里克投去了愤怒的目光，“白痴都让我给撞上了。”她叹了口气。

“您不知道在米尔切斯特我是什么样的境遇！当然，我压根儿就没去医院，但我必须得有地方去啊。我在电影院里熬了又熬，一遍遍地看那些最恐怖的电影。”

“皮普和艾玛，”布莱克洛克小姐小声说道，“尽管警督说了那么多，不知怎的，我从未相信他们真有其人——”

她试探地看着朱莉娅。

“你是艾玛，”她说，“皮普在哪儿？”

朱莉娅与她对视，她的目光清澈无邪。

“我不知道，”朱莉娅回答道，“我根本就不知道。”

“我想你在撒谎，朱莉娅。你最后一次见他是在什么时候？”

在朱莉娅回答之前，她是否显露出片刻的犹豫？

然而，她斩钉截铁地回答道：“我们俩三岁以后——在我母亲把他带走之后——我就没有见过他。我既没有见过他，也没有见过我的母亲。我也不知道他们在哪儿。”

“你要说的就是这些？”

朱莉娅又叹了口气。

“我可以说声抱歉，但这又言不由衷，因为我还会重蹈覆辙——但是当然，要是知道会有谋杀这种事，我就不会这样干了。”

“朱莉娅，”布莱克洛克小姐说，“我这样叫你，是因为我习惯了这个名字。你说你跟法国抵抗运动组织在一起？”

“是的，有十八个月。”

“那么我猜你学会开枪了？”

那双冷静的蓝眼睛又与她的眼睛对视了。

“我的射击水平很高，我是第一流的射手。我没有向您开枪，莱蒂，尽管我已经向您保证过了，但我还是要告诉您这一点：要是我向您开枪，就绝不可能失手。”

2

汽车径直开到门前的声音打破了此刻的紧张气氛。

“这次会是谁呢？”布莱克洛克小姐问。

米兹把她那头发蓬松的脑袋伸进来，翻了个白眼。

“警察又来了，”她说，“这，是迫害！他们干吗不让我们安静一会儿？我受不了了。我要写信给首相。我要写信给你们的国王。”

科拉多克伸出手，不太客气地把她用力推到一边。他进来时嘴唇的线条是那么冷酷，大家焦急地望着他。他们从未见过科拉多克警督像现在这样。

他严厉地开口了：“穆加特罗伊德小姐被谋杀了。她是被勒死的——就在不到一小时前。”他的目光瞄准朱莉娅，“你——西蒙斯小姐——这一天你都在什么地方？”

朱莉娅小心翼翼地回答：“在米尔切斯特。我刚刚才进屋。”

“那么你呢？”目光转向帕特里克。

“跟她一样。”

“你们两个一起回的家？”

“是的，是的，是这样。”帕特里克回答道。

“不对，”朱莉娅说道，“这没好处，帕特里克。这种谎话马上就会被戳穿，公共汽车上的人跟我们很熟。我是乘早一点儿的班车回来的，警督，就是四点抵达这里的那一班。”

“然后你干了些什么？”

“我散步去了。”

“朝砾石山庄的方向吗？”

“不是。我穿过了田野。”

他盯住她。朱莉娅脸色苍白，嘴唇紧绷，以对视向他回敬。

还没等谁开口，电话响了。

布莱克洛克小姐用征询的目光看了科拉多克一眼，拿起了电话。

“是的。谁？哦，圆圆。什么？不，不，她不在，我不知道……对，他这会儿在。”

她放低听筒，说道：“哈蒙太太要同您讲话，警督。

马普尔小姐还没有回到牧师住宅，哈蒙太太很为她担心。”

科拉多克向前跨了两步，一把抓过听筒。

“我是科拉多克。”

“我很担心，警督。”圆圆的声音带着孩童般的颤抖传过来，“简姨妈到什么地方去了，可我不知道是哪儿。他们说穆加特罗伊德小姐被谋杀了，是真的吗？”

“对，是真的，哈蒙太太。欣奇克利夫小姐发现尸体的时候，马普尔小姐跟她在一起。”

“哦，原来她在那儿呀。”圆圆的声音缓和起来。

“不——不，恐怕她不在，现在不在。她大约是在——让我想想——半小时之前离开的。她还没有回家吗？”

“不——她没有回家。只有十分钟的路程，她能到哪儿去呢？”

“也许她去拜访您的邻居去了？”

“我都打过了电话——挨个儿全打了。她都不在。我很害怕，警督。”

“我也一样。”科拉多克心里想道，他很快说道：“我这就到您那儿去，马上。”

“哎，快来吧——有一张便条，她出去前写的。我不明白是什么意思……对我来说简直莫名其妙。”

科拉多克放下听筒。

布莱克洛克小姐焦急地问：

“马普尔小姐是不是出事了？哦，我希望没有。”

“我也希望没有。”他嘴唇的线条变得更冷酷了。

“她太老了——而且很脆弱。”

“我知道。”

布莱克洛克小姐站在那里，用手去扯套在脖颈上的珍珠短项链，一面用沙哑的声音说道：“情况变得越来越糟。不管是谁干的这些事，这人肯定疯了，警督——而且疯得很厉害……”

“这正是我想知道的。”

在她那紧张的手指的抓扯之下，套在布莱克洛克小姐脖颈上的珍珠短项链突然断开。光滑的洁白珠子在客厅里滚了一地。

莱蒂希亚痛苦万分地尖叫起来。

“我的珍珠——我的珍珠——”她声音里所表现的痛楚如此剧烈，以至于每个人都非常惊讶地望着她。她用手按住喉咙，抽泣着冲出了客厅。

菲莉帕去捡珍珠。

“我从未见过她会为什么事生这么大的气，”她说，“当然，她一直都戴着这条项链。这也许是什么特别的人送给她的，您看呢？兴许是兰德尔·戈德勒？”

“有可能。”警督缓缓回答。

“这些珍珠怎么说也不是——不可能是——真的，不是吗？”菲莉帕问道，她仍然跪在地上，一颗一颗地拣那些闪光的珠子。

科拉多克拾了一颗拿在手里，正当他想不屑一顾地回答说“真的？当然不是！”之际，他突然把话又吞了回去。

对呀，这些珍珠会是真的吗？颗粒很大，每一粒都如此匀称、如此洁白，其赝品之嫌似乎相当明显，但科拉多克忽然想起一桩案子，有人花了几先令就在某家当铺买到了一串货真价实的珍珠。

莱蒂希亚·布莱克洛克向他保证过，说家里没有贵重的珠宝。如果碰巧这串珍珠是真的，那一定价值不菲。而如果又是兰德尔·戈德勒送的，价值就难以言喻了。

样子看起来是假的——肯定是假的——但万一是真的呢？

为什么不会呢？她本人可能并没有意识到项链的价值。或许，她也可能是故意把它当作和一两颗珍珠等价的廉价首饰，从而保护自己的财宝。如果是真的，又该值多少钱呢？价值连城……要是有人知道内情的话，是值得为之杀人的。

科拉多克突然从推理之中惊醒过来。马普尔小姐失踪了，他必须赶到牧师住宅。

3

他发现圆圆和她丈夫正在等他，一筹莫展，万分焦急。

“她还没有回来。”圆圆说。

“她离开砾石山庄时，有没有说过要回来？”朱利安问。

“她实际上并没有这样说。”科拉多克慢慢说道，脑子里尽力回想他最后一次见到马普尔小姐的情形。

他想起当时她那双通常非常温柔的碧蓝色眸子里闪烁着严厉的冷光，嘴唇的线条也堪称阴沉。阴沉，一种不屈不挠的决心……去干什么呢？去什么地方吗？

“我最后一次见到她时，她正在跟弗莱彻警长说话，”他说道，“就在大门口。然后她走出了大门。我认为她是往这儿来的。我本该开车送她——但当时要处理的事太多，而且她又走得很快。弗莱彻可能知道一些什么！弗莱彻在哪儿？”

然而，等科拉多克打电话跟砾石山庄联系后，他了解到，弗莱彻警长并不在那儿，也没有留言说去了什么地方。想来他可能是因为什么缘故回米尔切斯特去了。

警督突然想起圆圆先前在电话上说的事，转向她。

“那张纸条在哪儿？您说她在一张纸上写了些东西。”

圆圆把纸条拿给他。他在桌子上展开纸条，俯身细看。

圆圆的目光越过他的肩头，在他读的时候拼着上面的字。字迹潦草，很难辨认：

台灯。

然后是“紫罗兰”。

接着空了一格：

装阿司匹林的瓶子在哪儿？

这张奇怪的字条上的下一个项目就更难理解了。

“美味之死，”圆圆读出了声，“这是米兹做的蛋糕。”

“咨询。”科拉多克念道。

“咨询？我想知道是咨询什么？这是什么？勇敢地承受起痛苦的折磨……这到底是什么！”

“碘，”警督念着，“珍珠。啊，珍珠。”

“然后是洛蒂（Lotty）——不，是莱蒂（Letty）。她写的e，看起来像o。接下来是伯尔尼。这又是什么呢？养老金……”

他们面面相觑，迷惑不解。

科拉多克把这些字很快地重新连起来：

“台灯。紫罗兰。装阿司匹林的瓶子在哪儿？美味之死。咨询。勇敢地承受起痛苦的折磨。碘，珍珠。莱蒂。伯尔尼。养老金。”

圆圆问道：“这有什么意义吗？究竟有没有意义？我看不出什么联系。”

科拉多克徐徐说道：“我只是隐约有些苗头——可又不是很明白。奇怪的是她写的东西居然与珍珠有关。”

“什么与珍珠有关？您在说什么？”

“布莱克洛克小姐不是一向都戴着那串三层的短珍珠项链吗？”

“是的。我们有时候还笑她。看起来多假啊，不是吗？我猜想她认为这很时髦。”

“可能还有别的原因。”科拉多克缓缓说道。

“您不是说那是真的吧？哦！不可能！”

“您多久才有一次机会看见那么大的真珍珠，哈蒙太太？”

“可它们看起来那么光滑，像玻璃球似的。”

科拉多克耸了耸肩。

“不管怎么说，它们现在已无关紧要了。重要的是马普尔小姐。我们得找到她。”

他们必须找到她，否则便为时晚矣——也许已经晚了？这些用铅笔写下来的字说明她有所发现……但这是很危险的——极其危险。再说弗莱彻究竟到哪儿去了？

科拉多克从牧师住宅出来，走到他停车的地方。搜索——这是他唯一能做的——搜索。

一个声音从枝丫垂吊的月桂树上传下来。

“长官！”弗莱彻警长急促地喊道，“长官……”

第二十一章　三个女人

小围场的晚餐已经告一段落。席间格外沉默，人人食不知味。

帕特里克很不自在地意识到自己已经失宠。他企图像往常一样，不时提起个话题，但没人捧场。菲莉帕·海默斯陷入了沉思。布莱克洛克小姐不愿再白费力气，去装得跟平时一样快活。她特地为晚饭换了衣服，下楼时戴着玉石浮雕项链，然而头一回，那双带着黑眼圈的眼睛里显现出了恐惧，而她颤抖的手更是背叛了她。

唯有朱莉娅整个晚上都保持着其特有的玩世不恭、置之度外的作风。

“很抱歉，莱蒂，”她说，“我想打点行装走人，但我猜警方不会允许。我想我令贵府蒙污——不管正确的措辞是什么——的时间不会太长了。我可以想到科拉多克警督随时都会拿着逮捕令和手铐出现。事实上，我无法想象的是，为什么这事还没发生。”

“他正在找那个老太太——马普尔小姐。”布莱克洛克小姐说。

“您认为她也被杀害了？”帕特里克带着一种科学研讨式的好奇心问道，“可这是为什么呢？她能知道些什么？”

“我不知道，”布莱克洛克小姐呆板地应道，“也许穆加特罗伊德小姐告诉了她些什么。”

“如果她也被谋杀的话，”帕特里克说，“从逻辑上讲，只有一个人能干这种事。”

“谁？”

“当然是欣奇克利夫啦，”帕特里克得意地说道，“那是最后看见她活着的地方——砾石山庄。我的看法是，她根本没有离开过砾石山庄。”

“我头疼。”布莱克洛克小姐声音呆板地说道。她用手按住前额，“欣奇干吗要杀害马普尔小姐？这没有道理。”

“要是欣奇果真杀了穆加特罗伊德，那就有道理了。”帕特里克得意扬扬地说道。

菲莉帕突然一扫漠然的态度，开口道：“欣奇不会杀害穆加特罗伊德的。”

帕特里克存心和她辩个清楚。“如果穆加特罗伊德说漏了嘴，结果泄露了她——欣奇——就是杀人凶手的话，她就会。”

“不管怎么说，穆加特罗伊德被杀的时候，欣奇在警察局。”

“她可以先杀了穆加特罗伊德，然后再去。”

莱蒂希亚·布莱克洛克突然大喊大叫，把大家吓了一大跳。

“谋杀，谋杀，谋杀——你们就不能说点儿别的？我很害怕，你们明白吗？我很害怕。以前我并不害怕。我原以为我能保护自己……可是，对于一个等待、观察、伺机下手的凶手你又能怎么防备呢！啊，上帝啊！”

她把头埋到手里。过了片刻，她抬起头，生硬地表示歉意。

“我很抱歉。我——我失去了自控。”

“没关系，莱蒂姨妈，”帕特里克爱怜地说，“我会照看您的。”

“你？”莱蒂希亚·布莱克洛克只说了一个字，但这个字背后的幻灭几乎变成了一种指控。

这一切是快到晚饭时发生的。等到米兹进来宣布她不打算做晚饭时，话题才算岔开。

“我不再在这幢房子里做任何事了，我要去我的房间，我要把自己锁在里面。我要在里面一直待到天亮。我害怕——杀人接连不断——长着那张愚蠢英国脸孔的穆加特罗伊德小姐——谁愿意杀她？只有疯子！那么这一切都跟疯子有关了！而疯子是不会在乎杀谁的。可我，我不想被杀。厨房里有影子——我听见了响动——我看见院子里有人，我想我在储藏室的门口看见了一个影子，后来我听见了脚步声。所以我现在要回我的房间去，我要把门锁好，兴许我甚至还要用柜子抵住门。到明天早上，我就跟铁石心肠的警察说我要从这儿离开。要是他们不让，我就说：‘我要尖叫、尖叫、尖叫到你放我走！’”

大家对米兹的尖叫记忆犹新，这下一听到她发出威胁便感到不寒而栗。

“我回我的房间去了。”米兹说，这种重音把她的目的表现得一清二楚。她做了一个象征性的动作，把一直穿在身上的印花装饰布围裙扔在一边。“晚安，布莱克洛克小姐。到了明天早上，您可能不再活着了。所以，以防真是那样，我先说声再见。”

她唐突地离开了，房门发出那常有的微弱的呜咽，轻轻在她身后关上。

朱莉娅从座位上起身。

“我去做晚饭，”她以就事论事的口吻说道，“应该是个相当不错的安排——对大家来说，我不同席的话就少些尴尬。帕特里克——既然他已自封为您的保护人，莱蒂姨妈——最好把每盘饭菜都先尝一遍。我可不想又被添上一条毒杀您的罪名。”

于是朱莉娅做了一顿极其精彩的晚餐。

菲莉帕自愿到厨房去帮忙，但朱莉娅坚决说不要别人帮忙。

“朱莉娅，我想说点事——”

“我可没有时间听姑娘间的私房话，”朱莉娅坚定地说，“回餐厅去吧，菲莉帕。”

现在吃罢晚饭，大家都到了客厅里，围坐在火炉边的一张茶几旁喝咖啡。但似乎谁也没有什么可说的。大家都在等待——如此而已。

八点三十分，科拉多克警督打来了电话，“我将在一刻钟以后到您那儿，”他宣布，“我将带来上校和他的太太，还有斯韦特纳姆太太跟她儿子。”

“可事实上，警督……今天晚上我不能接待客人——”

布莱克洛克小姐的声音听起来已经精疲力竭。

“我明白您的感受，布莱克洛克小姐。我很抱歉，但事情紧急。”

“您有没有找到马普尔小姐？”

“没有。”警督回答，然后挂断了电话。

朱莉娅把咖啡盘端到厨房，令她大吃一惊的是，她发现米兹正对着水槽里摞起的大小盘子出神。

听到她进来，米兹朝她噼里啪啦就数落起来。

“瞧你把我干干净净的厨房弄成了什么样子！这个炒锅，我只——只用来做煎蛋卷的！可你，你拿它来做了什么？”

“炒洋葱。”

“毁了——真正毁了。现在非洗不可了，可我从来——从来都不洗煎蛋卷的锅的。我是用油墨纸小心擦，这样就行了。还有你用的这个长柄深平底锅，这口锅，我只用来烧牛奶——”

“得啦，我不知道你哪个锅用来干什么，”朱莉娅生气地说，“你自己要去睡觉，干吗又要爬起来，我简直无法想象。走开，让我一个人安安静静地洗碗。”

“不行，我不让你用我的厨房。”

“哦，米兹，你真令人无法忍受！”

朱莉娅愤怒地大步走出了厨房，就在这当口，门铃响了。

“我才不去开门呢！”米兹从厨房里喊道。朱莉娅咕哝了一句欧洲大陆特有的脏话，然后大步走到前门。

来的是欣奇克利夫小姐。

“晚上好，”她声音沙哑地说，“很抱歉又闯进来。我估计警督打了电话来，对吧？”

“他没有告诉我们说您要来。”朱莉娅说，一面把客人领到客厅。

“他说除非我愿意，否则就不必来。”欣奇克利夫小姐道，“但我非常愿意。”

没有任何人对欣奇克利夫小姐主动表示同情，或者提起穆加特罗伊德小姐的死。这个身材高大、精力充沛的女人，脸上一副劫后余生的样子，足以使任何表示怜悯同情的语言变得黯然失色。

“把所有灯都打开，”布莱克洛克小姐说，“给火炉里再加点煤。我很冷——非常冷。来坐在火边，欣奇克利夫小姐。警督说他一刻钟后就到，现在差不多该到时间了。”

“米兹又下来了。”朱莉娅说。

“是吗？有时候我觉得这姑娘疯了——疯得很厉害。不过也许我们都疯了。”

“我不能忍受罪犯都是疯子的这种说法，”欣奇克利夫小姐怒气冲冲地喊道，“对我来说，罪犯们都是清醒的，甚至可以说是聪明的……以一种邪门的方式。”

大家听到有汽车驶来，片刻过后，科拉多克便同上校夫妇以及斯韦特纳姆母子走了进来。所有人看起来都十分谨慎。然后伊斯特布鲁克上校压低了嗓子开口了：“哦！哦！火烧得真旺！”

伊斯特布鲁克太太试图让气氛活跃些，她的表现几乎都可以说是滑稽了。

“可怕，不是吗？”她这样说，“我是说所有这一切。言多必失，因为谁也不知道下一个会轮到谁——就像鼠疫一样。”

“妈妈，”埃德蒙用极度煎熬的语气说道，“您能不能住口？”

“我保证，亲爱的，我不想再说一个字了。”斯韦特纳姆太太说，然后靠着朱莉娅坐到沙发上。科拉多克警督站在靠门的地方。面对他的是几乎坐成一排的三个女人——朱莉娅和斯韦特纳姆太太坐在沙发上，伊斯特布鲁克太太坐在她丈夫椅子的扶手上。他并没有刻意安排，结果却歪打正着。

布莱克洛克小姐和欣奇克利夫小姐弯着腰在烤火。埃德蒙站在她们附近，菲莉帕则在很靠后的阴影里。

科拉多克开门见山地道："你们大家都知道，穆加特罗伊德小姐被害了。我们有理由相信杀害她的凶手是个女人。由于另外一些理由，我们还可以把范围缩得更小。我这就请几位女士说说，今天下午从四点到四点二十分之间，你们都在干什么。我已经听取了自称是西蒙斯小姐的年轻女士叙述过自己的活动。我想请她再重复一遍她说过的话。与此同时，西蒙斯小姐，我必须提醒您，如果您认为您的回答对自己不利，那么您不必回答，您所说的每一句话都将被爱德华兹警员记录下来，并可能被法庭用作证据。"

"这些话您非说不可，是吗？"朱莉娅说。她的脸色格外苍白，神态却镇静自若，"我再说一遍，四点到四点三十分，我正沿着流向康普顿农场的小溪旁的田野散步。我是从长着三棵白杨树的田野走回到大路的。据我记忆，我没有遇见任何人。我没有靠近砾石山庄。"

"斯韦特纳姆太太？"

埃德蒙问道："您的警告是针对我们所有人的吗？"

警督转向他。

"不。目前只是西蒙斯小姐。我没有理由相信其他人说的话将会连累自己，但是，任何人当然都有权请一位律师在场，并且当律师不在场时拒绝回答问题。”

“哦，可这样做非常愚蠢，而且完全是浪费时间。”斯韦特纳姆太太大声说，“我保证可以马上告诉您我那段时间在干什么，您要的就是这个，不是吗？现在我可以开始了吗？”

“是的，请吧，斯韦特纳姆太太。”

“现在让我想想。”斯韦特纳姆太太闭上眼睛，然后又睁开，“当然，我跟穆加特罗伊德小姐被害一事毫无关系，我相信在座的各位都知道这一点。不过，我是个懂得人情世故的人，我很了解警方不得不问一些最无必要的问题，并极其谨慎地写下答案，因为这完全是为了他们称之为‘记录’的东西。就这么回事，不是吗？”斯韦特纳姆太太忽然向勤勤恳恳的爱德华兹警员提出这个问题，然后还通情达理地加了一句，“希望我说的对您不算太快吧？”

爱德华兹警员是个优秀的速记员，但对于圆滑的处事之道却知之甚少。他的脸红到了耳根，回答说：“没事，女士。唔，也许稍慢一些会更好。”

斯韦特纳姆太太继续她的长篇大论，并在她认为适宜用逗号或句号的地方明显有了停顿。

“当然了，很难说得准确，因为我的时间观念并不是很强。自从大战以来，我们家半数的钟压根儿就不走，而能走的那一半，因为没有上发条，不是快，就是慢，要不，就根本不走。”斯韦特纳姆太太停下来，让众人吸收一下这幅描述时间的混乱画面，然后诚恳地接着说，“我想四点钟我在翻新我的袜底——由于一些异乎寻常的原因，我弄反了方向——用的是金银丝绣，知道吗，可不是素白布——不过要是我当时没干这活儿的话，我一定是在外面把枯死的菊花掐掉——不对，那还要早一点儿，在下雨之前。”

“那场雨，”警督说道，“正好是在四点十分开始下的。”

“是吗？这可帮了大忙。当然，那阵子我在楼上，把洗脸盆放在过道上接雨水，那个地方总是漏雨，雨水漏得那么快，我马上就猜想屋顶的水槽肯定又堵了。于是我下楼来穿雨衣和胶鞋。我叫埃德蒙，可他没有回答，所以我想他肯定写到了小说的关键之处，我也就不再打扰他。再说，过去我也经常自己干。拿一把扫帚，知道吗，扫帚柄绑到用来往上推窗户的长棍上。”

“您是说，”科拉多克注意到他下属脸上露出莫名其妙的神色，于是他问道，“您在清理水槽？”

“是的，全被树叶堵住了。我花了很长时间，而且弄得我身上相当湿，可我最后还是把它清理干净了。后来我进家换洗——枯叶的味道真臭。然后我去了厨房，把水壶搁到火炉上。那时厨房的钟指到六点十五分。”

爱德华兹警员眨了眨眼睛。

“这就是说，”斯韦特纳姆太太得意扬扬地结束了叙述，“实际时间是差二十分五点。”

“或者说很接近。”她补充道。

“您到屋外清理水槽的时候，有人看见吗？”

“还真没有，”斯韦特纳姆太太说，“要是有人的话，我马上就拉他来帮忙了！单独一个人干可真难。”

“这么说，照您的陈述，下雨的时候，您穿着雨衣和胶鞋在屋外，而且，按您的说法，那段时间您在清理水槽，可您没有旁人证明？”

“您可以去看看水槽，”斯韦特纳姆太太道，“可干净着呢。”

“您听见您母亲叫您了吗，斯韦特纳姆先生？”

“没有，”埃德蒙回答道，“我当时睡得很沉。”

“埃德蒙，”他母亲责备道，“我还以为你在写作呢。”

科拉多克警督转向了伊斯特布鲁克太太：“该您了，伊斯特布鲁克太太。”

“我跟阿奇坐在他的书房里，”伊斯特布鲁克太太回答说，一边瞪着天真无邪的眼睛盯住他，“我们在一起听收音机，对吧，阿奇？”

出现了一个短暂的停顿。伊斯特布鲁克上校涨红了脸，他握住妻子的手。

“你不懂这些事，小猫咪，”他说道，“我——好吧——我必须说，警督，您相当突然地向我们提出这件事儿。我妻子，您知道，被这一切弄得很不安。她很紧张，弦绷得非常紧，而且她并不懂得在作供述之前应该适当考虑的——重要性。”

“阿奇，”伊斯特布鲁克太太责备地喊叫起来，“你打算说你没有跟我在一起吗？”

“我没有，对吧，亲爱的？我是说人总得实事求是。在这种询问中，这一点极其重要。我那会儿正在跟兰普森，就是克罗夫特区的农夫，谈怎样靠养鸡赚钱的事。当时是差一刻四点。我是在雨停后才回家的，刚好在茶点之前，是五点差一刻。劳拉正在烤司康饼。”

“那么您也外出了，伊斯特布鲁克太太？”

那张漂亮的脸蛋越发像黄鼠狼的脸了，她的眼睛露出受困般的表情。

“不——不，我只是坐着听收音机，并没有出去。不是在那会儿。我是更早一点儿出去的，大约——大约三点半，只是小小散个步，走得不远。”

她的神情好像期待着更多提问，但科拉多克平静地说：“就这些了，伊斯特布鲁克太太。”

他接着说：“供述将被打出来。你们可以看一看，如果内容正确，请在上面签字。”

伊斯特布鲁克太太忽然恶狠狠地看了他一眼。

“您干吗不问问其他人当时在什么地方？比如说海默斯这个女人？埃德蒙·斯韦特纳姆？您怎么知道他确实在屋里睡觉？可没什么人看见他。”

科拉多克警督心平气和地说："穆加特罗伊德小姐在被害之前说了一些话。在这里发生抢劫的那天晚上，有人当时不在这间屋子里。穆加特罗伊德小姐跟她朋友讲了她看见在场的那些人的名字。通过一个个排除，她发现有一个人她没有看见。"

"谁也不可能看见什么。"朱莉娅说。

"穆加特罗伊德就能，"欣奇克利夫小姐忽然用深沉的声音说道，"她就在门背后，就是科拉多克先生现在站的地方。她是唯一看见了发生的一切的人。"

"啊哈！这可是你的想象！不是吗？"米兹质问道。

她戏剧般地登场了，"砰"地推开门，几乎是一把将科拉多克推到一边，激动得异乎寻常。

"哦，你们不叫米兹同别人一起进来，是吗，你这个古板的警察！我只不过是米兹！厨房里的米兹！让她待在厨房！她只属于厨房！可我告诉你，米兹同别人一样看得清，也许看得更清楚。不错，我看得清。抢劫的那天晚上我看见了一件事，而且我深信不疑，以前我一直没有说。我心想，我不会把看到的说出去，还不到时候，我要等待。"

"等一切风平浪静了，你打算向某个人索取一点儿钱，嗯？"科拉多克说。

米兹转向他，样子活像一只发怒的猫。

"干吗不行呢？你干吗瞧不起人？既然我一直这么慷慨大度地保持沉默，我干吗不该得到报酬？特别是等到有一天，这里面会有钱——很多很多钱。啊！我听见了——我明白是怎么回事。我知道这个‘皮普艾玛’——这个她——”她猛地伸出一根指头指着朱莉娅，“在里面充当特务的那个秘密社团。不错，我本来可以等着要钱——可现在我害怕了。我宁愿要安全。因为，也许，不久有人就要杀我。所以，我要把我知道的说出来。”

“那么好吧，”警督怀疑地说道，“你到底知道些什么？”

“我告诉你，”米兹庄严地说，“那天晚上我并不像我说的是在餐具室清洗银器，听见枪响的时候，我已经来到了餐厅。我从锁眼里往里瞧，走廊一片漆黑，可枪声很响，手电筒掉到地上——我看见了她。我看见她手里拿着枪，就在他附近。我看见了布莱克洛克小姐。”

“我？”布莱克洛克小姐大吃一惊，从座位上跳起来，“你肯定是疯了？”

“但这不可能，”埃德蒙叫道，“米兹不可能看见布莱克洛克小姐。”

科拉多克突然打断他，他的声音尖酸刻薄。

“不可能是她吗，斯韦特纳姆先生？为什么不可能呢？就因为拿着枪站在那儿的不是布莱克洛克小姐？那么是你了，不是吗？”

“我——当然不是——真见鬼——”

“是你偷了伊斯特布鲁克上校的左轮手枪。是你跟鲁迪·谢尔兹密谋的勾当——好开个大玩笑。你跟着帕特里克·西蒙斯走进小客厅，等灯一灭，你就溜出仔细上过油的那道门。你朝布莱克洛克小姐开枪，然后又杀了鲁迪·谢尔兹。几秒钟后，你回到客厅，啪啪地打着打火机。”

一时间埃德蒙似乎无言以对，然后他气急败坏地说道：“整个想法简直可怕至极。为什么是我？我究竟有什么动机？”

“如果布莱克洛克小姐在戈德勒太太之前死，记住，有两个人能继承遗产。这两个人我们只知道叫皮普和艾玛。朱莉娅·西蒙斯原来就是艾玛——”

“而你认为我就是皮普？”埃德蒙哈哈大笑，“异想天开——彻头彻尾的异想天开！大约我的年纪相符——如此而已。我可以向你证明，你这该死的蠢货，我是埃德蒙·斯韦特纳姆。出生证、中小学毕业证、大学文凭——一切。”

“他不是皮普。”一个声音从角落的阴影里传了出来。菲莉帕·海默斯走上前，脸色苍白。“我才是皮普，警督。”

“您，海默斯太太？”

“不错。似乎人人都以为皮普是个男孩——当然，朱莉娅知道她的同胞胎是个女孩，但我不知道今天下午她为什么没有说——”

“为了家庭团结，”朱莉娅说道，“我忽然意识到了你是谁。但到那一刻之前我的确不知道。”

“我与朱莉娅的想法是一样的，”菲莉帕说，声音微微有些颤抖，“啊，失去丈夫以及战争结束之后，我不知道该干什么。我母亲很多年前就死了。我发现了我们戈德勒家族的亲戚的事。戈德勒太太行将就木，她一死，钱就会落到那个布莱克洛克小姐的手中。我发现了布莱克洛克小姐住在什么地方，于是，我——我就来到了这里。我在卢卡斯太太家找了份活儿。我希望，既然这位布莱克洛克小姐是个老太婆，又没有亲人，她也许可能愿意帮我一把。但不是为了我——因为我能够工作——而是给哈里的教育提供帮助。毕竟，这是戈德勒家的钱，再说她又没有特别的亲人需要花钱。

“后来，”菲莉帕说得更快了，仿佛长期以来积蓄在胸中的千言万语一下子决了堤，再快的速度也表达不出她的情感，“这次抢劫发生后，我开始感到害怕。因为我似乎觉得，唯一可能有动机杀死布莱克洛克小姐的人就是我。我一点儿也不知道哪一个是艾玛——我们并不是那种长得一模一样的双胞胎，一看就知道我们并不怎么相像。因此，似乎唯一应该受到怀疑的就只有我了。”

她停下来，将她的秀发从脸庞梳理到耳后。科拉多克猛地意识到，书信匣子里那张褪了色的快照一定是菲莉帕的母亲。这种相像绝对错不了。他也明白了为什么信上提到的“双手反复握紧又松开”这句话那么似曾相识——菲莉帕这会儿就在这么做。

“布莱克洛克小姐待我很好，非常非常好——我从未企图谋杀她，也从来没有动过这个念头。可结果还是一样，我就是皮普。”她补充道，“您瞧，您不用再怀疑埃德蒙了。”

“不必了吗？”科拉多克说，他的话音里又带着那种尖刻的调儿，“埃德蒙·斯韦特纳姆可是个喜爱钱财的小伙子呢。一个风华正茂的人，也许想讨一个有钱的老婆。但如果布莱克洛克小姐不在戈德勒太太之前死，他想讨的这个老婆就不会有钱。既然戈德勒太太要先于布莱克洛克小姐死这一点几乎是铁定的，那么，他得有所作为，不是吗，斯韦特纳姆先生？”

“这全是该死的谎言！”埃德蒙大喊大叫。

就在这当口，凭空突然响起了一声叫喊，是从厨房里传出来的——那是一声悠长的、令人胆战心惊的恐惧的尖叫。

“那不是米兹！”朱莉娅喊道。

“不是，”科拉多克警督说，“那是谋杀了三个人的凶手……”

第二十二章　真相大白

当警督把注意力转向埃德蒙·斯韦特纳姆时，米兹悄悄走出客厅，回到了厨房。她正在往水池里放水，布莱克洛克小姐突然走了进来。

米兹惭愧得没敢正眼看她。

"你可真会撒谎，米兹，"布莱克洛克小姐愉快地说道，"这儿——餐具可不是这样洗的。先洗银器，水池里要放满水。就这么两英寸深的水可洗不了什么东西。"

米兹顺从地又打开水龙头。

"您对我说的话不生气吧，布莱克洛克小姐？"她问道。

"如果对你说的每一句谎话我都要生气的话，我就得一直都发脾气了。"布莱克洛克小姐说。

"我去对警督说是我编造的，这样行吗？"米兹问。

"这他已经知道了。"布莱克洛克小姐和颜悦色地说。

米兹伸手去关水龙头，就在这个当口，两只手从她身后伸出来，动作敏捷地把她的头按到装满水的水池里。

“只有我知道你就这一次是说了实话。”布莱克洛克小姐恶毒地说。

米兹猛烈地摆动、挣扎，但布莱克洛克小姐很强壮，她的手牢牢地把米兹的头按在水里。

忽然，在离她很近的地方飘来了多拉·邦纳乞怜的声音。

“哦，洛蒂——洛蒂——别这样做……洛蒂。”

布莱克洛克小姐尖叫着，扬起了双手，而米兹解脱了，抬起头，呛咳地喘着粗气，一面气急败坏地破口大骂。

布莱克洛克小姐一遍遍尖叫，因为厨房里除了米兹和她再也没有别人……

“多拉，多拉，原谅我。我是不得已……我不得不——”

她疯狂地冲向储藏室的门，然而弗莱彻魁梧的身体挡住了她的路，这时，马普尔小姐脸色通红、得意扬扬地从放扫帚的柜子里走了出来。

“我一向善于模仿别人的声音。”马普尔小姐说。

“你得跟我来，女士，”弗莱彻警长道，“我是你企图谋害这个姑娘的目击者。还会有另外的指控。我必须警告你，莱蒂希亚·布莱克洛克——”

“夏洛特·布莱克洛克，”马普尔小姐纠正道，“这才是她的真实身份，您知道。在她从不离身戴着的那串短项链下面，您会发现手术留下的伤疤。”

“手术？”

“甲状腺肿大手术。”

布莱克洛克小姐此刻已平静下来，看着马普尔小姐。

“这么说你全都知道了？”她说。

“是的，有一阵子了。”

夏洛特·布莱克洛克在桌旁坐下，哭了起来。

“你不该那样做，”她说道，“不该学多拉的声音。我爱多拉。我真心实意地爱着多拉。”

警督和其他人挤到了门口。

爱德华兹警员身怀多种技能，具备急救和人工呼吸的知识，此刻正为米兹忙活着。米兹刚能说话，便用抒情的语言自我赞扬起来。

“我干得挺棒，不是吗？我可聪明着呢！而且我很勇敢！啊，我真勇敢！勇敢得几乎被害死。可我敢于冒生命危险。”

欣奇克利夫小姐猛地推开身边的人，一个飞跃，向在桌边呜咽的夏洛特·布莱克洛克扑了过去。

弗莱彻警长使出了全身的劲儿才把她拉开。

“行了，”他说，“行了——别，别，欣奇克利夫小姐——”

欣奇克利夫小姐从紧咬的牙齿缝里说道：“放我过去结果了她！别拦着我。杀害艾米·穆加特罗伊德的就是她。”

夏洛特·布莱克洛克抬起头，哼了一声。

“我并不想杀她。我并不想杀任何人——我是迫不得已，可是我在乎的是多拉。多拉死后，我变得孤苦伶仃，自从她死了以后，我便孑然一身了。哦，多拉，多拉——”

她又埋下头，用手捂住脸，呜咽了起来。

第二十三章　牧师公馆

马普尔小姐坐在高背扶手椅上。圆圆在火炉前席地而坐，双手拢住膝盖。

朱利安牧师身子朝前倾，不像有着成熟外表的男子汉，倒像个学童。科拉多克警督抽着烟斗，啜饮着威士忌兑苏打，显然已卸下了肩上的重任，一副悠然自得的样子。围坐在外围的有朱莉娅、帕特里克、埃德蒙和菲莉帕。

“我想这个故事该您来讲了，马普尔小姐。”科拉多克道。

“啊，不，我亲爱的孩子。我只是零零星星地帮了一点儿小忙。总负责人是您，您指挥了全过程，而且您了解的那么多情况我是不知道的。”

“那么，一起说吧，”圆圆急不可待地说道，“一个人讲一点儿。只不过要让简姨妈开头，因为我喜欢她脑子运转的那种糊里糊涂的方式。您是从什么时候开始想到这一切都是布莱克洛克设的圈套的？”

“唉，我亲爱的圆圆，这很难说清楚。当然，从一开始，看起来仿佛安排那场抢劫最理想的角色，或者说最打眼的人物，我得说，是布莱克洛克小姐本人。她是唯一已知跟鲁迪·谢尔兹有接触的人，而且在自己的家里策划这种事何等容易。比如说，打开中央取暖就可以不用火炉，因为有了火就意味着屋里有光线。而能做这样的安排，使屋子里没有火的人，只能是房子的女主人。

“我并不是一直这么想的——在我看来，事情不是这么简单，这实在可惜！哦，不，我也跟别人一样曾经上当受骗，因为我以为真的有人想杀死莱蒂希亚·布莱克洛克。”

“我想我还是愿意先弄清楚真正发生的事，”圆圆说，“这个瑞士男孩认出了她吗？”

“是的。他工作的地方曾经是——”

她迟疑地看着科拉多克。

“在伯尔尼，阿道夫·科赫大夫的诊所，”科拉多克说道，“科赫曾是做甲状腺肿大手术世界闻名的专家。夏洛特·布莱克洛克去那儿摘除甲状腺，而鲁迪·谢尔兹是一个勤杂工。他来到英格兰后，在饭店认出了曾是病人的一位女士，于是，他一时冲动跟她搭讪。我敢说，要是他冷静想一想，就不会这么做，因为他是由于行为不端才背井离乡的。不过，那是在夏洛特离开那儿一段之后的事，因此，她不会知道。”

“这么说，他并没有说起蒙特罗和他父亲是饭店业主的事了？”

“啊，没有，这是她为了解释他跟她说话而不得不编造出来的。”

“见到他肯定使她大吃一惊，”马普尔小姐满腹心事地说，“本来她很安全，然而，由于几乎不可能的巧合，认识她的人出现了，并非把她当作两位布莱克洛克小姐中的一个——这她倒是有所准备——而是不折不扣地把她当作夏洛特·布莱克洛克，也就是那个做过甲状腺手术的病人。

“可你要我从头至尾讲一遍。好吧，开始嘛，我想——如果科拉多克警督同意我的意见的话——是夏洛特·布莱克洛克，一个漂漂亮亮、无忧无虑、充满柔情的女孩患上了甲状腺肿大症。这个病毁了她的生活，因为她是一个敏感的女孩，也是一个一向极其看重外貌的女孩。而处于少女阶段的女孩对自己是特别敏感的。如果她有一个母亲，或者有个通情达理的父亲，我想她绝对不会陷入那种病态．但事实上她毫无疑问深受其苦。她身边找不到一个人把她带出自我的囚牢，强迫她去见人，从而使她过上正常的生活，而不是执念于自己的畸形。当然，换到另一个家庭，她可能多年前就被送去做手术了。

“然而，我想，布莱克洛克大夫是个守旧的人，心胸狭窄、暴戾成性、顽固不化。他不相信这种手术。夏洛特从他那儿得到的结论肯定是无能为力——除了用碘剂和一些别的药。夏洛特确实相信了他，而且我认为她姐姐对他作为内科医生的能力也太过信任。

“夏洛特用一种脆弱和感伤的方式来表现对父亲的忠诚，她肯定以为父亲是最正确的。她愈发将自己封闭起来，结果甲状腺越长越大，别人也就越来越见不着她的人影，她拒不见人。但实际上她是个心地善良、充满爱意的人。”

“这样描述一个凶手，真是奇怪。”埃德蒙说。

“我却不这样认为，”马普尔小姐说道，“生性懦弱而又心地善良的人往往最容易背信弃义。一旦他们对生活抱有怨恨，他们原有的一点儿道德力量便会被怨恨消耗殆尽。

“诚然，莱蒂希亚·布莱克洛克的性格却迥然相异。科拉多克警督跟我说过，贝拉·戈德勒把她描述得实在太好，而我也认为莱蒂希亚确实好。她是一个品德高尚的人——照她自己的说法——她无法理解别人为什么看不到舞弊的行为。无论经受怎样的诱惑，莱蒂希亚·布莱克洛克决不会产生丝毫作假的念头。

“莱蒂希亚对妹妹很忠诚。她给她写信，不厌其烦地叙述发生的每一件事，力图使妹妹保持与生活的联系。她很为夏洛特的病态心理担忧。

“最终，布莱克洛克大夫死了。莱蒂希亚毫不犹豫地舍弃了兰德尔·戈德勒处的职位，把自己的生活全部贡献给夏洛特。她把她带到瑞士，去找权威人士咨询手术的可能性。手术为时已晚，但我们知道手术做得很成功。畸形被除掉，而手术留下的伤疤，用一串珍珠或念珠短项链，便轻而易举地遮盖了。

“后来战争爆发，姐妹俩很难返回英格兰，于是她们便留在了瑞士，在红十字会以及其他机构做各种各样的工作。是这样吧，警督？”

“是的，马普尔小姐。”

“她们偶尔会听到英格兰的消息。我估计除了别的事，她们还听说贝拉·戈德勒活不长了。我相信，完全是出于人的天性，她俩一起计划、谈论等可以支配那一大笔钱后未来的日子如何过。我想必须认识到，就姐妹俩而言，这个前景对于夏洛特意味着更多东西。在生活中第一回，夏洛克可以感觉像个正常的女人一样到处走动，去做一个没有人敢投之以厌恶或怜悯目光的女人。她终于可以自由自在地享受生活了，她要在余生里争分夺秒，把失去的时光全部夺回来。要旅行，要买房子和美丽的花园，要穿戴漂亮的衣服和闪光的珠宝，要去戏院和音乐厅，要满足每一个奇思妙想。对于夏洛特来说，这一切就像是童话成真了。

“然而后来，身体健壮的莱蒂希亚得了流感，而流感又转为肺炎，结果她一个星期之内便客死他乡！夏洛特不仅失去了姐姐，为自己规划的美梦也终成泡影。我想她几乎对莱蒂希亚感到怨恨。她们才接到一封信说贝拉·戈德勒将不久于人世。在这样一个节骨眼上，为什么莱蒂希亚要死？也许再有一个月，钱就属于莱蒂希亚了——等莱蒂希亚一死，就是她的了……

“这时，我想，两人的差别便表现了出来，夏洛特根本没有感觉到她产生的念头是错的——她认为没什么错。钱原来是给莱蒂希亚的——只要几个月的工夫就会到莱蒂希亚的名下——她将莱蒂希亚和自己看作了同一个人。

“也许是在那个大夫或者什么人问她姐姐的教名时，她才生出了这个念头。她忽然意识到，在大多数人的眼里，这两位布莱克洛克小姐的印象完全一样——上了年纪、很有教养的英国妇人，穿戴几乎相同，血缘造成的相貌极其相似。（我就给圆圆指出过，上了年纪的女人看起来样子都差不多。）死的为什么不能是夏洛特，活下来的为什么不能是莱蒂希亚呢？

“恐怕，与其说是周密计划，不如说是一时冲动。莱蒂希亚是用夏洛特的名字下葬的。‘夏洛特’死了，‘莱蒂希亚’回到了英格兰。大自然所赋予的创造性和精力，原已蛰伏了多少年，现在终于升腾起来。做夏洛特的时候，她只是个配角。如今她换上了一副支配别人的面孔——那种属于莱蒂希亚的支配感。她们的脑力实际上并无很大差异，我认为，只是在道德上大相径庭。

“夏洛特自然要采取一两个显著有效的措施。她在英格兰的一个陌生的地方买了一幢房子。她唯一要避开的人只有她家乡坎伯兰为数不多的几个人——她原来在家里毕竟过的是离群索居的生活——再就是贝拉·戈德勒。后者与莱蒂希亚太熟悉，因此偷梁换柱不可能不被她识破。尽管手指患了风湿，但模仿笔迹的困难还是被她克服了。这一切做起来实际上轻而易举，因为真正认识夏洛特的并无几人。”

“可假如她遇见莱蒂希亚认识的人呢？”圆圆问道，“这样的人肯定不少。”

“他们同样不成问题。有人可能会说：‘那天我碰见了莱蒂希亚。她的变化真大，连我都认不出了。’但他们的脑子里仍然不会怀疑那不是莱蒂希亚。十年的工夫确实是会令人改变的。而她认不出他们却总可以归结为近视眼。你们一定还记得，她对莱蒂希亚在伦敦的生活细节了如指掌，包括认识的人，去过的地方。她可以参考莱蒂希亚写给她的信，她可以提一提一些事件，或问一下双方都认识的朋友的境况，从而很快打消任何怀疑。不，她唯一害怕的只是被当作夏洛特认出来。

“她在小围场安顿下来，认识了邻近的人。后来她接到一封信，请求亲爱的莱蒂发发善心，她便愉快地接受了两位自己从未见过的年轻表兄妹的来访。他们把她当作莱蒂姨妈，这更增加了她的安全感。

“一切进展得天衣无缝。就在这时，她犯了一个大错。这个大错完全源于她慈悲的心怀和仁爱的天性。她接到时运不济、生活落魄的老同学的一封来信，于是她赶去救苦救难。也许部分原因是，尽管她拥有了一切，但是很孤独。她的秘密使她对别人避而远之。她一直打心眼儿里喜欢多拉·邦纳，把她当作自己读书时无忧无虑、快快乐乐的那段时光的象征来怀念。不管怎么说，凭着一时的冲动，她亲自给多拉写了回信。而多拉肯定惊喜若狂：她写信给莱蒂希亚，而回信的却是她妹妹夏洛特。要对多拉假装成莱蒂希亚绝对是不可能的。多拉是夏洛特在孤独寂寞、郁郁寡欢的日子里为数不多的几个被允许见她的人之一。”

“因为她知道多拉会直言不讳，她告诉多拉自己都做了些什么。多拉全心全意表示同意。在她那糊里糊涂的脑子里认为，洛蒂似乎不应该因为莱蒂的死而被剥夺遗产。因为洛蒂勇敢地承受了一切病痛的折磨，所以应该得到报偿。倘使那笔钱落入一个从未听说过的人的手中，那才有失公允。

“她很清楚此事必须秘而不宣。这就好比额外得到的一磅黄油，虽然没什么问题，但也不能走漏风声。于是，多拉来到了小围场。而很快，夏洛特便发现自己犯了一个可怕的错误。这不仅是由于多拉老眼昏花，手足笨拙，屡出差错，跟她生活在一起叫人发疯。夏洛特本来还能够忍受，因为她真的疼爱多拉，而且她从大夫那里了解到多拉的日子并不多了。但很快，多拉就变成了一个真正的危机。尽管夏洛特和莱蒂希亚相互叫对方用的是全称，多拉却是那种总是用昵称的人。而且虽然她学会了坚决叫她朋友莱蒂，但旧日的名字常常从她嘴里脱口而出。此外，往事的回忆也容易从她的舌尖上冒出来——夏洛特要不断留意，以制止她因健忘而贸然失口。这开始使她焦虑。

“不过，谁也不大可能注意多拉前后不一的话语。就像我说的那样，鲁迪·谢尔兹在皇家温泉水疗饭店认出了她并上前跟她搭话，这对夏洛特的安全才是一个真正的威胁。

“我认为，鲁迪·谢尔兹用来补上饭店早些时候亏空的钱，可能就来自夏洛特·布莱克洛克。科拉多克警督相信——我也同意——鲁迪·谢尔兹请求她施舍钱的时候，他脑子里并没有动过讹诈的念头。”

“他根本就不知道自己知道什么能要挟她的把柄，”科拉多克警督说道，“他只知道自己是个风度翩翩的小伙子，而从经验里意识到，只要编出个所谓时运不济的故事，再把故事讲得活灵活现。风度翩翩的小伙子有时候是可以从老太太身上骗到钱的。

“但她却可能另有看法。她可能认为这是一种卑鄙的讹诈，以为他也许怀疑上了什么，而且可能还想到，日后一旦贝拉·戈德勒的死讯在报纸上公开，他可能会意识到在她身上发现了金矿。

“现在她决心要作假了。她已经以莱蒂希亚·布莱克洛克的身份出现，无论是对银行，还是对戈德勒太太，都是用的这个身份。唯一预想不到的障碍就是这个相当可疑的瑞士饭店侍者，品性绝非可靠，说不定还是个诈骗犯。只要把他除掉，她便可高枕无忧。

“也许她起初只是把这个计划当作幻想来制订的。她在生活中领略过感情与戏剧的饥渴，因此，她自得其乐地拟定了细节。那么，她如何才能除掉他呢？

“她制订了计划，最终决定加以实施。她给鲁迪·谢尔兹讲了在聚会上玩抢劫游戏的故事，还解释说要一个陌生人来扮演‘匪徒’的角色，并答应为他的合作给他一大笔钱。

“他毫不犹豫地同意合作，这更使我确信谢尔兹并没有掌握她的什么把柄。在他看来，她只是个愚蠢的老太婆，舍得散财。

“她给他那则启事，让他去登报，安排他去访问小围场，以便研究宅邸的地形，还带他去看了会面地点——案发那天晚上，她会到这个地点来接他，并把他领进家。当然，多拉·邦纳对这一切一无所知。

“然后，那一天到来了——”他顿了顿。

马普尔小姐用她那轻柔的声音接着往下讲。

“那一天她肯定过得非常痛苦。你们瞧，悬崖勒马还为时未晚……多拉 · 邦纳告诉我们，说那天莱蒂很害怕，实际上她当然很害怕。害怕她要干的事，害怕计划出错，但没有害怕到要悬崖勒马。”

“也许，从伊斯特布鲁克上校的抽屉里把左轮手枪偷出来这件事充满乐趣。一边谈着鸡蛋、果酱什么的，一边溜到楼上的空房间里。给第二道门上油——好让门开关自如，无声无息——这也很好玩。得把门外的桌子搬走，好让菲莉帕的插花看起来更醒目，这也很有意思。这一切就好像一个游戏，但是接下来要发生的事就绝对不再是游戏了。啊，是的，她很害怕……多拉 · 邦纳并没有说错。”

“总之，她实施了计划，”科拉多克说道，“而且一切照计划按部就班地进行。六点刚过，她出去‘关鸭子’，把谢尔兹放进来，给了他面具、披风、手套和手电筒。等到六点三十分钟声敲响之际，一切准备停当，她已站在拱廊附近的桌边，正伸手去拿桌上的烟盒。这一切做得那么自然。充当男主人的帕特里克去拿酒。而她——女主人——正要取香烟。她正确地推断出，钟声一敲响，大家都会把目光盯在钟上。事实也是如此。只有一个人，忠实的多拉，她的眼睛一直盯着她的朋友。第一次询问她时，她准确地说出了布莱克洛克小姐当时的所作所为，她说布莱克洛克小姐拿起了装紫罗兰的花瓶。

“她事先弄破了台灯的电线，铜丝几乎裸露在外。整个过程只需一秒钟。烟盒、花瓶、小开关都近在手边，她拿起花瓶，把水溅在裸线上，打开台灯开关。水是电的良导体，保险丝烧断了。”

“就像那天下午在这儿，”圆圆说道，“那可真吓了您一跳呢，不是吗，简姨妈？”

“对，我亲爱的。我一直在为灯的事犯愁。我意识到有两盏台灯，是一对，那一盏被调换成另一盏——大概是在夜里干的。”

“一点儿不错，”科拉多克说道，“第二天早上弗莱彻检查了台灯，发现跟其他地方的灯一样，毫无损坏，电线既没有破损也没有融化。”

“我明白了多拉·邦纳说前一天晚上还是牧羊少女是什么意思，”马普尔小姐说道，“但我顺着她的思维，陷入了这个思维错误，以为是帕特里克干的。关于多拉·邦纳，有一点很有趣，那就是她重复自己听到的事时很靠不住，她总是用想象去夸大或者扭曲事实，而她的想象往往是错的；但是，她看到的事却叙述得很准确。她看见莱蒂希亚拿起紫罗兰的花瓶——”

“而且她也看见了她描述为闪光和噼啪的东西。”科拉多克插话道。

“当然，亲爱的圆圆把装圣诞玫瑰的花瓶的水洒在台灯电线上时，我立刻意识到只有布莱克洛克小姐本人才能够把灯弄烧了，因为只有她离那张桌子最近。”

“我应该踹自己一脚，”科拉多克说道，“多拉·邦纳甚至还叨念过桌子烫起了疤痕，因为有人‘把香烟放在桌上’，可实际上并没有人点烟……而且由于花瓶里没有水，紫罗兰枯死了——莱蒂希亚忙中出错——她本该重新灌满水的。但我猜想，她认为没有人会注意到这个，而事实上，邦纳小姐很容易便相信起初自己就没有灌水。”

他接着说了下去。

“当然，她很容易接受暗示。而布莱克洛克小姐不止一次地利用了这一点。我认为，邦妮对帕特里克的怀疑也是她诱导的。”

“干吗挑上我？”帕特里克用委屈的语调质问道。

“我认为这不算一个处心积虑的暗示，却可以阻止邦妮去怀疑布莱克洛克小姐是这出悲剧的主谋。哦，接下来发生的事我们都知道了。灯一灭，大家便开始惊叫，她从事先上了油的门溜出去，来到鲁迪·谢尔兹的身后，而这时鲁迪·谢尔兹正拿着手电筒往屋里晃来晃去，兴致勃勃地扮演他的角色。我想他丝毫也没有意识到她就在他的身后，手上戴着园艺手套，握着左轮手枪。她等着手电光照到她必须瞄准的地方，就是她应该靠着站的那堵墙，便飞快地开了两枪。等他吃惊地转过身来时，她用枪抵着他，又开了一枪。她把左轮手枪扔到他的尸体旁，再将手套随随便便地甩到走廊的桌子上，又从那道门回来，来到她在灯灭之前一直站的地方。她割破了自己的耳朵，我不是很清楚她是怎么——”

“我想是指甲刀，”马普尔小姐说，“只要把耳垂剪一下就会流很多血。当然这是一种很好的心理战术。淌到她白色洋装上的血让人觉得她被枪击了，而且险些丧命。”

“本来一切进展顺利，”科拉多克说道，“多拉·邦纳坚持说谢尔兹绝对是向布莱克洛克小姐开了枪，这很管用。虽然不是她的本意，但多拉·邦纳却传达了这样一个印象，即她实际上看见她的朋友受了伤。本来可以用自杀或者意外死亡来了结此案。而案子之所以未结，得归功于这里的马普尔小姐。”

“啊，不，不。”马普尔小姐使劲地摇着头，“我做的一切微薄的努力都纯属偶然。对结论感到不满意的正是您，科拉多克先生。不让结案的正是您。”

“我对结论感到不甚满意，”科拉多克道，“我知道什么地方全弄错了。可我又看不清究竟错在哪儿，直到您来为我指路。此后，布莱克洛克小姐便真的厄运当头了。我发现第二道门被动过手脚。此前，我们一致认为发生过的一切还只是一种可能，除了推论，我们并没有真凭实据。而上过油的门就是证据。我是歪打正着，而且纯属偶然——我拉错了门把。”

“我认为您是被引导到那儿的，警督。”马普尔小姐说，“不过，话又说回来，我已经是老皇历了。”

“于是追踪重新开始了，”科拉多克说，“不过这次略有不同。我们这时寻找的是对莱蒂希亚·布莱克洛克怀有谋杀动机的人。”

“而且怀有谋杀动机的人确实是有的。布莱克洛克小姐心里有数，”马普尔小姐说道，“我想她几乎第一眼就认出了菲莉帕。因为被允许进入夏洛特隐私生活的人当中，索妮亚·戈德勒是为数不多的几个人之一。而人老了以后——这一点您还不知道，科拉多克先生——对年轻时见过的脸比一两年前见过的人记得更清楚。菲莉帕肯定跟夏洛特记忆中年轻时的索妮亚年龄相仿，而且她长得很像她的母亲。奇怪的是，我认为夏洛特在认出菲莉帕后其实很高兴，她喜欢上了菲莉帕。而且，我认为，在潜意识中，这有助于平复她可能曾经有过的不安。她心想，等继承了那笔钱后，她会善待菲莉帕，她会像待女儿一样待她。菲莉帕和哈里应该跟她一起生活。她对此感到高兴，觉得自己在做善事。但是，一旦警督开始询问并发现有一对‘皮普和艾玛’时，夏洛特便坐卧不安了。她不愿让菲莉帕充当替罪羊，她的全部思路是把整个事情弄得像是一个年轻罪犯来抢劫，结果罪犯却死于意外。可这时，由于给门上油的事被发现，整个思路便发生了改变。何况，除了菲莉帕——据我所知，因为她绝对不清楚朱莉娅的真实身份——没有任何人可能有杀她的动机。她竭尽全力掩盖菲莉帕的真实身份。您问她时，她脑子动得挺快，跟您说索妮亚个子矮、皮肤黑，然后，她在取走莱蒂希亚的照片的同时，还从影集里抽走了索妮亚的照片，这样，您就无法注意到菲莉帕与索妮亚的任何相似之处。”

“还为了让我把斯韦特纳姆太太当作索妮亚来怀疑。”科拉多克厌恶地说。

“我可怜的妈妈，”埃德蒙小声说，“一个过着无懈可击的生活的女人，或者说我一向相信如此。”

“但是，”马普尔小姐继续道，“真正的危险当然是多拉·邦纳。多拉一天比一天健忘，一天比一天话多。我还记得那天我们喝茶时，布莱克洛克小姐看她的那种眼神。你们知道为什么吗？多拉又叫她洛蒂。在我们看来，这本该是口误，可这吓坏了夏洛特。于是一切继续进行。可怜的多拉说个不停。那天我们一起在‘蓝鸟’喝咖啡，我有一种非常奇怪的印象，多拉谈的是两个人，而不是一个人，但她当然谈的是同一个人。她一会儿说她朋友不漂亮但很有性格，可几乎在同时，又把她描述成一个漂亮而无忧无虑的姑娘。她说莱蒂如何聪明，如何成功，可一会儿又说她生活得多么悲哀，还引用了‘勇敢地承受起痛苦的折磨’这句诗，但这一点似乎与莱蒂希亚的一生并不相符。我想那天早上夏洛特走进咖啡屋时，肯定偷听到了许多话，她肯定偷听到多拉提到台灯被调换的事，比如是牧羊少年而不是牧羊少女之类的。于是，她立刻意识到可怜、忠实的多拉对她的安全是一个实实在在的威胁。

“恐怕，是在咖啡屋与我的谈话真正为多拉的命运画上了休止符——如果你们容许这种夸张的说法。但我认为结果是一样的……因为只要多拉·邦纳活着，生活对夏洛特就没有安全可言。她爱多拉，她不愿杀死多拉，但她看不到别的出路。而且我预料——就像我跟你说起过的艾勒顿护士的案子一样，圆圆——她说服自己这几乎是一种仁慈的举动。可怜的邦妮——反正也活不长，说不定还会死得很痛苦。奇怪的是，她尽量使邦妮高高兴兴地度过了最后的一天。生日晚宴——特别的蛋糕……”

“美味之死。”菲莉帕不寒而栗地说。

“是的，是的，很像这么一回事……她尽量让她的朋友死得心满意足……晚宴、她喜欢吃的一切、不让别人说惹她生气的话。然后是装在阿司匹林药瓶里的药片，且不论到底是什么药。她把药片放到自己的床头，等邦妮找不到自己刚买的那一瓶，势必要去她的房间拿一些，这样，看起来那些药片是特地为莱蒂希亚准备的……

“结果，邦妮在睡梦中快快乐乐地死去，而夏洛特又感到安全了。但是，她想念多拉·邦纳，想念她的爱和忠诚，想念多拉跟她谈起过去的岁月……我为朱利安送便条的那天，她哭得凄凄切切，而且她的悲痛是情真意切的，因为她杀害了自己亲爱的朋友……”

“这太可怕了，”圆圆说，“可怕。”

“却是人之常情，”朱利安·哈蒙说道，“人们往往忘记了杀人犯也是很有人性的。”

“我知道，”马普尔小姐说，“人，通常很值得怜悯，同时也极其危险。尤其像夏洛特·布莱克洛克这样一个内心软弱而又善良的人。这是因为一旦软弱的人真的害怕起来，他们会因恐惧而变得残忍，变得毫无自制之力。”

“那么穆加特罗伊德呢？”朱利安问。

“是的，可怜的穆加特罗伊德小姐。夏洛特肯定是去木屋时偷听到她们排演谋杀的情景。窗户是开着的，她只管听。在此之前，她怎么也没有想到还有一个人是她的威胁。欣奇克利夫小姐鼓励她的朋友回想看见的情形，但此前夏洛特认为根本不可能有任何人看见当时的实情。她以为每个人都会不由自主地望着鲁迪·谢尔兹。她一定是在窗外屏息倾听。会出问题吗？突然，就在欣奇克利夫小姐冲出门去警察局的那一瞬间，穆加特罗伊德小姐磕磕巴巴地撞到了实情。她在欣奇克利夫小姐的身后喊：‘她没有在场……’”

“我问过欣奇克利夫小姐，穆加特罗伊德小姐说这句话的方式……因为如果她说的是‘她没有在场’，那意思就不一样了。”

“对我来说，这一点简直太微妙了。”科拉多克说。

马普尔小姐白皙的脸上泛起了红晕，急切地转向他。

“只要设想一下穆加特罗伊德小姐脑子里想些什么……人们往往视而不见，见而不知。曾经有过一起铁路交通事故，可我只记得车厢边的一摊油漆，事后我还可以把它画下来。还有一次是在伦敦，一颗炸弹从天上掉下来，炸碎的玻璃飞得到处都是，一片惊慌，可我记得最清楚的却是站在我前面的一个妇女，她的长筒袜在大腿中间的位置破了个洞，两只袜子还不相配。所以当穆加特罗伊德小姐不再胡思乱想，而是极力回忆当时所见光景的时候，她就回忆起了很多东西。

“我想她是从壁炉开始回忆的，手电光肯定首先就射向这里，然后顺着照射两扇窗户，窗户与她之间有人。比如哈蒙太太双手蒙住眼睛。她的脑子跟着手电光走。然后她的思绪转到目瞪口呆的邦纳小姐、一堵空墙、一张摆着台灯和烟盒的桌子，跟着是枪声——那么突如其来，是她记忆中最令人难以置信的事。她看到那堵墙，后来上面有了两个子弹孔，就是布莱克洛克小姐被枪击时靠着的那面墙，枪声一响，莱蒂中弹，而莱蒂没有在那里……

“明白我的意思吗？欣奇克利夫小姐叫她回想一下三个女人当时在哪儿，她就往这方面回忆。要是其中一个不在场，那么就可以定位到这个人身上，并且说：‘原来是这样！她没有在场！’但她脑海里浮现的是地点——本来应该有人的地方——可那里是空的，那里没有人。位置还在，可人不见了。她一时不敢相信。‘真是出人意料，欣奇，’她说道，‘她没有在那儿……’”

“可您在这之前就知道了，不是吗？”圆圆说，“台灯烧了的时候，您在纸上写下那些字的时候。”

“是的，我亲爱的。一切线索都凑齐了，你瞧，所有支离破碎、毫无联系的事构成了前后连贯的模式。”

圆圆轻声引用起来：“‘台灯？是的。紫罗兰？是的。装阿司匹林的瓶子。’您是说那天邦妮新买了一瓶，所以她没有必要拿莱蒂希亚的？”

“除非她自己的那一瓶被别人拿走或藏起来了。得像是有人要杀害莱蒂希亚·布莱克洛克的样子。”

“对，我明白了。‘美味之死’。是蛋糕，又不只是蛋糕。整个晚宴都是陷阱，让邦妮高高兴兴地度过一天，然后再死。把她当作准备处死的狗一样对待。我发现最可怕的就是这一点—— 一种虚伪的慈悲。”

“她本来是个很善良的女人。她最后在厨房说的是实话：‘我不想杀害任何人。’她渴求并不属于自己的巨款。这种欲望变成了一种迷恋——想用这笔钱来补偿生活给她带来的一切痛苦——还没有得到满足，一切便化为泡影。怨恨人世的人往往是危险的，他们似乎觉得生活欠他们太多。我知道有很多残疾人比夏洛特·布莱克洛克的遭遇悲惨得多，而且被生活剥夺的东西更多。一个人的幸福与不幸都取决于自己。但是，哦，天啊，恐怕我偏离正题了，我们刚才讲到哪儿了？”

“到您那个清单了，”圆圆说，“您写的‘咨询’指的是什么？”

马普尔小姐向科拉多克警督幽默地摇摇头。

“这您一定看过，科拉多克警督。您给我看了莱蒂希亚·布莱克洛克写给她妹妹的那封信。那上面两次出现了‘咨询’的字样，而且每次拼写都用的是e。但在我让圆圆交给您的纸条上，布莱克洛克小姐写‘咨询’这个词用的是i[①]。人上了年纪以后不容易改变自己的拼写习惯。在我看来，这一点意义重大。”

“是的，”科拉多克同意道，“我本该注意到这个。”

圆圆继续说道：“‘勇敢地承受起痛苦的折磨。’这是邦妮在咖啡屋对你说的，莱蒂希亚当然没有经受过什么痛苦。还有‘碘’，这个指引您想到甲状腺肿大了？”

“对，亲爱的。你知道，瑞士，另外布莱克洛克小姐给人这样一个印象，即她‘妹妹’死于肺病。可我记得，当时在甲状腺肿大方面，手术最娴熟、最权威的外科大夫是瑞士人。这就与莱蒂希亚·布莱克洛克小姐从不离身的古怪的珍珠项链联系起来了。那串首饰不是她应有的风格——用来遮盖伤疤却正合适。”

“我现在才明白项链断的那天晚上她为什么那么激动不安，”科拉多克说道，“这在当时看来是极不正常的。”

“后来，您写的是洛蒂，而不是我们想的莱蒂。”圆圆又说道。

“不错，我记得妹妹的名字是夏洛特。多拉·邦纳有一两次曾把布莱克洛克小姐叫成洛蒂，而每次这样叫了以

① “咨询”一词，有两种拼写方法，写作enquiries或是inquiries都是正确的，可以根据个人习惯而采取其中一种拼法。

后她都忐忑不安。”

“那么伯尔尼和养老金又是怎么回事呢？”

“鲁迪在伯尔尼的一家医院做过勤杂工。”

“还有养老金。”

“哦，我亲爱的圆圆，我在‘蓝鸟’跟你提到过这个，尽管当时只是随便说说，并没有想到在这儿用上了。沃瑟斯彭太太除了领取自己的那份，又取走了巴特勒太太的养老金，但巴特勒太太已去世多年。因为老太太的样子看起来都差不多，是的，这一切都构成了一个模式。当时我感到那么激动，所以出去让脑子冷静一会儿，考虑怎么来证明这一切。后来欣奇克利夫小姐在半道捎上了我，结果我们发现穆加特罗伊德小姐……”

马普尔小姐的声调低沉下来，快活与激动都消失了，只剩下冷静。

“我知道必须做些什么，而且动作要快。可仍然没有真凭实据。于是我想出了一个可行的计划，并跟弗莱彻警长说了。”

“而我却把弗莱彻狠狠训了一顿！”科拉多克说，“他没有权利事先不向我报告就同意您的计划。”

“他并不喜欢这样，可我说服了他。”马普尔小姐说道，“我们去了小围场，找到了米兹。”

朱莉娅抽了一口冷气，说道：“我无法想象您是如何说服她的。”

“我研究过她，我亲爱的，”马普尔小姐道，“她毕竟自视过高，因此让她为别人做些事对她有好处。当然了，我恭维她，说我相信如果她留在自己的祖国肯定参加了抵抗运动，她说‘是的，那当然’。我又说看得出她有做那种工作的气质，她很勇敢，不怕危险，可以扮演一个角色。一些是真的，而另一些恐怕是我编的。她简直兴奋极了！”

“精彩。”帕特里克评价道。

“于是我说服她同意扮演她的角色。我教她排练，直到说得分毫不差。然后我让她上楼回自己的房间，等科拉多克警督来之后再下来。对于这些容易激动的人来说，就怕他们没等到恰当的时机便仓促行事。”

“她干得挺棒。”朱莉娅说。

“我不是很明白其中的道理，”圆圆说，“当然，我不在场——”她带着歉意补充道。

“有些复杂——而且相当冒险。思路是这样的：米兹漫不经心地承认曾经动过讹诈的念头，现在却因为担惊受怕愿意说出真相。她从餐厅门的锁眼里看见布莱克洛克小姐手里握着一把左轮手枪来到鲁迪·谢尔兹的背后。就是说，她目睹了真实发生的情况。现在唯一的危机是夏洛特·布莱克洛克可能识破这个计划，因为锁眼里当时插着钥匙，米兹根本什么也不可能看见。不过我的赌注就是，突然受到惊吓的人不可能想到这个。她只能相信米兹确实看见了她。”

科拉多克接过话头继续讲：“可是——这一点至关重要——我听到这个之后假装表示怀疑，然后好像技穷一般，马上指控以前没有被怀疑过的人。我指控埃德蒙——”

“而我把我的角色扮演得非常出色，”埃德蒙说，“矢口否认。一切照计划进行。但和计划不符的是，菲莉帕，我亲爱的，你中途杀出来，当众承认自己是‘皮普’。无论是警督还是我，根本就没有想到你就是皮普。我本想充当皮普来着！这一下子就让我们的计划脱了轨，可警督又杀了一个回马枪，恶毒又无懈可击地影射我想娶个有钱的太太。这下他的话八成钻到你的潜意识里了，总有一天会在咱们之间造成无法修复的麻烦。”

“这有什么必要吗？我看不出。”圆圆问。

“是吗？按照夏洛特·布莱克洛克的观点，这意味着唯一怀疑并知道真相的只有米兹。警察怀疑的是别人，他们暂时把米兹当成骗子。但如果米兹一味坚持，他们可能就会听信她的话，并认真对待她所说的一切。因此，必须让米兹沉默。”

“米兹大摇大摆走出去，回到厨房——完全按我教她的做，”马普尔小姐说道，“布莱克洛克小姐几乎马上就跟着她出来。表面上看，米兹是一个人待在厨房里。实际上弗莱彻藏在餐具室的门背后，我躲在扫帚柜里，好在我很瘦。”

圆圆看着马普尔小姐。

“您预料到还会发生什么，简姨妈？”

“有两种可能。一种是夏洛特会出钱堵住米兹的嘴，那么弗莱彻警长就是交易的见证人。或者，我想她会竭力杀掉米兹。”

“但她不会指望自己能逃脱吧！她马上会受到怀疑。”

“哦，我亲爱的，她失去了理智。她只是一只担惊受怕、走投无路、见人便咬的老鼠。想想那天发生的事，欣奇克利夫小姐与穆加特罗伊德小姐的那一幕。欣奇克利夫小姐开车去警察局，等她一回来，穆加特罗伊德小姐就会解释说那天晚上莱蒂希亚·布莱克洛克没有在客厅里。要使穆加特罗伊德小姐无法开口，只有短短几分钟的时间下手。没有时间计划或者是演一场戏，只有残酷的谋杀。她跟那可怜的姑娘打招呼，接着勒死了她。然后赶紧跑回家换衣服，坐在火炉边等别人进来，好像她根本就没有出去过一样。

“后来朱莉娅的身份暴露了。她扯断了项链，害怕他们可能会注意到伤疤。再后来警督来电话说要把大家带来。她没有时间思考，也没有时间喘息。她满脑子想的都是谋杀，再没有仁慈的杀人那一套，或者为除掉碍事的年轻人而精心设下陷阱。残酷的、赤裸裸的谋杀。她安全吗？当时还是的。可后来又冒出个米兹——另一个危险。

杀掉米兹，让她住口！她因为恐惧而发疯了，不再有丝毫人性，变成了一个彻头彻尾的危险动物。”

“可您为什么要躲到扫帚柜里呢，简姨妈？”圆圆问道，“您就不能让弗莱彻警长干吗？”

“我们两个人在一起很安全，我亲爱的。此外，我知道我能模仿多拉·邦纳的声音。如果说有什么能够打垮夏洛特·布莱克洛克的话，就是这个了。”

“还真是呢！”

“是的……她崩溃了。”

大家陷入了长时间的沉默，因为他们还沉浸在回忆之中，忽然，为了缓解这紧张的气氛，朱莉娅用坚定而轻松的口吻说道：“这极大地改变了米兹。她昨天跟我说她在南安普敦附近谋到了一个职位。而且她说——”朱莉娅惟妙惟肖地学着米兹的口音，“‘我要去那儿，如果他们跟我说你得到警察局登记，因为你是个外国人。’我就对他们说：‘对，我会登记的！警察，他们可了解我了。我帮助过警察！没有我，警察根本就不可能逮捕一个非常危险的罪犯。我冒着生命危险，因为我很勇敢，勇敢得像头狮子。我不在乎危险。’‘米兹，’他们跟我说，‘你是个女英雄，你真了不起。’我就说，‘哎！这不算什么。’”

朱莉娅停下来。

“还说了很多话呢。”她补充道。

“我想，”埃德蒙若有所思地说，“在不久的将来，米兹还会帮助警方破更多的案子！”

“她对我的态度也温和了，”菲莉帕说，“实际上她还把做‘美味之死’的秘方作为结婚礼物送给了我。她还说我绝对不能把秘方透露给朱莉娅，因为她毁了她的煎蛋卷锅。”

“卢卡斯太太，”埃德蒙说，“喜欢上了菲莉帕，因为菲莉帕和朱莉娅继承了戈德勒的数百万家产。她送给我们一些夹芦笋用的银钳，作为结婚礼物。对于没邀请她参加婚礼这件事，我感到很开心！”

“于是，从此他们过上了永远幸福的生活，”帕特里克说道，“埃德蒙和菲莉帕，还有朱莉娅和帕特里克？”他临时加了一句。

“可别和我，否则你就别想幸福地生活了。”朱莉娅说，“科拉多克警督随机应变对埃德蒙说的那一番话更适合你。你就是那种喜欢有钱太太的软弱的年轻人，游手好闲！”

“好心没好报，”帕特里克说，“我为你这个姑娘做了这么多。”

“差点儿没把我以谋杀的罪名弄进监狱，这就是你的忘性差点儿弄出来的事。”朱莉娅说道，“我绝不会忘记你妹妹的信寄来的那天晚上，我几乎真的以为完蛋了。我当时看不到任何出路。”

“事已如此，”她打趣地补充道，“我想我该去演戏。”

“什么？你也去？”帕特里克呻吟道。

“是的。我可能去珀斯，看看能不能在那儿的剧团弄到你妹妹的位置。然后，等学到本事，我就去搞戏剧管理，也许上演埃德蒙的剧本。”

“我还以为你写的是小说呢。”朱利安·哈蒙说。

“对啊，”埃德蒙回答，“我本来开始撰写一部小说，相当不错。写了几页，讲的是一个不刮胡子的男人，他从床上爬起来，身上散发的气味，灰蒙蒙的街道，一个患有浮肿病的可怕的老太婆和一个流着口水的邪恶的年轻妓女。他们全都没完没了地谈论世界的状况，都想弄明白活着是为了什么。结果，突然之间，我自己也开始想弄个明白……跟着我的脑子里闪过一个滑稽的念头……我把它写下来，还为此设计了相当不错的小小的场景……全是些一目了然的玩意儿。可不知怎么的，我又转了兴趣……等我反应过来自己在做些什么，已经完成了一个吵吵嚷嚷的三幕滑稽剧。”

“叫什么名字？”帕特里克问，“《男管家的所见所闻》吗？”

“这个嘛，可能容易些……实际上我把它取名叫《大象确实健忘》。再说啦，剧本已被接受，而且即将上演！”

“《大象确实健忘》，”圆圆咕哝着，“我还以为它们的记忆特好呢？”

朱利安·哈蒙内疚地大叫一声：“老天爷。我听得入了迷。我的布道词！”

“又是侦探故事，”圆圆说，“这回可是真人真事。”

“您可以宣讲‘汝不可谋杀’嘛。”帕特里克建议。

“不，”朱利安·哈蒙平静地说道，“我不会把这个当我的布道词。”

“对，”圆圆说，“你说得很对，朱利安。我知道有很多更好的、快乐的布道词。”她声音一变，引用了一句，“大地迎春归，喜闻龟歌唱——我念得不好，不过你明白我说的是哪一段。尽管我想不出为什么是龟。我想龟根本没有漂亮的嗓子。”

“龟这个字，”朱利安·哈蒙牧师解释说，“并没有把快乐的意味翻译出来。它指的并不是爬行动物，而是斑鸠[1]。希伯来语的原文是——”

圆圆给了他一个拥抱，打断了他的话，并说道：“我知道一件事——你认为《圣经》中的亚哈随鲁就是阿尔塔薛西斯二世，可只有我和你知道，他也是阿尔塔薛西斯三世。”

一如往常，朱利安还是不明白他太太为什么会觉得那个故事特别有趣。

“提革拉毗想去帮你，”圆圆说，“它应该为自己感到自豪，就是它向我们展示了灯的保险丝是如何烧断的。”

①龟的英文是 turtle，斑鸠是 turtle dove。

尾　声

“咱们应该订一些报纸，”在度完蜜月后回到奇平克莱格霍恩的当天，埃德蒙对菲莉帕说，“咱们一起去托特曼那儿吧。”

动作迟钝的托特曼先生喘着粗气，和蔼可亲地接待了他们。

“很高兴看见你们回来了，先生，还有夫人。”

“我们想订些报纸。”

“当然，先生。希望您母亲身体还好？她在伯恩茅斯安顿好了吗？”

“她喜欢那里。”埃德蒙说，但他一点儿也不清楚究竟实际是不是这样，不过跟大多数儿子一样，他宁愿相信，对于那些他们深爱但又时常恼人的父母而言，一切都好。

“不错，先生，是个非常惬意的地方。去年我去度过假。我太太非常喜欢那里。”

“我很高兴。关于报纸，我们想——”

“我听说您有一个话剧在伦敦上演，先生。十分令人愉快，他们是这样跟我说的。”

“是的，效果好极了。”

“我听说是叫《大象确实健忘》。请您原谅我这样问，先生，可我总觉得大象不会——我的意思是忘事。”

“对，对，一点儿不错。我已经想到取这个名字是个错误。不少人都跟我说过您刚说过的话。”

“这是一个博物史上的事实，我一直都这么认为。”

“对，对。就像蠼螋都是好妈妈。”

“真的吗，先生？哦，这件事我倒是不知道。”

“关于报纸——”

“《泰晤士报》，我没记错吧？”托特曼先生拿起铅笔，又中途停下。

“《工人日报》。”埃德蒙坚定地说。

“还有《每日电讯报》。”菲莉帕说。

“还有《新政治家》。”埃德蒙道。

“《无线电时代》。”菲莉帕说。

“还有《观察家》。”埃德蒙说。

“以及《园丁记事》。”菲莉帕道。

两人都停下来喘了口气。

“谢谢，先生，”托特曼先生说道，“我猜想还有《消息报》？”

“不要。”埃德蒙说。

“不要。”菲莉帕说。

“请原谅，你们真的不要《消息报》？”

“不。”

“不。”

“你们是说，”托特曼先生喜欢把事情弄个一清二楚，“你们确实不要《消息报》！”

“对，我们不要。”

“当然不要。”

“你们也不订《北贝纳姆新闻和奇平克莱格霍恩消息报》——”

“不。”

“你们不要我每周为你们送去？”

“不。”埃德蒙补充说，“现在是不是很明白了？”

“啊，是的，先生，是的。”

埃德蒙和菲莉帕走了出去，托特曼先生拖着步子进了后面的会客厅。

“有铅笔吗，孩子他妈？”他问道，“我的这根笔尖磨没了。”

“有，”托特曼太太抓过订报簿，“我来写吧。他们订了些什么？”

“《工人日报》《每日电讯报》《新政治家》《无线电时代》《观察家》——让我想想，《园丁记事》。”

“《园丁记事》，”她重复道，一面忙着写，“还有《消息报》。”

“他们不要《消息报》。”

“为什么？”

“他们不要《消息报》。他们就是这么说的。”

“胡说，”托特曼太太道，“你肯定没有听清楚。他们当然要《消息报》！人人都订《消息报》，否则他们怎么知道周围发生了什么？”

图书在版编目（CIP）数据

谋杀启事 : 精装纪念新版 / (英) 阿加莎 · 克里斯蒂著 ; 周莎译 . -- 4 版 . -- 北京 : 新星出版社 , 2025. 6. -- ISBN 978-7-5133-6065-4

Ⅰ . I561.45

中国国家版本馆 CIP 数据核字第 2025S3D769 号

午夜文库
谢刚 主持

谋杀启事（精装纪念新版）

[英] 阿加莎 · 克里斯蒂 著; 周莎 译

责任编辑 曹晓雅　　**统筹编辑** 王 欢
责任印制 李珊珊　　**责任校对** 刘 义
封面插图 宣 和　　**装帧设计** 周伟伟

出 版 人 马汝军
出版发行 新星出版社
（北京市西城区车公庄大街丙 3 号楼 8001　100044）
网　　址 www.newstarpress.com
法律顾问 北京市岳成律师事务所
印　　刷 北京天恒嘉业印刷有限公司
开　　本 889mm × 1092mm　1/32
印　　张 11.125
字　　数 205 千字
版　　次 2025 年 6 月第 4 版　　2025 年 6 月第 1 次印刷
书　　号 ISBN 978-7-5133-6065-4
定　　价 69.00 元

总机：010-88310888　传真：010-65270449　销售中心：010-88310811